Der Dank gehört meiner Familie,
die so unendlich viel Geduld hatte

DAS ENDE IST IMMER NAHE
1

Urs Herzog

© 2020 Urs Herzog

2. Auflage

Umschlaggestaltung, Illustration:

Urs Herzog

Verlag: tredition GmbH
        Halenreie 40-44 / 22359 Hamburg

ISBN   978-3-347-04897-3   Paperback
        978-3-347-04898-0   Hardcover
        978-3-347-04899-7   e-Book

Bibliografische Information der Deutschen Nationalbibliothek:
Die Deutsche Nationalbibliothek verzeichnet diese Publikation in der Deutschen Nationalbibliographie; detaillierte bibliografische Daten sind im Internet über http://dnb.d-nb.de abrufbar.

Winter

Schlagzeilen :

Raser rammt Schulbus – Tote und Verletzte

Einbruch in Waffengeschäft - Inhaber erschossen

Krankenhauskosten steigen - Chefärzte sind Absahner

Wetter – es bleibt kalt

„Die sind doch nicht normal, wenn ich nur wüsste was die wollen." Er lehnte sich in seinem Sessel zurück und dachte über seine Lage nach. „Warum habe ich nur zugesagt", seufzte er und richtete sich auf. „Dann werde ich wohl da hingehen müssen." Im Moment verstand er sich selbst nicht mehr. Es war noch nie vorgekommen und widersprach jeglicher Gepflogenheit. Geheimhaltung war das Schlüsselwort und dem hatte sich bisher jeder Kontakt unterordnen müssen.

Abhörsichere Telefonleitungen, die Stimme von einem Computer gesprochen, Gespräche aus öffentlichen Telefonzellen, Mails über viele Server geleitet und auf temporären Mailkonten abgespeichert, Akten die mit wechselnden Kurieren von Anwaltskanzlei zu Anwaltskanzlei geleitet wurden, immer als anonyme Post in versiegelten Kuverts. Das war der Normalfall, das war die Realität. Es musste deshalb Ungewöhnliches vorgefallen sein, dass diese Normalität, dass alle Sicherheitsvorkehrungen ausser Kraft gesetzt wurden und der Auftraggeber direkt mit ihm in Kontakt treten wollte.

Langsam schälte er sich aus dem Sessel und trat ans Fenster. Er schaute hinaus in die Nacht, sah unzählige Lichter zwischen schwarzen Schatten. Er streckte sich durch und fragte sich, was noch alles auf ihn zukommen würde.

Im Restaurant am Rande der Stadt waren um diese Tageszeit nur wenige Gäste. Sie blickten neugierig hoch als ein Fremder eintrat.

Das war hier immer so, Fremde fielen auf, waren eine Abwechslung. Nur für ein paar Augenblicke, dann verloren die Stammgäste das Interesse am neuen Gast.

Die einfache und schon etwas abgenutzte Einrichtung mit dem Charme der siebziger Jahre ist in den Vororten noch häufig anzutreffen. Alles wirkte etwas düster und auf den einfachen Holztischen standen nur die Speisekarten in einem Plastikhalter mit der Werbeaufschrift der regionalen Biermarke und ein leerer Serviettenhalter. Die mit bunt gemustertem Stoff überzogen Sitzflächen der einfachen Holzstühle hatten auch schon bessere Zeiten gesehen. Eine typische Kneipenatmosphäre wie in vielen Vorstädten. Wieder schauten die Leute hoch als ein zweiter Fremder ihre Ruhe störte und sich zum Ersten setzte. Im Gegensatz zu diesem behielt der Zweite seinen Mantel an. Er würde wohl nicht lange bleiben. Sie wandten sich wieder ab und das Leben ging seinen gewohnten Gang.

Sein Gegenüber wirkte nervös. Er hatte sich mit Hasler vorgestellt und offenbar behagte ihm das Ganze nicht. Unruhig blickte er umher, wie ein gehetztes Tier, oder wie ein Mann auf der Flucht. Unter seinem Mantel trug er einen dunkelgrauen Anzug, ein weisses Hemd und eine dezente Krawatte. Auf den ersten Blick hätte man ihn für einen seriösen Geschäftsmann halten können, wäre er nicht so nervös gewesen und hätte er sich nicht wiederholt den Schweiss von der Stirn wischen müssen. Der Mann hatte Angst. Aber wovor?

Schneider dagegen war gewohnt locker und souverän. Er hatte sein dunkelblaues Jackett geöffnet, seine Krawatte gelockert und musterte Hasler unverhohlen. Beide versuchten sich ein Bild des Mannes gegenüber zu machen. Als der Kellner endlich an den Tisch kam, bestellte Schneider eine Flasche Weisswein aus der Region, ohne sich um mögliche Wünsche seines nervösen Gegenüber zu kümmern. Dieser bestellte ein Glas Mineralwasser, ohne Kohlensäure. Schneider beugte sich vor. Er schaute mit fragendem Blick auf den Mann gegenüber und fragte mit unschuldiger Miene.

„Was ist denn vorgefallen, dass ihr alle eure heiligen Vorsichtsmassnahmen über Bord geworfen habt und wir uns hier treffen?

Ist der Weltuntergang nahe oder sonst eine globale Katastrophe im Anmarsch?"

„Wir befürchten dass verschiedene Daten über das Vorhaben durchgesickert sind. Entweder sind die Leitungen nicht mehr abhörsicher, oder wir haben einen Maulwurf in unseren Reihen. Das ist der Grund, warum ich hier bin."

Seine Stimme hatte einen näselnden und nervösen Klang. "Ich habe den Auftrag, ihnen die Papiere persönlich auszuhändigen."

„Und woher wollen sie wissen, dass ich der Richtige bin?" Schneider lehnte sich im Stuhl zurück und wartete gespannt auf die Antwort.

Mit einem Mal veränderte sich Haslers Blick und er schaute ihn nun aus verschlagenen Augen an.

„Sie sind uns bekannt und wir wissen alles über sie und ihre Geschäfte." Wieder wischte er sich den Schweiss aus der Stirn. „Alle unsere Geschäftsverbindungen werden genauestens überprüft, oder sagen wir es so, wir kennen auch die Körbchengrösse ihrer Erbtante." Sein Lachen klang schmutzig. „Wir haben sie durchleuchtet, sonst wären sie nicht hier."

Schneider beschlich mit einem Male ein ungutes Gefühl und seine Souveränität wankte. War der Kerl immer so? Oder spielte er es nur? Er hatte schon erlebt, dass Bürohocker, die endlich mal hinaus konnten, sich für Superspione hielten und sich auffällig benahmen. Und wenn doch nicht? In seinem Inneren keimte die Frage, ob diese Geschäftsverbindung, so lukrativ sie auch war, auf Dauer gut gehen konnte, oder ob er sich da auf etwas eingelassen hatte das Probleme geben würde aus dem es für Ihn am Ende kein Entrinnen gab. Er schüttelte diese Gedanken ab und Sekunden später war er wieder der Alte. Er hatte schon grössere Probleme gelöst und bisher alles unbeschadet überstanden. So würde es auch diesmal sein.

„Nun, Sie kennen mich, wissen viel von mir und sind mir gegenüber im Vorteil. Ich weiss nicht wer sie sind, ob ihr Name wirklich Hasler ist weiss ich auch nicht und ich kenne auch die Rolle nicht, die sie in dieser ganzen Sache spielen."

„Mein Name ist Hasler, ich bin der Kurier, mehr müssen sie nicht wissen." Wieder schaute sich der Mann rastlos um, dann fuhr seine Rechte urplötzlich in sein Jackett und Schneider dachte schon, jetzt zieht der Kerl auch noch eine Knarre, doch seine rechte Hand erschien mit einen weissen Briefumschlag, den er nun blitzschnell über den Tisch zu Schneider hin schob. „Das sind ihre Anweisungen. Es gibt nur dieses Exemplar und es ist nicht verschlüsselt, dafür reichte die Zeit nicht." Hasler sah ihn durchdringend an, der gehetzte Blick war mit einem Mal verschwunden, irgendwie schien er erleichtert.

Schneider liess den Briefumschlag vor sich liegen, als wäre es ein belangloses Stück Papier oder Werbung und griff nach seinem Glas. Genüsslich trank er einen Schluck Wein, lächelte Hasler an und tat so als wäre die Welt ein Paradies und sie wären mitten drin.

„Der Wein ist ausgezeichnet, wollen sie nicht auch davon probieren?"

Das war dann doch zu viel. Hasler lief rot an, beugte sich vor und zischte: „Halten sie den Mund und stecken sie gefälligst den Umschlag ein. Oder wollen sie dass die ganze Sache auffliegt?" Er schob den Stuhl zurück und sprang auf -, wütend.

„Einen schönen Tag noch", schnauzte er Schneider an und verschwand fluchtartig aus dem Lokal. Die Stammgäste sahen herüber und wunderten sich. Der Zweite war tatsächlich nicht lange geblieben.

Schneider schüttelte unmerklich den Kopf, nahm einen weiteren Schluck Wein und griff nach dem Umschlag. „Zum Glück ist er weg, so ein Nervenbündel ist mir noch nie begegnet. Und bezahlt hat der Kerl auch nicht."

Es war das erste Mal, dass er einem Vertreter dieses, sehr speziellen, Auftraggebers begegnet war. Auch wenn Hasler vorgab nur Kurier zu sein und nichts über die Organisation zu wissen, Schneider kannte ihn und wusste genau mit wem er es zu tun hatte. Wie alle seine Kunden hatte er auch diesen überprüft, so, wie er es grundsätzlich immer tat. Und er nahm keinen Auftrag an ohne über den Anderen möglichst gut Bescheid zu wissen.

Schneider kannte die Organisation zu der Hasler gehörte. Zu jedem Namen gehörten Fotos, zu jedem Namen gehörten die Angaben über die Funktion innerhalb der Organisation, zu jedem Namen gehörte aber auch das Wissen über den privaten Bereich, die Finanzen, ob offizielle Konten oder Nummernkonten, über den Freundeskreis und die Gewohnheiten. Auch ein Auszug aus dem Strafregister war dabei. Schneider verfügte über ausgezeichnete Verbindungen und es gab viele die ihm noch einen Gefallen schuldig waren. Sein Wissen und seine Akten wären ein Vermögen wert gewesen, hätten verschiedene Organisationen oder Firmen in den Ruin treiben, ihre Probanden ins Gefängnis bringen können.

Doch würde er versuchen sein Wissen gewinnbringend einzusetzen und die multinationalen Unternehmungen oder die Regierungen gegeneinander auszuspielen, er würde zwischen den Fronten zerrieben werden. Schneider wusste wie weit er gehen konnte. Die Akten waren bis anhin lediglich seine Lebensversicherung gewesen.

Entspannt lehnte er sich zurück, riss den Umschlag auf, zog mehrere Blatt Papier hervor und faltete das Schriftstück auseinander.

Er gönnte sich ein zweites Glas Wein und begann zu lesen. Auf der ersten Seite standen Angaben über Zielgruppen, Personen, mögliche Schwierigkeiten und Probleme, ferner Zusammenhänge und Querverbindungen zwischen den einzelnen Gruppen und deren Zielpersonen. Auf der zweiten Seite las er Anweisungen und Vorschriften und das Ziel des Auftraggebers, sowie ein neues, überaus kompliziertes Verfahren für den Fall einer neuerlichen Kontaktaufnahme. Der Auftraggeber, so schien es, begann an Paranoia zu leiden. Während er las, machte er sich am Rand laufend Notizen. Dann faltete er das Schreiben wieder zusammen und steckte es zusammen mit dem Briefumschlag ein. Es gab bei diesem Auftrag noch ein paar Ungereimtheiten und er hatte längst nicht alle Informationen die er brauchen würde. Die Angaben würden noch folgen, dessen war er sich sicher und darum konnte er es ruhig angehen.

„Wann und wie der Auftrag ausgeführt wird, bestimme immer noch ich, meine Herren", dachte er bei sich.

Dann winkte er dem Kellner und auf dessen Versicherung hin, dass die Küche noch offen sei, bestellte er Felchenfilet mit frischem Meerrettich auf Sauerampferbeet mit pommes creole. Der Fisch würde hervorragend mit dem Weisswein harmonieren. Er hatte eine gute Wahl getroffen.

Auch wenn das Restaurant nicht danach aussah, seine Küche war hervorragend.

Eine Stunde später zahlte er und verliess das Lokal. Endlich hatte er vom Auftraggeber grünes Licht erhalten, nachdem sich dieser wochenlang nicht entscheiden konnte. Er musste sich mit den Spezialisten treffen um den Auftrag perfekt und termingerecht durchführen zu können.

Wie immer hatte er die richtigen Leute an der Hand und da er immer pünktlich zahlte, und vor allem fürstlich, würden sie auch diesen Auftrag nach seinen Vorstellungen erledigen. Schneider hatte schlussendlich auch einen Ruf zu verteidigen.

***

Eisig kalt blies der Wind über die weiten Schneefelder. Die kahlen Bäume waren zu bizarren Gerippen erstarrt, Stamm und Äste mit einer glitzernden Eisschicht überzogen. Ein lauter Knall durchbrach die Stille als würde ein Schuss die Einöde durchdringen. Der mächtige Ast brach unter der Last. Die dicke, verharschte Schneedecke dämpfte seinen Aufprall und das leise Knirschen wurde übertönt vom unaufhörlichen Rauschen des Windes. Der Mann stapfte durch den Schnee, stemmte sich mühsam gegen den Nordwind, dick eingehüllt in seinen Pelzmantel. Als er kurz den Kopf hob um sich zu vergewissern, dass er noch auf dem richtigen Weg war, jagte ihm der Sturm kleine Eiskristalle ins Gesicht.

Das alte Wirtshaus war sein Ziel. Ein Riegelbau, erbaut Anno 1743, so die Jahreszahl, die, in Stein gemeisselt, über der Tür stand.

Das alte Haus verbarg sich hinter hohen Tannen, als wollte es sich vor der Unbill des Winterwetters verstecken.

Wieder wirbelten Wolken von Schnee auf und der Mann stemmte sich gegen den scharfen, eisigen Wind, der die ganze Tiefebene in seinem winterlichen Griff hatte und diesen in den nächsten Tagen wohl nicht lockern würde.

Er erreichte die schwere Eichentüre und als seine Hand den kalten Griff nach unten drückte, schlug der Wind die Tür auf und riss ihn mit ins Innere des dunklen Raumes. Der Mann drehte sich um und drückte die Pforte mit aller Kraft zurück ins Schloss.

Schlagartig wurde es ruhig. Nur in seinen Ohren hallte noch das Brausen des Sturmes nach. Einen kurzen Augenblick lehnte er sich gegen die Wand und schnappte nach Luft. Dann schüttelte er sich und schob die Kapuze nach hinten. Er zog die Handschuhe aus und öffnete den Mantel. Noch einmal schüttelte er sich und die letzten Schneereste fielen auf den dunklen Holzboden. Erst jetzt öffnete er die nächste Tür und trat in den warmen Schankraum.

Die wenigen Gäste hoben ihre Köpfe und für einen kurzen Augenblick verstummten die Gespräche am mächtigen, runden, Stammtisch. Dann wandten sie sich wieder ihren Gesprächen zu, kümmerten sich wieder um ihre eigenen Angelegenheiten.

Auch der Wirt hielt einen Moment inne, taxierte den neuen Gast, schien nichts beunruhigendes an ihm festzustellen und fuhr fort mit einem Geschirrtuch den grossen Bierhumpen auszureiben.

Der neue Gast steuerte auf die Garderobe zu und schälte sich aus seinem Pelzmantel. Auf dem Weg dorthin schweifte sein Blick suchend durch den Raum. Er hängte seinen Mantel auf und schlenderte dann quer durch die Schenke auf einen Tisch zu der am Fenster stand. Er wich dem glühenden Eisenofen aus und hielt sich dabei gut einen Meter davon entfernt. Gross war die Hitze die das eiserne Monstrum verbreitete und deswegen war es so wohlig warm in der alten Schankstube.

Die Tische und Stühle aus Eichenholz, die lange Theke mit dem reich verzierten Zapfhahn, die unzähligen Flaschen im Wandgestell dahinter, die Bilder an den Wänden und die alten Lampen die von der reich bemalten Balkendecke hingen, all dies machte den Eindruck, als wäre die Zeit stehen geblieben und war ein Abbild längst vergangener Tage.

Der Gast beachtete dies alles nicht, auch nicht, dass der alte Holzboden unter seinen Füssen knarrte und nur wenig Licht durch die kleinen, von Kondenswasser beschlagenen Fenster ins Innere des Raumes fiel.

Die drei Kameraden sassen schon am Tisch und die Begrüssung war überaus herzlich. Er drückte den Dreien mit aller Kraft die Hand und lachte dabei. Dann erhielten noch alle einen leichten Klaps auf den Kopf. Ihr Begrüssungsritual, aus der Zeit als sie zusammen in der Armee gedient hatten. Er griff nach dem letzen freien Stuhl und setze sich geschmeidig.

„Hoffentlich habt ihr mir etwas übrig gelassen." Vorwurfsvoll wanderte sein Blick über den Tisch

Herrlich duftendes Weissbrot, würzig riechender Käse und eine Flasche Rotwein, schon zur Hälfte leer.

„Natürlich haben wir, und nur für dich, das Beste aufgehoben", tönte es von gegenüber. „Wir wissen doch, dass du Zuhause nichts zu essen bekommst -, und vor allem keinen so feinen Rotwein zu trinken." Gelächter hallte durch die Wirtsstube. Hier sass eine lustige Runde beisammen.

Die Vier sahen aus wie tausend Andere auch, könnten in einer Fabrik oder bei einer Behörde arbeiten. Ihr Äusseres war unauffällig, ohne besondere Merkmale.

Hätten sie aber die Ärmel hochgekrempelt, wäre es mit der Anonymität vorbei gewesen. Auf ihrem linken Oberarm hatten sie eine Schlange eintätowiert die sich in einem Kreis um ein keltisches Kreuz schlang. Ein Relikt aus der Zeit in der Armee.

Der Wirt brachte eine weitere Flasche Wein und die vier langten tüchtig zu. Kurze Zeit später waren Brot und Käse verschwunden, und nur noch ein kleiner Rest Wein in der Flasche.

„Es wird Zeit, dass wir wieder unseren Primus wählen. Machen wir es wie die letzten Male, wer den Job haben möchte, soll es sagen."

„Du hast den Brief von der Post geholt, dann kannst du den Job auch machen."

„Nein, ihr wisst doch, dass ich dazu kein Talent habe. Ich schlage vor wir nehmen den gleichen Primus wie beim letzten Auftrag."

„Schon verstanden ich mache es noch einmal", sagte der neue und zugleich alte Primus. „Und jetzt schieb mal dieses Kuvert herüber." Der Angesprochene griff in die Gesässtasche und zog einen versiegelten Umschlag hervor.

„Hier, von unserem Auftraggeber", bemerkte er und schob den Brief über den Tisch. Der Primus brach das Siegel und zog ein mehrseitiges Scheiben hervor. Er brauchte ein paar Minuten um den Inhalt genau zu erfassen. Die Anderen unterhielten sich leise. Dann faltete der Primus den Brief zusammen und steckte ihn ein.

„Es wird mehrere Wochen dauern und es wird sehr schwer werden. Das Risiko ist diesmal nicht zu unterschätzen. Und es wird diesmal anders als alles was wir bisher zusammen gemacht haben." Der Primus schaute in die Runde und sah nachdenkliche Gesichter.

„Wenn die Bezahlung stimmt", flachste der Eine und der Bann war gebrochen.

„Dann sind alle dabei?" fragte der Primus erleichtert, was mit zustimmendem Nicken quittiert wurde. „Gut, dann zu Punkt eins."

Die Stimmung hatte sich merklich gelockert und wieder war die unsichtbare Bande die sie zusammengeschweisst hatte spürbar. Wie in alten Zeiten.

„Als erstes müssen wir umziehen. In die Schweiz. Nicht alle zur selben Zeit, aber innerhalb des Februars sollte der Umzug erfolgt sein, spätestens Anfang März. Für die Wohnungen sorge ich und den genauen Termin für euren Umzug bekommt ihr auch von mir.

Den Umzug müsst ihr dann selbst organisieren." Die Anderen nickten zustimmend.

„Wir treffen uns Mitte März in der Schweiz und bis dahin muss jeder von uns eine neue Identität und eine neue Lebensgeschichte haben. Wasserdicht, wie immer."

„Kein Problem, das erledigen wir."

„Das wird nicht so einfach werden, denn es müssen schweizerische Papiere sein und es gibt nicht viele welche diese besorgen können. Seit deshalb besonders vorsichtig."

„Und wie soll das mit diesem komischen Dialekt gehen, das kann doch keiner der nicht da aufgewachsen ist, oder gibt es dafür Sprachkurse?"

„Das Problem lässt sich einfach lösen, die neuen Pässe müssen euch nur als eingebürgerte Schweizer ausweisen. Am besten mit einem deutschem Namen. Deutsch haben wir ja alle gelernt und spätestens nach ein paar Tagen geht es wieder problemlos. Zudem leben viele Deutsche in der Schweiz und auch mit einem leichten Akzent fällt ihr bei den vielen Fremdsprachigen nicht auf. Wir werden in der Schweiz eine Kontaktperson haben. Die wird mir auch bei der Wohnungssuche und den Mietverträgen helfen. Aber nur dabei, nachher sind wir auf uns selbst gestellt, so wie immer. Das wäre im Moment alles, weitere Infos bekommen wir im März. Wann und wo erfahren wir noch. Irgendwelche Fragen?"

„Ja, wie sieht die finanzielle Seite aus?"

„Diesmal machen wir die ganz grosse Kohle, ich schätzte, dass nach Abzug der Spesen für jeden ungefähr zweihundert fünfzigtausend Euro bleiben." Der Primus schaute lächelnd in die verdutzten Gesichter.

„Dann lasst uns auf den Erfolg trinken."

Frühling

In diesem Jahr war der Schnee bis Ende Februar liegen geblieben und als er endlich dahinschmolz, blieb das Wetter grau, feucht und kalt, bis fast Ende März.

Doch dann, endlich, der erste warme Frühlingstag. Das Thermometer kletterte auf ungewohnte zwanzig Grad und die Menschen strömten aus ihren Häusern. Endlich hinaus, hinaus in die frische, warme Frühlingsluft, hinaus an die wärmende Sonne, die vom wolkenlosen, azurblauen Himmel herunter lachte. Der Wind spielte sanft mit den ersten Blättern und strich um die austreibenden Knospen. Die vielen Schneeglöckchen verbreiten ihren Duft und die Luft war erfüllt von unzähligen weiteren Düften welche den Menschen die Sinne zu verwirren schienen. In den Bäumen sangen die Vögel um die Wette, und die Möwen umkreisten die Fähre die ihre Passagiere vom Ufer unterhalb des Basler Münster an das Kleinbasler Gestade brachte.

Die Menschen flanierten dem Ufer entlang. Familien mit Kindern die nun endlich wieder draußen herumtollen konnten. Und so ausgelassen, laut und wild die Kleinen auch waren, die Leute lächelten ihnen zu, tolerierten ihren Überschwang und waren selbst fröhlich und voller Lebenslust. Liebespaare spazierten Hand in Hand oder eng umschlungen, die Welt vergessend, der Promenade entlang. An den Ufern des Rheins, der mit seinem silbernen Band die Stadt Basel durchschneidet, spazierten Tausende. Es schien als wäre an diesem wunderschönen Tag ganz Basel unterwegs.

In den Boulevardcafés wurden eiligst Tische und Stühle bereitgestellt und schon drängten sich die Leute um einen Platz zu ergattern.

Es brauchte heute sehr viel Glück und Geduld sich auf einen der begehrten Plätze setzen zu können.

Doch niemanden schien dies zu stören, man hatte ja Zeit und das Wetter war unbeschreiblich, die Sonne, die Wärme, die wiedererwachte Natur, dies alles stimmte fröhlich und friedlich.

Die ersten Boote wagten sich auf den Rhein. An den Landungsstegen der Fähren standen die Menschen geduldig in der Schlange.

Für all das hatte Michael Schneider keine Augen, hatte an diesem wunderschönen Frühlingstag keine Zeit. Zielstrebig ging er dem Ufer entlang.

Der Kontakt erfolgte diesmal über sein Büro in Brüssel und natürlich war ihm klar, wer der Auftraggeber war. Die fehlenden Informationen waren eingetroffen und nun konnte es losgehen. Nachdem ihm sein Büro die Angaben übermittelt hatte, nahm er sich zwei Tage Zeit für seine persönliche Risikoanalyse. Danach ging alles sehr schnell. Für den heutigen Tag waren die ersten Schritte geplant und welcher Wochentag auch war, welches Wetter auch vorherrschte, jetzt war es Zeit seinen Job zu machen. So hatte er es immer gehalten.

Er hielt kurz inne und schaute auf seine elegante Rolex. Noch eine halbe Stunde, kein Grund sich zu beeilen. Er passte sich dem Menschenstrom an und bahnte sich langsam einen Weg ans Ufer. Dort blieb er stehen und schaute auf den silberglänzenden Rhein.

War es schon zehn Jahre her? Seine Schneider Consulting vermittelte temporäre Arbeitskräfte. Nicht wie tausend andere Firmen. Er vermittelte nur hochkarätige Spezialisten, top qualifiziertes Personal, die Besten der Besten. Alle Branchen. Bei Schneider Consulting konnte man sich nicht bewerben, das war aussichtslos, bei Schneider Consulting wurde man ausgesucht und nur wer hervorragendes leistete, bekam eine Chance. Ausnahmen gab es keine. So konnte Schneider sicher sein, seinen Kunden immer die Besten zu vermitteln. Hinzu kam, dass seine Firma schnell, unbürokratisch und verschwiegen arbeitete und dies sieben Tage die Woche, 12 Monate im Jahr, Tag und Nacht. Seine Firma beschäftige elf Personen. In Brüssel und am Hauptsitz in Zürich arbeiteten im Schichtbetrieb jeweilen fünf Angestellte.

Hinzu kam seine persönliche Sekretärin die schon seit der Firmengründung dabei war.

Schneider selbst suchte weltweit die Spezialisten aus, er schloss die Verträge ab und vermittelte diese Leute dann weltweit.

Auch wenn seine Firma teuer war weil er Spitzenlöhne zahlte -, das Geschäft boomte.

„Schneider Consulting, die beste Firma der Branche." Es war ein harter Weg an die Spitze und zu Beginn wollten die Auftraggeber noch den Preis drücken. Doch Schneider blieb hart. Sein Preis oder gar nicht. Wer nicht wollte musste sich anderweitig umsehen und sich mit dem Zweitbesten zufrieden geben. Doch er wusste, dass er immer am Ball bleiben, seinen Konkurrenten immer einen Schritt voraus sein musste, oder er war raus aus dem Geschäft.

Nur wenigen Insidern war bekannt, dass Schneider Consulting für einen kleinen Kreis ausgewählter Kunden einen ganz besonderen Service bieten konnte. Verschiedentlich konnten, oder wollten, die Auftraggeber nicht in Erscheinung treten und deshalb übergaben sie die gesamte Planung und Ausführung an Schneider. Er suchte die Spezialisten, organisierte den Ablauf und erledigte auch den finanziellen Teil. Alles aus einer Hand. Still und verschwiegen, so dass weder der Auftraggeber noch Schneider Consulting in Erscheinung traten. Und heute ging es wieder um einen solchen Auftrag.

Den dunklen Anzug hatte er gegen ein dunkelblaues Sportsakko getauscht, dazu trug er eine hellgraue Cabardinhose. Der bordeauxfarbene Schlips zu dem weissen Hemd wurde von einer schlichten, silbernen Krawattennadel gehalten. Er schlenderte weiter und zog dabei die Blicke der Damen auf sich. Sein dunkelbraunes, volles Haar, der leicht gebräunte Teint und seine hellen, blauen Augen verfehlten nicht die Wirkung auf Frauen, ein Umstand, den er auch gekonnt auszuspielen wusste. Selten verfehlte seine Erscheinung die gewünschte Wirkung. Ein Mensch mit Charisma, eine starke und seriöse Persönlichkeit. Das Einzige was nicht so richtig ins Bild passte, war, dass Michael Schneider keine Vergangenheit hatte. Aber das war bis anhin den Wenigsten aufgefallen und die, welche um seine Vergangenheit wussten, hatte alle Gründe zu Schweigen.

Erneut blieb er kurz stehen und schaute sich um. Prüfend schweifte sein Blick umher. Alte Gewohnheiten kann niemand so leicht abschütteln.

Dann setzte er seinen Weg fort und steuerte auf das nächste Boulevardcafé zu.

Die bunten Sonnenschirme leuchteten in warmen Farben und passten zu den gestreiften Tischdecken und den geflochtenen Korbstühlen, deren Kissen mit demselben Stoff bezogen waren. Er quetschte sich zwischen den wartenden Gästen, den Kellnern und Stühlen hindurch und erreichte endlich den Tisch an dem sich schon vier Personen niedergelassen hatten. Sie begrüssten sich als würden sie sich schon seit Jahren kennen, wären die besten Freunde. Er setzte sich auf den letzten freien Stuhl, den die Vier bis dahin tapfer verteidigt hatten. Stühle waren heute Mangelware.

Dichtgedrängt sassen die Leute im Gartenrestaurant. Lachen und Stimmengewirr erfüllte die laue Frühlingsluft. Das klirren der Gläser, die Rufe nach der Bedienung, - zwischendurch konnte man sein eigenes Wort nicht mehr verstehen. Es brummte und summte wie in einem Bienenhaus. Den fünf war es recht so. Hier mussten sie sich heute keine Sorgen machen, auch wenn jemand versucht hätte zu lauschen, an den Nebentischen waren allenfalls Gesprächsfetzen zu hören, der Rest ging im Stimmengewirr unter.

Schneider winkte dem Kellner und bestellte sich ein grosses Bier, Lager, hell. Damit schloss er sich den Anderen an, die alle vor einem halben Liter Bier sassen. Sie plauderten angeregt miteinander. Endlich kam Schneiders Bier. Sie hoben die Gläser und prosteten einander zu. Es schmeckte köstlich. Schneider stellte sein Glas hin.

„Der erste Schluck ist immer der Beste. Und nun lasst uns zum Geschäftlichen übergehen. Ich gehe davon aus, dass ihr alle mit eurer Bleibe zufrieden seid und ich diesen Punkt abhaken kann."

Die vier nickten zustimmend. „Gut, dann weiter." Er griff in sein Sakko, zog vier schmale Briefumschläge hervor und verteilte sie. „Hier drinnen findet ihr weitere Informationen und Angaben für euren Job. Zeitplan, Einsatzgebiet, Kontaktadresse -, steht alles da drinnen.

Dazu der Name der kontoführenden Schweizerbank bei der ihr ein unbegrenztes Spesenkonto habt, zudem der Name der Bank auf den Cayman Islands und die Kontonummer eures Privatkontos. Selbstverständlich seid ihr wie immer versichert.

Die Police liegt auch im Kuvert. Bei den Begünstigten habe ich dieselben Namen eingetragen wie letztes Mal.

Den genauen Zeitpunkt für den Beginn des Auftrages werde ich noch bekannt geben. Es wird Anfang nächsten Monats sein."

Die Vier steckten die Briefumschläge ein ohne sie geöffnet zu haben. Schneiders Wort zählte.

„Nun möchte ich euch in Basel willkommen heissen und hoffe, dass euch der kommende Job Spass machen wird." Dann bestellte er eine weitere Runde. Sie tranken auf den Erfolg, die gute Zusammenarbeit, den sonnigen Tag und den Frühling. Eine lustige, fröhliche Runde. Freunde die sich an diesem Sonntagnachmittag zu geselligem Zusammensein getroffen hatten.

Es beginnt

Schlagzeilen:

Wieder mehr Alkoholtote

Regionalbanken legen zu

Positiver Dopingtest nach Weltrekord

Im vergangenen Dezember war Moser pensioniert worden und nun hatte er endlich genügend Zeit für seine Hobbys. Lange genug hatte er darauf gewartet. Sein geliebter Garten, die Fussballspiele seines Lieblingsvereins, seine Sammlung alter Kaffeemühlen und das Kartenspielen mit seinen Freunden, einmal die Woche, im Gasthof Hirschen. Heute.

Wenn es allzu laut wurde am grossen, schweren Stammtisch, mahnte Georg, der Wirt, die vier Spieler ruhiger zu sein um die anderen Gäste nicht zu vertreiben. Das kam oft vor, denn die Vier konnten sich beim Spielen echt ereifern und manch anderer Gast schaute sich in der alten Gaststube um, wer da so laut beim Karten spielen sei. Die Wände mit dem profilierten Holztäfer das im Laufe der vergangenen Jahrzehnte dunkel geworden war, die schweren Vorhänge und die verzierte Stuckdecke brachen den Schall ein wenig, so dass die Gäste nicht gleich lärmgeplagt davonliefen. Der „Hirschen" war ein gemütliches Restaurant und das Stammlokal vieler Vereine.

Die vier Pensionäre spielten nie um bare Münze, sondern darum, wer die nächste Runde zu zahlen hatte. So folgten dann Spiel um Spiel, Runde um Runde und die Stimmung stieg, wurde immer ausgelassener. Zwischendurch, in den seltenen Spielpausen, wenn sie warteten bis Georg die nächste Runde brachte, schwelgten sie in Erinnerungen. „Kannst du dich noch erinnern? Weißt du noch, damals..."

Die vier Musketiere, Georg nannte sie so, kannten sich seit ihrer Kindheit.

Sie besuchten dieselben Schulen, rauchten zusammen heimlich die ersten Zigaretten, erlebten gemeinsam den ersten Vollrausch und tauschten die ersten Erfahrungen über Mädchen aus. Sie hielten zusammen wie Pech und Schwefel.

Unfug mal vier, Kumpels, Freunde fürs Leben. Im Laufe der Zeit verloren sie sich dann doch aus den Augen, zerstreuten sich in alle Winde. Den Kontakt untereinander liessen sie nie ganz abreissen, trafen sich im Laufe der Jahre immer wieder und waren nun, nach ihrer Pensionierung nach Hause, nach Birrhausen, zurückgekehrt.

Georg brachte die nächste Flasche "Brouilly".

Er war die Seele des Restaurants. Wirt, Koch, Sommelier, wenn nötig auch Kellner, alles in Personalunion. Eine stattliche Erscheinung, ein Mann mit grauen Haaren, schwarzem Schnauzbart und fröhlichen, blauen Augen. Um den rundlichen Bauch hatte er wie immer eine weisse Schürze gebunden an der er ab und an seine Hände trockenrieb.

„Habt ihr das Schild draussen gesehen? Die nächste Woche bin ich in den Ferien, ich muss mich von euch erholen!"

„Was, schon wieder Ferien?" Thomas Pfeiffer spielte den Entrüsteten."

„Wirt müsste man sein, dann könnte man sich so viele Ferien leisten", resümierte Johann Moser.

„Kein Kunststück bei den Preisen. Jetzt macht er wieder dicht und lässt seine besten Kunden verdursten, eine ungerechte Welt", jammerte Pfeiffer und schaute wie ein weidwundes Reh umher.

Dann fuhr er fort: „Wenn ich einen Notvorrat hätte anlegen können, dann würde ich die Trockenzeit besser überstehen, aber so?"

„Die Beiden kannst du nicht erst nehmen, Georg, du kennst diese Krämerseelen. Komm, gib uns einen aus, dann ist die Welt wieder in Ordnung und du kannst ohne schlechtes Gewissen in die Ferien."

„Deine Idee ist sehr gut, Paul, ich bin dabei und wenn die anderen Zwei lieber weiter schmollen, sollen sie doch. Lasst uns auf Georg's Ferien trinken.

Möge er gesund und munter wiederkommen und uns während seiner Abwesenheit den Schlüssel für den Weinkeller überlassen. Wir werden bestimmt sehr gut auf die Flaschen aufpassen." Tobias Dreher lachte dem Wirt schelmisch zu. Die nächste Runde ging aufs Haus.

Die vier Musketiere hatten noch ein gemeinsames Hobby. Kürbisse. Da war eine Geschichte für sich und nicht wenige sagten:

„Die spinnen, die vier Alten."

Denn sie versuchten auf Teufel komm aus, mit Geheimrezepten, speziellen Humusmischungen, biodynamischem Dünger, Pferdemist und allen möglichen und unmöglichen Mittelchen den grössten Kürbis zu ziehen. Kein anderes Gemüse erfreute sich solcher Hingabe und Zuwendung.

Im Herbst kürten sie dann den Kürbis-König und sein Name wurde in die ewige Bestenliste aufgenommen. Der Sieger hatte die Pflicht, die unterlegenen Gegner zu einem fürstlichen Abendschmaus in den Hirschen zu laden. An einem solchen Abend zog dann Georg alle Register seines Könnens. Seine Küche genoss einen ausgezeichneten Ruf und die Gäste kamen von weit her um seine Spezialitäten zu geniessen. Die absolut beliebteste Creation blieb das „Rindsmedallion Georg".

Rundum kurz angebraten, dann im hauchdünnen Salz-Pfeffermantel bei niedriger Temperatur im Ofen gegart und mit frischem Gartengemüse und Kräuterreis serviert.

Er hätte dafür mit einem Stern bedacht werden können. Doch Restaurant-Tester hatten sich noch nie nach Birrhausen verirrt. Georg war das nur recht. Er kochte für seine Gäste weil sie ihn und seine Küche schätzten und nicht für Leute die kamen weil es im Moment besonders angesagt war im „Hirschen" in Birrhausen zu speisen -, nur weil ein Fresspapst irgendwo sein Lokal erwähnt hatte.

***

Schlagzeilen :

Teuerung legt zu

Wetterfrösche sagen trockenen Frühling voraus

Neue Lohnrunde der Gewerkschaften

Schneider hatte nach dem Treffen in Basel die Aufgaben für seine Spezialisten mit jedem Einzelnen nochmals abgesprochen. An verschiedenen Orten, zu verschiedenen Zeiten.

Zu wichtig waren der genaue Einsatzplan, die Ausrüstung und die möglichen Risiken. Als Arbeitsbeginn war der kommende Mittwoch vorgesehen. Ein ganz normaler Tag. Und alles würde perfekt ablaufen. Schneider schaute in seinen Terminkalender. Die nächste Besprechung sollte in Brüssel stattfinden. Eine norwegische Ölfirma hatte ein Leck in einer ihrer unterseeischen Pipelines und nun brauchten sie dringend Taucher mit Schweisserausbildung. Das Leck sollte schnellst möglich geschlossen werden, so, dass die Öffentlichkeit davon nichts bemerkte. Ein normaler Job für Schneider Consulting. Er nahm aus dem grossen Tresor die Verträge der vier Spezialisten mit dem Job in der Schweiz und steckte sie in seinen Aktenkoffer.

Er hatte es sich zum Grundsatz gemacht, die Kontrakte nie in dem Land aufzubewahren, in dem die Spezialisten arbeiteten. Schneider verliess Zürich mit dem letzten Flug des Tages.

***

Es wartete viel Arbeit auf ihn und er freute sich darauf. Es war schon Anfang April und er musste sich sputen um seinen Garten rechtzeitig auf Vordermann zu bringen.

Das Wetter war schön und endlich konnte Moser wieder in sein Reich zurückkehren. Zuerst die alten Pflanzen ausreissen und auf den Kompost werfen, den Dünger verteilen und kräftig unterhacken.

Er hatte sich daran gewöhnt, dass dabei, warum auch immer, viele Steine hervorkamen und er sie mühsam zusammentragen musste. Dann konnte er damit beginnen die Beete abzustecken und die Wege anzulegen. Und erst danach begann der die Setzlinge zu pflanzen. Salat und Gemüse und speziell für seine Frau, Erbsen. Sie liebte Erbsen über alles und verabscheute die grünen Dinger aus der Dose, und für ihn wuchsen die Stangenbohnen. Stangenbohnen waren sein Lieblingsgemüse. Dazu Tomaten, Gurken, Kohl, Spinat, Endiviensalat, Kopfsalat und viele Gewürze. Eine reichhaltige Palette. Und nicht zuletzt Kürbisse. Kürbisse für den Wettbewerb.

Es war kurz vor sieben und Moser mühte sich schon eine knappe Stunde mit umgraben ab. Dies war der schwerste Teil der Arbeit und er fragte sich jedes Jahr ob es nicht besser wäre eine Maschine zu kaufen, oder im Gartencenter eine zu mieten.

Aber dann hatte er, wie immer, schon mit dem Umgraben begonnen und es lohnte nicht aufzuhören um eine Maschine zu besorgen. Vielleicht nächstes Jahr. Und wieder rammte er den Spaten in die schwarze, fruchtbare Erde. Der natürliche Torfanteil betrug fast dreissig Prozent. Ein guter Boden.

Der Schweiss rann in Bächen an ihm herunter und hinterliess nasse, dunkle Flecken auf seinem Unterhemd. Langsam wurde der Erfolg seiner Arbeit sichtbar. Er stützte sich auf den Spaten, wischte den Schweiss von der Stirn und schaute stolz auf sein bisheriges Werk. Wo sollte er dieses Jahr die Kürbisse ziehen? Beim Zaun? Beim Gartenhäuschen? Auf jeden Fall nicht in der Mitte des Gartens und auch nicht in der Nähe der Hecken.

Damit hatte er bisher kein Glück gehabt. Den Wettbewerb hatte er noch nie gewinnen können und letztes Mal fehlten ihm nur fünf Zentimeter zum Sieg.

Diesmal wollte er endlich Kürbis-König werden und beschloss deshalb, es beim Zaun und beim Gartenhäuschen zu versuchen. Es würde weniger Gemüse geben, aber seine Chancen auf den Sieg erheblich steigern.

Mit neuem Elan rammte er den Spaten wieder in den Boden, hob die schwarze Erde an, drehte den Spaten und liess sie zurückfallen. Immer wieder, ohne Unterlass.

***

Ein letzter Blick auf die alte Küchenuhr, ein letzter Schluck schwarzen Kaffees. „Zeit zu gehen, sonst wird er wieder ungeduldig." Sie packte Brot, Wurst und Käse, die Thermoskanne mit Kaffee und die Würfelzucker in den Weidenkorb und wollte schon den Deckel schliessen, als ihr Blick auf die Tasse und das Messer fiel. „Das hätte gerade noch gefehlt, den ganzen Weg nochmals zurücklaufen zu müssen."

Nun klappte sie den Deckel zu. Johann wartete. Ihr Mann hatte sich in der letzten Zeit sehr verändert. Zum Guten verändert. Nach seiner Pensionierung hatte er wochenlang nur herum gesessen. Davor hatte sie sich im Voraus gefürchtet. Er hatte alles und jeden kritisiert und sie konnte ihm nichts recht machen. Johann wusste nichts mit sich und der Zeit anzufangen.

Es war die erste grosse Krise nach über dreissig Ehejahren. Deswegen floh sie tagelang aus der sonst so gemütlichen Wohnung, sie konnte es nicht mehr ertragen.

Doch allmählich fing sich Johann wieder auf. „Zum Glück hat er seine Freunde und seinen Garten. Wäre es weiter so gelaufen, ich hätte durchgedreht", vertraute sie ihrer besten Freundin an.

Doch das Leben hatte wieder seine geordneten Bahnen eingeschlagen und Normalität war wieder angesagt.

Sie griff nach der Strickjacke, - morgens konnte es noch immer sehr kühl sein -, zog sie über, packte den Korb und verliess die kleine Wohnung an der Schmiedengasse Nummer Sieben.

Zielstrebig steuerte sie aus dem Städtchen hinaus auf die Schrebergärten zu. Es war wirklich noch kühl und sie zog die Jacke enger um sich. Die Sonne warf die ersten, warmen Strahlen auf ihr Gesicht und sie blinzelte ins Licht. Kein Wölkchen zeigte sich am Himmel, es würde wieder ein wunderschöner Tag werden. Am Nachmittag wollte sie spazieren gehen, die Sonne, die Wärme, den Frühling geniessen.

So früh waren noch nicht viele Menschen unterwegs. Den Einen oder Anderen grüsste sie in Vorübergehen. Man kannte sich in Birrhausen. Für einen Schwatz hatte sie keine Zeit, denn ihr Johann würde bestimmt schon nach ihr Ausschau halten.

***

Wenn es eine Person gab der man das Attribut seriös zugestehen musste, dann war dies zweifelsohne Thomas Meier. Er war seiner Frau ein liebender und treuer Ehemann und den beiden Kindern ein fürsorglicher Vater. Überall beliebt und respektiert, seit Jahren ein gewissenhafter und sehr geschätzter Mitarbeiter der örtlichen Sparkasse, Abteilung Kreditwesen. Sein Tenor machte ihn zur Stütze im Gesangsverein und im Sportverein spielte er in der Volleyball-Mannschaft. Gut aussehend und sportlich mit gutem Einkommen, ein Mann ohne Fehl und Tadel, der Traum aller Schwiegermütter. Morgens stand er immer als Erster auf, bereitete das Morgenessen für seine Familie und hatte noch genügend Zeit einen ersten Blick in die Tageszeitung zu werfen bevor er seine Familie weckte.

So wie jeden Tag, von Montag bis Freitag. Das Frühstück stand auf dem Tisch, helles und dunkles Brot, Butter und Konfitüre, herrlich duftender Kaffee. Er schaute auf die Uhr. Noch eine Viertelstunde blieb ihm, dann musste er seine Frau und die Kinder wecken. Zeit für die Morgenlektüre.

Er trat aus dem Haus in der Schmiedengasse und blinzelte in die helle Sonne. Einen kurzen Moment war er geblendet. Dann wandte er sich dem Briefkasten zu, öffnete ihn, holte die Tageszeitung heraus und faltete sie auseinander. Er las die Schlagzeile welche die erste halbe Seite mit ihren dicken, schwarzen Lettern in Anspruch nahm: Sexorgien in der Armee.

***

Immer wieder rammte Moser den Spaten in den Boden, hob die schwarze Erde an, drehte den Spaten und liess die Erde zurückfallen. Immer wieder, ohne Unterlass.

Er vernahm ein leises Sirren und gleichzeitig traf ein heftiger Schlag seinen Rücken, liess ihn nach vorne stolpern. Was war das. Er fing sich auf und wollte sich umdrehen. Der Schmerz durchfuhr ihn wie glühendes Eisen, breitete sich in seinem Rücken und in seiner Brust aus, frass sich in seinen Kopf und liess seinen Atem stocken. Die Welt um ihn herum begann sich zu drehen und ein Schleier wie aus zartem, weissem Tüll legte sich vor seine Augen. Er verstand nicht was mit ihm geschah. Der Versuch sich irgendwo festzuhalten schlug fehl, da war nichts an das er sich hätte klammern können. Der Spaten glitt aus seinen Händen und die Beine gaben nach, als könnten sie sein Gewicht nicht mehr tragen. Und dann fiel er, fiel in ein grosses, schwarzes Loch. Hart prallte er auf der schwarzen Erde auf, doch das spürte er nicht mehr.

***

„Guten Morgen Anna, du bist aber früh auf den Beinen." Sie kannte die Stimme. Sie drehte sich nicht um, sondern ging ruhig weiter. Augenblicke später hatte er sie eingeholt. „Jetzt kennen wir uns schon über fünfzig Jahre und noch immer laufe ich dir hinterher." Sie drehte ihm ihr Gesicht zu und lächelte ihn an.

„Guten Morgen Albert, was machst du so früh hier? Hat dich Susanne rausgeschmissen?"

„Halb so schlimm, Susanne ist schon früh los um ihre Schwester zu besuchen. So habe ich Zeit mich um den Garten zu kümmern und die grössten Kürbisse zu ziehen." Er schaute auf den Korb und hob neugierig den Deckel an. „Was hast du da Feines drin?"

„Ja was wohl", sie stiess seine Hand weg, „Johanns Frühstück natürlich, was denn sonst." Sie drehte den Korb leicht zur Seite, so dass er den Deckel nicht wieder anheben konnte.

„So möchte ich auch einmal verwöhnt werden", seufzte Albert und liess theatralisch die Schultern sinken. Anna schaute ihn lächelnd an.

„Du änderst dich nie, komm in einer Viertelstunde vorbei, es ist genug da. Ich kann dich doch nicht verhungern lassen, Susanne würde mir das nie verzeihen."

„Du bist ein wahrer Engel." Schmachtend schaute er sie an.

„Dann bis nachher, du armer Kerl", lachte sie. Sie hatten die Gärten erreicht und Anna wandte sich nach links, Albert nach rechts. Ihre Gärten lagen nur wenige Schritte auseinander.

Anna schaute über den Zaun, konnte aber ihren Johann nicht entdecken. Sie wunderte sich. Wahrscheinlich ist er hinter dem Häuschen und gräbt dort den Garten um, dachte sie, öffnete das hölzerne Türchen und zog es hinter sich wieder zu. Sie ging auf das Häuschen zu.

„Das müssen wir dieses Jahr neu streichen und die Pergola kann auch etwas Farbe vertragen", sprach sie vor sich hin. Dann ging sie am kleinen Häuschen vorbei und – blieb wie angewurzelt stehen.

Der Korb fiel zu Boden. Sie stand da und konnte sich nicht bewegen, -und nicht begreifen was sie sah.

Johann lag mit dem Gesicht nach unten auf der frischen, schwarzen Erde. Regungslos. In seinem Rücken steckte ein langer, schwarzer Pfeil.

Albert Dürrer öffnete sein Gartenhäuschen. In Gedanken war er schon eine Viertelstunde weiter, bei Annas Kaffee, dem frischen Brot, der feinen Wurst und dem würzigen Käse. Ein zweites Frühstück mit seinen Freunden, darauf freute er sich.

Er hörte die Schreie und es dauerte einen Augenblick bis er die Stimme erkannte, - Anna. „Mein Gott, das ist Anna", rief er laut. Es musste etwas Schreckliches geschehen sein und er rannte los so schnell er konnte. Er spürte nicht wie ihm die Äste ins Gesicht schlugen, als er quer durch den Garten lief.

Er fand die beiden hinter dem Gartenhäuschen. Johann lag auf der Erde und Anna hatte sich über ihn geworfen.

Sie schrie und schüttelte immer wieder ihren Mann. „Johann, Johann", immer wieder, „Johann." Tränen liefen über ihr Gesicht. Albert kniete sich neben die Beiden, nahm Johanns Arm und suchte den Puls zu fühlen. Nichts. Johann war tot.

Er fasste Anna behutsam an den Schultern und zog sie langsam von ihren Mann weg. „Er sagt nichts, warum sagt er denn nichts", fragte sie mit tränenerstickter Stimme.

„Komm Anna." Albert zog sie langsam hoch und sie vergrub ihr nasses Gesicht in seiner Schulter. Dann führte er sie zum Gartenhäuschen und setzte sie auf die kleine Bank. Er zog seine Jacke aus und legte sie um ihre Schultern. Weitere Nachbarn kamen angelaufen und standen nun ratlos und unschlüssig herum.

„Kann jemand die Polizei rufen? Und einen Arzt?" Dann wandte er sich wieder Anna zu, setzte sich neben sie und legte seinen Arm um ihre Schulter. Es schien als wäre mit einem mal aller Lebenswille aus ihr gewichen, klein und hilflos, zu einem Häufchen Elend zusammengesunken sass sie da.

"Warum sagt er nichts?" Ihre tränennassen Augen starrten ins Leere. Albert wusste keine Antwort, seine Kehle war wie zugeschnürt und auch seine Augen füllten sich mit Tränen.

***

Thomas Meier war gespannt, was es mit dem Sexskandal auf sich hatte und las weiter. Die Offiziersanwärter hatten sich einen fröhlichen Abend gemacht und dazu einige Tänzerinnen eingeladen. Um Mitternacht hätten diese dann nackt auf den Tischen getanzt. Er schmunzelte, es erinnerte ihn an seine Dienstzeit. Die Sache flog auf, als die Freundin eines Aspiranten im Lokal auftauchte.

Plötzlich hörte er eine Polizeisirene und als er aufschaute raste ein Streifenwagen mit eingeschaltetem Blaulicht an ihm vorbei. Er schaute ihm nach bis er um die Ecke verschwunden war.

Wahrscheinlich ein Verkehrsunfall, so früh am Morgen. Dann schaute er wieder in die Zeitung.

Die Freundin des Aspiranten war auf eine Tänzerin losgegangen die sich direkt vor ihrem Freund auf und ab bewegte und mit ihren Brüsten über sein Gesicht strich.

Weiter kam er nicht.

Ein schwarzer Pfeil bohrte sich durch seinen Rücken bis in sein Herz. Einen Augenblick stand er regungslos ohne zu begreifen was mit ihm geschah. Dann durchfuhr ihn ein glühender Schmerz, seine Beine gaben nach und er stützte zu Boden. Hart schlug er auf. Er versuchte sich gegen sein Schicksal zu wehren, nahm seine ganze Kraft zusammen und stemmte sich hoch, versuchte aufzustehen. Er kam bis auf die Knie, dann fiel er ein zweites, letztes Mal. Das Leben wich aus ihm und seine toten Augen starrten in die helle Sonne.

***

Das Polizeifahrzeug hielt mit laufendem Blaulicht vor dem Gartenareal. Zwei Uniformierte stiegen aus und wurden von einem Schrebergärtner zu Moser geführt. Ein kurzer Blick auf das Opfer, die kurze Suche nach einem Pulsschlag, dann stand der Beamte wieder auf und griff nach dem Funkgerät.

„Wagen eins für Zentrale."

„Hier Zentrale", quäkte es aus dem Gerät.

„Wir sind draussen bei den Familiengärten, hier liegt ein Toter mit einem Pfeil im Rücken. Schickt die Kollegen von der Kripo und die Spurensicherung. Der Arzt soll schon unterwegs sein, fragt aber besser nochmals nach. Wagen eins Ende."

„Zentrale verstanden, schicken Kripo und Spurensicherung und fragen nach beim Arzt. Hast du gesagt ein Pfeil?"

„Habe ich gesagt."

„Verrückt, Zentrale Ende."

Immer wenn ein Unglück geschieht sind sie urplötzlich da. Wie aus dem Nichts tauchen sie auf als würden sie gerufen, als könnten sie das Unheil riechen, als gäbe es nichts Wichtigeres auf der Welt -, die Gaffer. Wie Aasgeier suchten sie sich die besten Plätze aus um sich auf die Sensation zu stürzen. Sie drängten sich dicht an dicht vor dem Zaun und die Beamten hatten Mühe sie am Betreten des Gartens zu hindern.

„Gehen sie zur Seite, lassen sie mich bitte durch. Verdammt noch mal, verschwinden sie endlich!"

Nur mühsam konnte sich der Arzt seinen Weg durch die Gaffer bahnen. Als er sich endlich durch das Gartentürchen gequetscht hatte, atmete er auf. „Jedes Mal die gleichen Idioten, man sollte sie Alle einsperren", schimpfte er.

„Morgen Doktor, der Tote liegt hinter dem Gartenhäuschen, ich bringe sie hin." Als Notfallarzt war er sich vieles gewohnt.

Er stellte offiziell den Tod von Johann Moser fest und notierte Ort und Zeitpunkt. Als vorläufige Todesursache notierte er: Tod durch einen, von hinten in das Herz eingedrungenen Pfeil. Dann wischte er sich die schwarze Erde von den Hosen. Der Beamte wandte sich an ihn.

„Können sie bitte nach der Frau sehen? Sie hat den Toten gefunden und sitzt drüben auf der Bank. Der Tote ist -, der Tote war, ihr Ehemann."

„Ich werde sofort nach ihr sehen." Dann ging der Arzt hinüber zu Anna.

***

Seit zehn Jahren war Herbert Von Au nun Chefarzt am örtlichen Krankenhaus. Nach dem Studium in Zürich, den folgenden Jahren in Berlin an der Charité, dem St. Mary's Hospital in London und dem Universitätsspital Basel, war er hier in Birrhausen gelandet.

Das Angebot: freie Personalwahl, Organisation der Abteilungen nach seinen Ideen und Investitionen welche er Vorschlagen konnte und die vom Stiftungs- und Verwaltungsrat vollumfänglich getragen wurden. Hier hatte er endlich die Möglichkeit gefunden, eine zeitgemässe Gesundheitsversorgung einzuführen.

Neben dem normalen Dienst, den er, auch als Chef, wie alle Anderen versah, machte er in akuten Fällen auch Hausbesuche und übernahm auch den Dienst als Unfallarzt. Nur Klinikbetrieb, das sei ihm zu langweilig, behauptete er. Fast jede Art von Krankheiten, alle Arten von Operationen, Unfallopfer die nur mühsam zusammengeflickt werden konnten, Tote jeden Alters, das alles war ihm nicht fremd.

Doch dies hier war für ihn etwas Neues. Ein Mord. Und der Mann war mit einem Pfeil erschossen worden.

***

„Guten Morgen Herr Hartmann, auch schon aufgestanden?"

„Morgen Medizinmann. Anstatt mich anzumachen sag mir besser was hier los ist", brummte er.

„Viel kann ich noch nicht sagen." Von Au zückte seinen Notizblock. „Das Opfer heisst Moser Johann, Pensionär, wohnt Schneidergasse 7, starb heute Morgen zwischen sechs und sieben Uhr, vermutete Todesursache, Pfeil in den Rücken, wahrscheinlich drang die Pfeilspitze direkt in sein Herz. Näheres wird die Obduktion ergeben."

„Hast du Pfeil gesagt?"

„Ich weiss es klingt verrückt, aber schau es dir selbst an."

Von Au ging voraus und Hartmann folgte ihm hinter das Häuschen, wo die Spurensicherung schon an der Arbeit war.

„Das habe ich heute Morgen schon mal gesehen."

Von Au war überrascht. „Du willst mich auf den Arm nehmen?"

„Schön wär's. Es ist dein nächster Kunde. In der Schmiedengasse liegt ein Mann vor seiner Haustüre. Auch er hat einen Pfeil in seinem Rücken. Meine Kollegen sind dort und ich habe ihnen gesagt, dass ich dich vorbei schicken werde." Einen Moment standen sie schweigend da.

„Wie lange braucht ihr noch?" fragte Hartmann die Spurensicherung.

„In einer halben Stunde sind wir hier fertig, dann kann der Tote weggebracht werden." Hartmann wandte sich an Von Au.

„Du hast es gehört, in einer halben Stunde gehört er dir. Wie lange brauchst du für die Autopsie?"

„Das kann ich dir nicht sagen, wenn in der Schmiedengasse noch ein Toter liegt. Doch zuerst kommen die Lebenden an die Reihe. Kann jemand Frau Moser nach Hause bringen und bei ihr bleiben bis Familienangehörige oder Freunde sich um sie kümmern können?

Ich werde Abends bei ihr vorbeigehen und nachschauen wie ihr Zustand ist. Nach ihrem Schock wirst du sie vor morgen früh doch nicht befragen können."

„Ich kümmere mich darum", sagte Hartmann.

„Gut, dann findest du mich ab jetzt in der Schmiedengasse."

Nachdem Von Au verschwunden war, liess Hartmann Anna Moser von einer Beamtin nach Hause bringen. Der Tote wurde bäuchlings in einen Zinksarg gelegt und bevor der Deckel geschlossen werden konnte, musste der Pfeil abgeschnitten werden. Der abgeschnittene Teil wurde neben dem Toten in den Sarg gelegt. Die Spurensicherung hatte ihre Arbeit erledigt und als es nichts aufregendes mehr zu sehen gab, verschwanden auch die Gaffer. Hartmann blieb allein zurück. Er stellte sich dahin, wo vor kurzem noch der Tote gelegen hatte und sah sich um.

War der Pfeil von ausserhalb des Gartens gekommen, da, wo die Gaffer gestanden und alles niedergetreten hatten?

Das Opfer lag aber hinter dem Häuschen und war vom Eingang her nicht zu sehen. Auf der anderen Seite war die Sicht durch Sträucher und niedrige Bäume versperrt. Hatte der Täter den Garten betreten? Dann müssten Spuren vorhanden sein und das konnte die Spurensicherung mit dem Vergleich der Schuhprofile schnell feststellen.

Und wenn sie nichts gefunden hatten, was dann? Von welchem Ort aus hatte der Täter geschossen? Und wie weit trägt so ein Pfeil? Augenzeuge gab es keine, und dass sich auf einen Aufruf hin doch noch jemand melden würde, diese Illusion hatte er längst nicht mehr. Wenn es keine verwertbaren Spuren gab, konnte er nur versuchen ein Motiv für diesen Mord zu finden.

„So gross ist Birrhausen nicht, da werde ich wohl nicht lange suchen müssen", sagte er laut zu sich selbst. Etwas aber bereitete ihm Unbehagen. Die aussergewöhnliche Mordwaffe.

Noch nie hatte er gehört, dass in der heutigen Zeit jemand mit einem Pfeil ermordet wurde. Und nun gleich zweimal. Sehr aussergewöhnlich.

Er verliess den Garten und klebte ein Polizeisiegel an das Gartentürchen. Reine Gewohnheit, denn jeder hätte über das Türchen hinweg steigen können. Auch er machte sich auf den Weg in die Schmiedengasse.

***

Eltern-Besuchstag. Sie hasste diesen, er war ihr ein Gräuel. Doch einmal pro Semester musste sie den Tag durchstehen. So verlangten es Schulbehörde und Rektorat. Jedes Mal war sie froh, wenn der Tag vorüber war. An einem Besuchstag war alles anders, waren die Kinder anders. Natürlichkeit, Spontanität, Eigeninitiative, Eigenverantwortung, alles was sie immer förderte und forderte, war wie weggeblasen. Die Kinder waren brav, ruhig, angepasst und bemüht keine Fehler zu machen.

Auch wenn sie versuchte die Stunden interessant zu gestalten, der Funke sprang nie über und die Schüler liessen sich durch nichts aus der Reserve locken. Doch bei all dem hatte sie Verständnis für die Jungen. Der Erwartungsdruck durch die Eltern war deutlich spürbar.

Aus unserem Kind soll mal was werden, es soll es mal besser haben, warum nicht studieren, Arzt oder Anwalt, oder so, unser Kind kann das, es muss nur richtig gefördert werden. Der Druck lag nicht nur auf den Kindern.

So glich das Ganze einem Schauspiel. Das Klassenzimmer war die Bühne, die Kinder die Darsteller, die Eltern die Kritiker und sie versuchte, in dieser Posse, mehr schlecht als recht, Regie zu führen. Und damit hatte sie echt Mühe. Mit dem Ganzen. Vielleicht lag es an ihrem Alter.

Mit 28 Jahren war sie jünger als die meisten Eltern und wahrscheinlich noch zu wenig abgebrüht. Trotzdem, sie liebte ihren Beruf und hätte mit niemandem tauschen wollen.

Die Schüler der fünften Klasse hatten sie in ihr Herz geschlossen und sie wurde von ihnen respektiert, geachtet, ja sogar geliebt und verehrt.

Doch heute war es nochmals anders. Die Eltern waren unruhig und redeten untereinander. Als Lehrerin hatte sie auch von den Toten gehört. Die Kollegen sprachen darüber und die Schüler erzählten sich die verrücktesten Geschichten. Sie hatte die Eltern gebeten über dieses Thema nach der Schule zu sprechen, doch es hatte nur einen Augenblick Ruhe gebracht. Das Getuschel im Hintergrund ging weiter. So hatte sie alle Mühe damit, dass die Kinder sich auf den Unterricht konzentrierten. Dann endlich war der Besuchstag zu Ende. Kinder und Eltern verabschiedeten sich und sie genoss einen Moment der Stille in ihrem Klassenzimmer. Am kommenden Montag ging der normale Schulbetrieb wieder weiter. Dann war auch ihre Welt wieder im Lot.

Sie begann aufzuräumen und nach einer halben Stunde war alles wieder an seinem Platz. Prüfend sah sich sich im Zimmer um und war mit ihrer Arbeit zufrieden.

Lisa, so riefen sie ihre Familie und ihre Freunde, stellte sich kurz vor den Spiegel, zupfte ihr blaues Kleid zurecht, versuchte ihre wuschelige Haarpracht zu bändigen und überprüfte kurz ihr Make-up. Dann strich sie ihr Kleid glatt und betrachtete ihr Spiegelbild. Was sie sah gefiel ihr.

Rotbraunes Haare und dunkle Augen. Die Brauen mit dunkelbraun und die Lippen mit einem Dunkelrot nachgezogen. Sie wusste dass sie hübsch war. Auf jeden Fall viel hübscher als der Rest des Lehrkörpers. Gut gelaunt verliess sie das Schulhaus und nahm den Nachhauseweg unter die Füsse.

Sie schätzte die kurze Distanz zwischen Schule und Wohnung. Dies war auch mit einer der Gründe weshalb sie die Stelle in Birrhausen angenommen hatte.

Jahrelang musste sie täglich zwischen dem Gymnasium, später zwischen der Uni und ihren Wohnort pendeln. Sie wohnte auf dem Land in einem kleinen Bauerndorf und das einzige öffentliche Verkehrsmittel war ein Postbus der jede Stunde vorbeifuhr. Meist zu den unpassendsten Zeiten. Als Studentin konnte sie sich keine Wohnung in der Stadt leisten und in eine WG wollte sie nicht. Also weiter Pendeln, Tag für Tag.

Ab ihrem achtzehnten Geburtstag bezahlten ihr die Eltern die Lernfahrstunden und als sie Stolz den Führerschein präsentierte, kauften sie ihr einen Kleinwagen. Mit diesem war sie die folgenden Jahre unterwegs. Immer noch als Pendlerin, aber viel, viel schneller. Diese Mobilität hatte auch ihre Schattenseiten. Die Zeitersparnis ging oft bei der Parkplatzsuche wieder verloren und die laufenden Kosten frassen ein grosses Loch in ihr Budget. Wäre der Bus zu vernünftigeren Zeiten gefahren, sie wäre wieder umgestiegen. Aber so blieb alles beim Alten. Sie musste nur den Gürtel enger schnallen. Wenn das immer so einfach gewesen wäre.

Zehn Minuten brauchte sie für den Nachhauseweg. Etwas länger, wenn sie noch einkaufte. Die Metzgerei, der Bäcker und der kleine Tante-Emma-Laden, mit frischem Obst und Gemüse, sie alle lagen an ihrem Weg. Idealer konnte es nicht sein. Ihr Auto brauchte sie nur noch um ihre Eltern zu besuchen, an Wochenenden, wenn sie mit Freunden unterwegs war, oder abends, für die Verabredungen ausserhalb. Ansonsten stand der Wagen die ganze Woche vor dem Haus.

In der einen Hand die Einkäufe, in der Anderen die Aktenmappe, so stand sie vor der Haustüre. Die Wohnung unter dem Dach war eher klein, doch die grosse Dachterrasse mit der einzigartigen Aussicht über die Dächer der Stadt entschädigte sie für die engen Platzverhältnisse. Sie stellte die Einkäufe neben sich und kramte nach ihrem Hausschlüssel. Endlich. Sie steckte den Schlüssel ins Schloss.

Der wuchtige Schlag in ihren Rücken warf sie nach vorne und sie prallte heftig gegen die Tür.

Dann rutschte sie langsam daran nach unten, kippte zur Seite und blieb reglos liegen. Sie verstand nicht, woher die Wärme kam welche ihren Körper durchflutete. Schmerz? Nein. Und mit einem Mal fühlte sie sich leicht, federleicht. Langsam, ganz langsam schwebte sie nach oben.

„Bin ich das, da unten?" Alles um sie herum war in sanftes, warmes Licht getaucht. Sie fühlte sich frei, zufrieden, glücklich.

Elisabeth Jansen starb mit einem sanften, unwirklichen Lächeln auf ihrem Gesicht.

***

„Ich gehe hinüber zu Anna, ich muss kurz nach ihr sehen, vielleicht kann ich etwas für sie tun. Schliesslich muss sich doch jemand um sie kümmern und wofür hat man sonst seine Freunde. Schau du nur weiter Fußball, uns Frauen interessieren andere Dinge. Wenn du Hunger hast, das Abendessen steht im Kühlschrank, du musst es nur aufwärmen."

Käthi Dürrer griff nach Ihrer Strickjacke, legte sie um ihre Schultern und war zur Wohnung hinaus, noch bevor er Gelegenheit zu einer Antwort hatte. Sie stieg die Treppen hinunter und wollte aus dem Haus. Plötzlich donnerte etwas von aussen gegen die Tür, dann kratzte es daran und dann war wieder Stille. Sie war stehen geblieben. Was mochte das sein? Entschlossen öffnete sie die Tür und meinte im selben Augenblick, ihr Herz müsse stehen bleiben. Sie konnte sich nicht rühren. Sie starrte auf die junge Lehrerin die vor ihren Füssen lag. In ihrem Rücken steckte ein schwarzer Pfeil. Unvermittelte begann Käthi Dürrer zu schreien, laut und schrill. Rundum flogen Türen und Fenster auf, von allen Seiten stürzten die Leute herbei.

Schockiert, aber auch fasziniert, starrten sie Alle wie gebannt auf das Opfer. Niemand versuchte Hilfe zu leisten. Niemand schaute nach, ob die junge Frau noch lebte. Sie standen nur da, gafften.

Auch Albert Dürrer hörte die Schreie und stürzte die Treppen hinunter. Er hatte grosse Angst seiner Frau könnte Schlimmes zugestoßen sein. So hatte er seine Käthi noch nie schreien gehört. Er rannte zu seiner Frau hin, die bleich und zitternd an der Hauswand lehnte und unverwandt auf den Boden starrte. Er packte sie bei den Schultern und zog sie schützend an sich.

Dann folgten seine Augen ihrem Blick, sahen die junge Frau auf dem Boden liegen, sahen den schwarzen Pfeil in ihrem Rücken stecken.

„Mein Gott, wie bei Johann – genau gleich wie bei Johann", entfuhr es ihm. Dann drehte er seine zitternde Käthi herum und sie vergrub ihr Gesicht in seiner Schulter.

***

Innert weniger Minuten hatte die Polizei die Schmiedengasse abgeriegelt, die Leute zurückgedrängt und den Tatort mit weissrotem Band abgesperrt. So wie sie es heute Morgen schon einmal getan hatte. Von den Umstehenden wurden die Personalien aufgenommen und eine erste Befragung fand noch vor Ort statt. Doch niemand konnte den Tathergang schildern, niemand hatte das Verbrechen gesehen, oder sie standen noch so sehr unter dem Eindruck des Geschehens, dass sie zu vernünftigen Antworten nicht fähig waren.

„Du bist spät daran, Medizinmann", sagte Hartmann

„Ich kann meine Arbeit nicht einfach stehen und liegen lassen, da hätte ich innert kürzester Zeit keine Patienten mehr. Oder fändest du es toll, wenn ich dich mit heruntergelassener Hose stehen lassen würde?" Hartmann brummte etwas. „Was hast du hier, Hans, schon wieder eine Leiche?"

Es war ihm anzusehen, dass er auf diese Frage eigentlich keine Antwort wollte, und wenn, dann am liebsten ein, nein, gehört hätte.

„Komm mit und sieh es dir an." Sie gingen über die Gasse zum Hauseingang. Von Au beugte sich über das Opfer, tastete nach dem nicht mehr vorhandenen Pulsschlag, schüttelte den Kopf und stand langsam auf. Er schaute auf die Tote hinunter und bemerkte das Lächeln in ihrem Gesicht, den glücklichen Ausdruck der langsam von ihrem Antlitz verschwand. „Es sieht fast so aus, als wäre sie friedlich gestorben." Wieder schüttelte er den Kopf.

„Was hast du gesagt, Herbert?" Es schien als käme Von Au aus einer anderen Dimension zurück, sein Kopf ruckte herum.

„Wieder mit einem Pfeil, wie die beiden heute Morgen."

„Ja, wie heute Morgen, und ich glaube, dass du das Gleiche denkst wie ich."

„Das Gleiche wie du, Hans, genau das Gleiche." Von Au zückte sein kleines, schwarzes Notizbuch.

„Was hast du für Angaben über die Tote? Was schreibe ich auf den Totenschein?"

„Die Frau heisst Jansen Elisabeth, 28 Jahre. Lehrerin, wohnte hier im Haus, Schmiedengasse 15, oben in der Dachwohnung." Hartmann zeigte nach oben und Von Au blickte automatisch hoch unters Dach.

„Wann ist es geschehen?"

„Vor etwa einer halben Stunde, schreibe 18.15 Uhr, Todesursache: -, das machst du schon." Von Au machte sich Notizen.

„Hans, kannst du die Tote möglichst schnell in die Pathologie bringen lassen? Ich möchte sie noch heute untersuchen und mit den ersten Toten vergleichen. Morgen früh hast du dann den Bericht über die drei Opfer."

„Wenn die Spurensicherung fertig ist bringen wir sie."

„In Ordnung." Von Au ging ein Paar Schritt, hielt inne und drehte sich zu Hartmann um.

„Hans, für heute sind es genug." Dann drehte er sich wieder um und ging die Gasse hinunter.

Nachdenklich schaute ihm Hartmann nach. Dann wandte er sich an die Spurensucher. „Hast du schon etwas für mich, Georg?"

„Nein, nichts was dir weiterhelfen wird. Wir haben bisher keine Hinweise auf den möglichen Täter, wir wissen auch noch nicht von welchem Standort aus der Pfeil abgeschossen wurde und haben deshalb auch noch keine Spuren. Der einzige Anhaltspunkt ist der Pfeil. Der sieht aus wie die von heute Morgen und an denen haben wir bis jetzt noch nichts Spezielles gefunden, ausser dem Blut der Opfer. Noch eine Frage, Hans?" Hartmann hob beschwichtigend seine Hände.

„Schon gut, ich verstehe, danke Georg." Dann liess er die Spurensucher weiter arbeiten und ging auf Anton Müller zu, Polizeiwachtmeister und Chef der uniformierten Polizei. „Anton, hast du etwas für mich?"

„Nein, nichts Konkretes. Niemand hat etwas gesehen, obwohl viele Leute unterwegs waren. Die Meisten haben erst auf das Schreien von Käthi Dürrer reagiert. Keiner hat etwas Aussergewöhnliches gesehen oder kann sich an etwas Ungewöhnliches erinnern. Nein, bis jetzt haben wir nichts Brauchbares."

„Also auch hier keine Zeugen, wie heute Morgen." Nun war es an Hartmann, den Kopf zu schütteln.

„Vielleicht ergibt sich doch noch etwas, du musst Geduld haben", versuchte es Müller. Hartmann schüttelte wieder den Kopf.

„Lass es gut sein, Anton, gib mir einfach was du hast."

***

Hartmann hatte ein Problem. Drei Morde an einem Tag und alle Opfer waren mit einem Pfeil erschossen worden. Moser und Meier am frühen Morgen, Jansen am späten Nachmittag. Warum wurden sie getötet? Rache? Hass? Liebe? Geld?

Die Pfeile deuteten auf denselben Täter hin. Was hatten ein Rentner von 66 Jahren, ein Familienvater von 42 Jahren und eine 28 jährige Lehrerin gemeinsam? Wo lag da eine mögliche Verbindung?

Was konnte das Motiv sein? Zufall? Nein, an diese Art von Zufall glaubte er nicht. Noch blickte er nicht durch. Noch fehlten ihm die Fakten. Diese musste er erst zusammentragen, musste Leute befragen, das Umfeld der Opfer unter die Lupe nehmen, ihr Leben durchforsten. Das konnte mühsam werden. Eine schnelle Antwort würde es nicht geben, er würde Zeit brauchen. Und -, wer schoss mit Pfeilen? Nach einem Amateur sah das nicht aus. Gab es in der näheren Umgebung einen Bogenschützenverein, oder wie das auch immer hiess? Er wusste es nicht.

„Müller, ich muss Müller fragen, der wohnt schon seit Urzeiten in Birrhausen. Der kennt Alle und weiss über alles Bescheid."

***

Es dauerte dann doch nicht so lange wie Hartmann befürchtet hatte. Noch am selben Abend hatte Müller die erste Verbindung gefunden. Das erste Opfer, Johann Moser, war während 25 Jahren Lehrer an der örtlichen Schule gewesen bevor er im letzten Jahr in Pension ging.

Das dritte Opfer, Elisabeth Jansen, unterrichtete seit zwei Jahren an der gleichen Schule. Die beiden hatten sich gekannt. Aber wie gut hatten sie sich gekannt? Gab es Gemeinsamkeiten zwischen ihnen? Gleiche Interessen? Oder etwas Privates, Persönliches? Abneigung? Ein intimes Verhältnis schien unwahrscheinlich, bei dem Altersunterschied. Und doch hatten sie eines gemeinsam, ihren Mörder. Da die Motive meist im unmittelbaren Umfeld der Opfer zu finden sind, würde es nicht allzu schwer sein die Hintergründe für die Verbrechen und den Täter zu finden. Alles nur eine Frage der Zeit.

Und auch dass das zweite Opfer da nicht hineinpasste, auch das würde sich auflösen. So dachte Hartmann. Zu Beginn.

***

„Soll ich dich nach Hause begleiten?" Der Junge strahlte das dunkelhaarige, ausnehmend hübsche Mädchen an. Mitternacht war längst vorbei und im Osten zeigte sich ein erster heller Streifen am Horizont. Die Clique hatte eben das Oasis verlassen. Im Moment war es das angesagteste Lokal der Stadt mit der besten Musik und dem bekannten DJ Dummy. Die Jungen aus Birrhausen und Umgebung trafen sich dort. Auch hier waren die Toten das Gesprächsthema des Tages. Wer hatte die drei Menschen erschossen? Viele der Jungen hatten den alten Moser gekannt, waren bei ihm zur Schule gegangen. Doch nicht alle interessierte das Thema, es gab wichtigeres. Die junge Frau lächelte ihn an und ihr Augenaufschlag liess ihn schmelzen.

„Danke, lieb von dir, aber ich finde den Weg schon allein, es sind doch nur ein paar Schritte." Und in die Runde sagte sie: „Kommt gut nach Hause, wir sehen uns morgen." Der Junge stand da mit hängenden Armen, zu keiner Reaktion fähig. Er schaute ihr nach wie sie um die nächste Ecke verschwand. Den ganzen Abend hatte er versucht ihr näher zu kommen und sie schien nichts dagegen zu haben.

Doch irgendwie hatte er es sich anders vorgestellt, mit einem anderen Ende. „He, Chris, aufwachen." Sein Freund Peter stiess ihn in die Rippen. „Du gehst besser nach Hause und überschläfst das Ganze noch einmal." Die Clique grinste. Sie hatten längst gemerkt was los war, dass sich Chris in Susanne verknallt hatte.

„Okay, schon gut", Chris hob beschwichtigend die Hände, „dann gehe ich eben schlafen. Tschüss, bis morgen." Mit hängenden Schultern trottete er davon.

Hätte sie ja sagen sollen? Er hätte sie nach Hause gebracht, bis vor die Haustüre. Chris ist ein sehr sympathischer Typ, dachte sie bei sich, und vielleicht kann noch etwas daraus werden. „Nur nichts überstürzen, Susanne, nur nichts überstürzen", sagte sie laut zu sich selbst und lächelte. Sie freute sich den Jungen morgen wieder zu sehen und wusste, dass er sie vorher bestimmt anrufen würde.

Beschwingt schlenderte sie durch die Hauptstrasse und bog dann in die Schmiedengasse ein. Noch ein paar Schritte und sie war Zuhause.

Er wusste er würde nicht schlafen können. Zu aufgewühlt war sein Innerstes, waren seine Gefühle durcheinander geraten. Er wollte nicht nach Hause gehen und so lief er ziellos durch die Gassen der Stadt. Als er im Oasis Susanne begegnete, war ihm als würde ihn ein riesiger, schwerer Hammer treffen. Seit dem Kindergarten kannte er sie. Sie waren zusammen in die Schule gegangen, waren zusammen aufgewachsen. Doch sie war nicht mehr das Mädchen vergangener Tage, sie war zu einer wunderschönen Frau geworden. Vom hässlichen Entlein zum stolzen Schwan. Ihre helle, warme Stimme und ihr bezauberndes Lächeln gingen ihm unter die Haut.

Ihre schlanke, tolle Figur, die langen Beine, die kleinen wohlgeformten Brüste, ihr Gesicht einem Engel gleich, umrahmt von schwarzen Locken und dann die meerblauen Augen die so unschuldig, so liebevoll, so zärtlich zu ihm aufsahen. So sah er sie vor sich und glaubte den Verstand zu verlieren. Wie von einem anderen Stern, eine neue, unbekannte und faszinierende Susanne. Hinreissend. Noch nie hatte er ein Mädchen gefragt ob er sie nach Hause bringen soll. Doch heute hatte er es getan. Dafür musste er seinen ganzen Mut zusammennehmen. Und was war dann geschehen?

Er hatte da gestanden wie versteinert, hatte keinen Ton mehr herausgebracht, war wie paralysiert. Was war er doch für ein Hornochse, wohnten sie doch so nahe beieinander, nur wenige Häuser lagen dazwischen, in der gleichen Gasse.

„Chris, Chris, du bist ein Idiot, ein hirnverbrannter, verblödeter Idiot", schimpfte er mit sich selbst und schüttelte den Kopf.

Dann drehte er sich abrupt um. Nun kannte er sein Ziel. Erst wenige Minuten waren vergangen seit sie sich getrennt hatten und schon sehnte er sich nach ihrer Nähe, wusste, dass er bis zum Wiedersehen keine ruhige Minute mehr haben würde. Alle seine Gedanken drehten sich nur noch um Susanne. Seine wunderbare Susanne. Er war hoffnungslos und unsterblich verliebt. Das beflügelte seinen Schritt und er rannte so schnell, dass er glaubte zu fliegen.

Als er in die Schmiedengasse einbog blieb sein Herz stehen. Sein Gehirn konnte nicht akzeptieren was seine Augen sahen. Er konnte sich nicht bewegen. Alles in ihm weigerte sich, blockierte ihn.

So traf es ihn und er stürzte neben Susanne auf das graue, harte Pflaster.

Der Tod vereinte die beiden jungen Menschen, noch bevor sie im Leben zueinander gefunden hatten.

***

Schon frühmorgens überspannte ein wolkenloser Himmel das Firmament. Die Sonne glich einer goldenen Scheibe die langsam gegen den Zenit wanderte. Die Schwalben segelten durch die Luft auf der Jagd nach Insekten und die Amseln auf den Dächern liessen ihren Gesang ertönen. Ein wunderschöner Tag kündigte sich an.

Hartmann drückte ein weiteres Mal auf den Knopf an seiner chromglänzenden, vollautomatischen Espressomaschine. So ein Automat war doch eine wunderbare Sache. Nach Gebrauch die Maschine kurz abwischen und gelegentlich frische Kaffeebohnen nachfüllen. Der Kaffeesatz fiel in eine Plastiktüte in einem speziellen Behälter, welchen er einmal die Woche entleeren musste. Wasser musste er auch nicht nachfüllen, denn er hatte einen festen Anschluss installieren lassen.

Seine Küche war nicht gross. Neben den normalen Einbaumöbeln mit gelber Oberfläche und der Abdeckung aus schwarzem Marmor, hatte noch ein kleiner Tisch mit zwei Stühlen Platz. So klein die Küche auch war, er hatte sie mit den ausgeklügeltsten Apparaten und Maschinen ausstatten lassen.

Nebst dem Kaffeeautomaten gab es noch den Herd mit Sensorsteuerung und automatischen Kochprogrammen. So konnte nie etwas überkochen oder anbrennen. Der Heissluft-Backofen mit Grill und Fleischthermometer und der Dampfgarer, waren auf Augenhöhe eingebaut. Eine Brotschneidemaschine welche auch Fleisch und Wurst schneiden konnte, verschwand nach Gebrauch wie durch Zauberhand unter der Küchenabdeckung.

Daneben stand ein mächtiger, dunkelblauer Kühlschrank mir zwei Türen. In der einen Tür war eine Eiswürfelmaschine eingebaut.

Alles Apparate die ihm eine Menge Arbeit abnahmen, der Traum einer jeden Hausfrau.

Hätte es eine Maschine gegeben die alle Mahlzeiten seiner Wahl zubereitet, seinen Tisch gedeckt, alles wieder abgeräumt, gewaschen, geputzt und wieder eingeräumt hätte, in Hartmanns Küche wäre sie zu finden gewesen. Er legte die Zeitung beiseite und gönnte sich einen weiteren Espresso aus frisch gemahlenen, dunkel gerösteten Arabicabohnen.

Das Wichtigste hatte er gelesen. Die drei Morde standen auf der Titelseite als Schlagzeile, die weiteren Informationen waren dann aber auf den Lokalteil verbannt worden, weil ein Spionageskandal das Land erschütterte und hohe Politiker darin verwickelt waren. Hartmann war es recht so. Grosse Publicity behinderte nur die Ermittlungen. Ein pensionierter Lehrer, ein Familienvater und eine junge Lehrerin wurden gestern erschossen aufgefunden, las Hartmann.

Dann stand da noch, dass sich Zeugen bei der örtlichen Polizei oder dem nächsten Polizeiposten melden sollen. Er wollte sich einen weiteren Espresso aus der Maschine lassen, als das Telefon klingelte.

„Nicht mal beim Frühstück hat man Ruhe", brummte er und griff zum Hörer. „Hartmann."

„Morgen, Hans, hier ist Anton. Ich störe dich nur ungern so früh, aber wir brauchen dich in der Schmiedengasse. Vor der 19 liegen zwei Tote. Beide mit einem Pfeil im Rücken." Hartmann schluckte schwer.

„Ich bin in fünf Minuten da." Die Lust auf Frühstück war ihm vergangen. Der Tag fing ja gut an.

***

Auch bei diesen Morden gab es keine Zeugen, keine Spuren. Wie die anderen Opfer wurden auch die beiden jungen Menschen schliesslich in einen Zinksarg gelegt und in die Pathologie überführt. Arbeit für Von Au. Das Ganze erweckte schon den Anschein von Routine. Erschreckend. Hartmann sah schon die Schlagzeilen der Sonntagspresse vor sich. „Wieder Mord in Birrhausen. Fünf Tote in zwei Tagen".

***

Das unscheinbare Haus lag an einer Seitengasse in der Berner Altstadt. Die Farbe war längst verblasst und an den Fenstern löste sich der Anstrich. Das Haus hatte schon bessere Jahre gesehen und eine Renovation wäre schon lange notwendig gewesen. Doch der Eigentümer schob diese immer wieder hinaus. Die Namensschilder an den Klingeln waren vergilbt und unleserlich geworden, alles wirkte heruntergekommen. Im zweiten Obergeschoss stand Hasler am Fenster und schaute auf die Gasse hinaus.

„Hat er den Auftrag angenommen?"

„Ja, hat er", sagte Hasler, ohne sich umzudrehen. „Wie immer wird Schneider für uns die Drecksarbeit machen und wie immer wissen wir von nichts."

„Gut, dann lassen wir es so laufen. Und wenn doch etwas nach draussen durchsickern sollte, dann wissen sie welcher Kopf rollen wird. Schauen sie, dass alles läuft wie geplant." Hasler hörte hinter sich die Tür ins Schloss fallen. Er war wieder allein.

„Scheiss Chef, Scheiss Job", dachte er und wusste, dass er niemals wieder aus der Sache herauskommen würde.

Einmal Geheimdienst, immer Geheimdienst. Das ist auch in der kleinen Schweiz nicht anders. Er kehrte an seinen Schreibtisch zurück und liess sich auf den alten Bürostuhl sinken.

Die vergilbten Tapeten, die Decke vom Zigarettenrauch gelblich verfärbt, der dunkle Plastikboden und das Mobiliar das aussah wie aus dem Sperrmüll, diese triste Umgebung vermochte seine Stimmung auch nicht zu verbessern. Er griff nach der Tageszeitung und die Schlagzeile liess ihm das Blut in den Adern gefrieren. „Tote in Birrhausen". Sein einziger Gedanke war „Schneider".

Es dauert an

Schlagzeilen :

Spionageskandal weitet sich aus

WHO - Mehr Geld für Waffen als für Nahrung

5 Tote in Birrhausen – die Tat eines Massenmörders ?

Doping bei Kugelstossen – der Normalfall ?

Englisches Königshaus muss sparen.

Und Hartmann behielt recht. Die Morgenpresse fragte unter anderem:

Will sich der Mörder rächen?

Rache an ehemaligen Lehrern und Mitschülern?

Wie passte der Bankangestellte in dieses Szenario?

War auch er ein ehemaliger Schüler des alten Lehrers?

Warum wurden diese Leute ermordet?

Und die anderen Lehrer?

Die hunderten von Schülern?

Die Presse spekulierte ganz gezielt auf weitere Morde

***

Der Eichenboden war im Laufe der Jahre dunkel geworden. Feine Risse durchzogen das matt glänzende, alte Holz. Bei der Renovation wurde versucht die alten Materialien mit der damaligen Technik so aufzuarbeiten, dass sie das ursprüngliche Aussehen wieder erlangten. So bekamen die Wände einen marmorierten, grauweissen Kalkputz.

Die Lamperien aus Tannenholz, oben mit einer profilierten Ab-
deckleiste, hellgrau gestrichen, konnten die Höhe des Raumes optisch
nur wenig vermindern.

Die Gipsdecke erhielt die ursprünglichen Stuckaturen zurück und
der Lampensockel mit seinen Blumenranken passte wieder ins Ge-
samtbild. Die fein profilierten Sprossenfenster mit gegossenen Gläsern
liessen sich durch Drehgriffe aus gegossener Bronze öffnen. An den
Fenstern hingen dicht gewobene, schwere, nachtblaue Vorhänge mit
einem dezenten Muster von kleinen, goldenen Rauten.

Neueren Datums waren die mächtigen, gusseisernen Radiatoren
die zwischen den Fenstern standen und die grossen Glaskugelleuch-
ten die ein dezentes, warmes Licht verbreiteten. Zwei schmale, dun-
kelgraue Standcontainer mit Schubladen unter einer dünnen, anthra-
zitfarbenen Platte, das war der Schreibtisch. Auf der anderen Raum-
seite der Sitzungstisch in hellem Grau, ebenso die sechs Stühle die dabei standen. In gebrochenen Weiss die Wandgestelle, vollgepackt mit
Akten und Büchern und an der freien Wand gegenüber dem Schreibtisch hing eine Reproduktion von Monets Seerosen. Auf dem Schreibtisch standen Telefon, Gegensprechanlage, Notizzettelblock, Ablagefä-
cher für ein- und ausgehende Post und ein Behälter für verschiedene
Schreibutensilien.

Neben dem Telefon ein Foto, in silbernem Rahmen gefasst. Dunkle
Haare, braune Augen und ein warmes, sympathisches Lächeln. Die
Frau mochte gegen die Fünfzig sein. Der einzige Gegenstand der nicht
so richtig in diesen Raum passen wollte, im wahrsten Sinne des Wor-
tes „aus dem Rahmen fiel", war ein bordeauxfarbener Ledersessel mit
hoher Rückenlehne, Armlehnen und Fuss in glänzendem Chromstahl.
Wuchtig und deplatziert wirkte er hinter dem eleganten Schreibtisch,
schien aber ausnehmend bequem zu sein. Es war kein Büro mit exklu-
siver, teurer Designereinrichtung, kein repräsentatives Büro wie dies
bei einem Chefbeamten erwartet wurde. Eher bescheiden, aber mit
viel Geschmack eingerichtet, ausser dem Sessel natürlich.

Sein Name: Walther, mit h, sein Vorname: Walter, ohne h. So stand es auf dem Namensschild neben der Bürotür und auf dem Aluminiumschild auf seinem Schreibtisch. Wie er zu diesem Doppelnamen gekommen war? Er wusste es nicht und wenn er seine Eltern danach fragte hiess es nur, „es ist nun mal so." Später waren andere Dinge wichtiger und er hatte sich an seinen Namen gewöhnt.

Nach seiner Schulzeit machte er die Ausbildung zum Automechaniker, denn wie fast alle Jungen träumte er von schnellen Boliden und wollte Rennfahrer werden. An liebsten Rallyefahrer.

Doch ihm fehlte das nötige Kapital und auch Sponsoren liessen sich, ohne ein gutes Beziehungsnetz, nicht finden. Er wechselte mehrmals die Stelle und kannte bald die ganze Schweiz. Das konnte doch nicht alles gewesen sein, sagte er sich. Er suchte eine neue Herausforderung und er fand sie auch.

Mit zweiundzwanzig Jahren bewarb er sich bei der Polizei und wurde, zu seinem Erstaunen, sofort angenommen. Sein erlernter Beruf und sein guter Leumund halfen ihm wohl dabei.

Nach der Polizeischule versah er seinen Dienst bei den Uniformierten, doch er wollte mehr, hatte sich ein anderes Ziel gesteckt.

Aufgewachsen in einem Arbeiterquartier lernte er schon früh sich zu behaupten. Sein Vater arbeitete Schicht in der Giesserei und seine Mutter putzte die Büros der Firma. Der karge Lohn seines Vaters allein hätte zum Leben nicht gereicht. Abends war er deshalb meist allein zu Hause. Er war und blieb ein Einzelkind, so sehr er sich auch einen Bruder gewünscht hatte.

Als Arbeiterkind verfügte er nicht über die notwendigen Verbindungen die ihm bei der Karriere geholfen hätten und so blieben ihm viele Türen erstmal verschlossen. Doch er hatte gelernt sich durch zu beissen. Walther besuchte in der Schule alle freiwilligen und kostenlosen Ergänzungskurse und es schien als könnte er nie genug kriegen. Als er dann endlich Polizist geworden war, besuchte er die Abendschule um das Abitur nachzuholen. Bedingt durch den unregelmässigen Dienst verpasste er manche Lektionen und musste oft den Schulstoff nacharbeiten. Nach drei Jahren hatte er es geschafft. Das Abitur.

Doch er wollte noch mehr. Fremdsprachenkurse und EDV-Schulung kamen als nächstes und es gab fast keinen Lehrgang bei der Polizei den er nicht absolviert hatte. Dass er hinter vorgehaltener Hand „der grosse Streber" genannt wurde, war ihm egal. So wenigstens nahmen sie Notiz von ihm, kannten sie ihn bald Alle, bis hinauf zu den entscheidenden Stellen.

Dann endlich fühlte er sich genügend gerüstet und wagte den Sprung. Er bewarb sich bei der Kriminalpolizei.

Dank seiner guten und vielseitigen Ausbildung und den Erfahrungen der letzten Jahre gelang ihm der Wechsel. Nun war er fast an seinem Wunschziel angekommen.

Sein Einsatz und seine Hartnäckigkeit mit der er seine Ziele verfolgte, sein ausgeprägter Sinn für Gerechtigkeit, seine Toleranz gegenüber Andersdenkenden und seine Fähigkeit zu motivieren und zu führen, brachten ihn schliesslich dahin, wohin er immer gewollt hatte. Es wurde ihm der Posten als Chef der Kriminalpolizei angeboten, in Birrhausen.

Seine Zuständigkeit würde den ganzen Bezirk umfassen. Ohne zu zögern nahm er den Job an. Das einzig negative das man ihm nachsagte war, er sei ein sturer Bock und er würde seine Arbeit über alles stellen, sogar über seine Familie. Das war sein Image und das wusste er gezielt zu pflegen und auch zu nutzen. Seine Familie und seine Freunde kannten ihn besser. Er konnte sehr gefühlvoll und sensibel sein. Doch nach aussen hin blieb er der harte und unnachgiebige Kerl.

Und Walther war gut in seinem Job, sehr gut sogar. Zusammen mit seinem Team erreichte er eine Aufklärungsrate von über 90 %. Eine Traumquote. Andere Bezirke erreichten knapp die Hälfte. Zu den ungelösten Fällen gehörten kleine Diebstähle und leichte Sachbeschädigungen. Kapitalverbrechen aber hatten sie bis heute alle aufgeklärt und wenn es Monate dauerte. Äusserst selten endete ein Fall vor Gericht mit einem Freispruch. Und wenn, dann nicht aus Mangel an Beweisen, sondern wegen Form- oder Verfahrensfehlern der Staatsanwaltschaft. Das war dann auch der Zeitpunkt an dem Walther seinem Ärger Luft machte und sich seine Mitarbeiter blitzartig verzogen.

Da war er ein schlechter Verlierer. Vor Allem, wenn er auf diese Art verlieren musste.

***

Walther hatte eine schlaflose Nacht hinter sich. Fünf Tote. So abgebrüht war auch er nicht, dass dies keine Spuren bei ihm hinterlassen hätte. Er sass in seinem Büro und las zum hundertsten Mal die Akten. Fünf Tote. Und er fand keinen gemeinsamen Nenner, keinen Anhaltspunkt, nichts. Als würde ihn sein analytischer und messerscharfer Verstand im Stich lassen. So oft er auch alle Fakten studierte, er kam nicht weiter. Alles war so verworren und scheinbar sinnlos.

Wie sollte es weitergehen? Er war so in seine Arbeit vertieft, dass er nicht hörte wie die Kirchenglocken zur Messe riefen.

***

Dorothea Rutishauser war schon eine Weile unterwegs. Lange bevor die Glocken erklangen machte sie sich auf den Weg zur Kirche, wie jeden Sonntag. Von der Schmiedengasse aus ging sie durch die Seilergasse, querte die Hauptgasse und bog dann in die Kirchgasse ein. Zwischendurch musste sie stehen bleiben um zu Atem zu kommen. In der Woche blieb sie meist zu Hause und war froh, dass sie nicht hinaus musste. Ihre Tochter kümmerte sich während dieser Zeit um sie, ging einkaufen, erledigte die Post und Bankgeschäfte, sorgte sich rührend um ihre Mutter. Sie hatte ihr sogar angeboten sie sonntags zur Kirche zu fahren, aber die alte Frau war der Meinung, dass sich ihre Tochter am Sonntag um ihre eigene Familie kümmern sollte. So startete sie jeden Sonntag in aller Frühe.

Mit ihren achtzig Jahren fiel ihr das Gehen zunehmend schwerer. Die Beine wollten nicht mehr so richtig. Doch von sonntäglichen Kirchgang liess sie sich nicht abbringen. Sie hatte ein gottesfürchtiges Leben geführt und wollte zu Lebzeiten mit dem Himmel ins Reine kommen.

***

Fassungslos starrte er auf die Schlagzeilen. Fünf Tote in Birrhausen. „Was zum Teufel ist da los? Das kann doch nicht sein? Sind die wahnsinnig geworden?" Schneider knallte die Sonntagszeitung auf den Schreibtisch. Tausend Gedanken rasten durch seinen Kopf. Er stand auf und tigerte in seinem Büro umher. Was war da schief gelaufen? Er fürchtete, dass seine Spezialisten einen riesigen Mist gebaut hatten. Noch nie war etwas so aus dem Ruder gelaufen, noch nie hatte er so etwas erlebt.

„Zuerst musst du dich beruhigen und nachdenken", sagte er zu sich und setzte sich wieder an seinen Schreibtisch.

Dann packte er ein Blatt Papier und einen Stift und begann einen Notfallplan auszuarbeiten. Auch dies war eine Stärke von Schneider, die rasche Auffassungsgabe gepaart mit einer grossen Portion Kaltschnäuzigkeit, die Gabe seine Emotionen auszuschalten und nur noch seinen Verstand zuzulassen. Draussen ging die Sonne hinter dem Adlisberg auf und warf ihre warmen Strahlen in die Stadt. Ein weiterer sonniger Tag kündete sich an. Schneider bemerkte es nicht und als die ersten Sonnenstrahlen durch die hohen Fenster drangen, die weissen Wände und den dunkelblauen Teppich zum Leuchten brachten, die Bilder an den Wänden die kräftigen Farben zeigten welche vorher im Kunstlicht so blass gewirkt hatten. Er sah nicht wie die Sonnenstrahlen durch das Zimmer tanzten und als sich das flimmernde Licht über seinen Schreibtisch ergoss, empfand er es nur als lästig.

***

Sie sah die Blumen am Strassenrand und blieb stehen, zog das schwarze Tuch enger und bekreuzigte sich. An dieser Stelle war ihr Mann gestorben, viel zu früh aus dem Leben gerissen. Ein schrecklicher Unfall, damals.

Morgen würden es vierzig Jahre her sein, dass Wilhelm Rutishauser beim Eindecken eines Daches auf den nassen Ziegeln ausrutschte und in die Tiefe stürzte. Er war sofort tot gewesen.

Ihre Tochter hatte wohl die Blumen niedergelegt, wie jedes Jahr. Sie seufzte tief und ging weiter in Richtung Kirche. Es musste wohl alles vorherbestimmt gewesen sein, wie sonst war es zu erklären, dass ihr Mann so jung hatte sterben müssen und nicht jemand Älterer, der sein Leben schon gelebt hatte, so wie sie heute? Manchmal zweifelte sie. Es würde wohl nicht mehr allzu lange dauern bis sie vor ihrem Schöpfer stehen würde. Dann konnte sie ihn ja fragen. Und es ging schneller als sie gedacht hatte. Sie hatte gut die Hälfte des Weges hinter sich, als ein schwarzer Pfeil sie traf. Das sechste Opfer.

***

Sie sahen dem Bus nach wie er um die nächste Kurve verschwand. "Das war ein tolles Wochenende", sagte Peter Krauer. „Und nächste Woche machen wir die grosse Alpentour."

„Machen wir, wir sind dabei, das wird riesig", tönte es von seinen beiden Freunden. Dann packten sie ihre Rucksäcke und Wanderstöcke und strebten dem westlichen Stadttor zu.

„Ich rufe euch an, wenn ich die genauen Abfahrtszeiten kenne, und hoffentlich kommt dann auch der Bus einmal pünktlich."

Die drei Freunde drückten sich kurz und wortlos und dann ging jeder seines Weges, so wie schon unzählige Male in den letzten zwei Jahren. Die Drei hatten sich beim 34-Tage-Marsch im holländischen Nijmegen kennengelernt und seitdem waren sie zusammen unterwegs. Sie wohnten nur wenige Kilometer auseinander und starteten die Reisen deswegen immer in Birrhausen. Es war nicht Wandern dass sie verband, es war das Marschieren. Dabei legten sie Strecken von zwanzig bis einhundert Kilometer zurück und auch dieses Wochenende hatten sie eine grössere Strecke hinter sich.

Sie waren dem Doubs gefolgt, von der Quelle bei Mouthe im französischen Departement du Doubs bis in die Schweiz. Waren dem Fluss durch den schweizerischen Jura entlang marschiert, bis dieser schliesslich in einem Bogen zurück nach Frankreich fliesst und die Schweiz bei La Motte verlässt. Es waren mehr als einhundert Kilometer die sie in drei Tagen zurückgelegt hatten. Es war schon fast wie eine Sucht geworden. Auf diese Weise hatten sie schon fast das ganze schweizerische Mittelland und den Jura kennen gelernt.

Nun fühlte sich Krauer müde und freute sich auf ein entspannendes Bad mit Rosmarin- und Kamillenextrakten. Er schwor darauf. Als Junggeselle musste er auch auf niemanden Rücksicht nehmen und hatte es deswegen nicht eilig nach Hause zu kommen. Das Marschieren war sein Ausgleich zum Job. Während der Woche pendelte er täglich zwischen Birrhausen und Bern hin und her.

Von morgens bis abends sass er in der Militärverwaltung, Abteilung Beschaffungswesen.

Er bearbeitete Anträge von der verschiedenen Waffengattungen und verhandelte mit Firmen der internationalen Waffenindustrie. In der Branche galt er als unbestechlicher, harter Hund. Kein Waffengeschäft, keine grössere Investition die nicht über seinen Schreibtisch ging. Im Augenblick lagen die Dossiers für die Beschaffung von neuen Kampfflugzeugen auf seinem Schreibtisch und mancher Lobbyist hätte es gern gesehen, wenn ein Anderer das Geschäft bearbeitet hätte. Nicht überall war er gleichermassen beliebt.

Als er in die Schmiedengasse einbog riss ihm ein heftiger Windstoss seinen Strohhut vom Kopf und wehte ihn davon. Er liess den Wanderstock fallen, entledigte sich schnell seines Rucksackes und rannte dem Hut hinterher, der vom Wind durch die Gasse getrieben wurde. Hin und her flog sein Hut, schien wie ein Schmetterling in der Luft zu tanzen um dann wieder abzustürzen und auf dem Hutrand weiter zu rollten, sich zu überschlagen um wieder von einer Windbö in die Luft gewirbelt zu werden. Krauer kam immer einen Schritte zu spät, konnte ihn nie erhaschen, hetzte von einer Strassenseite zur Anderen.

Wenn er glaubte er habe ihn endlich, entschwand er wieder hinauf in den Himmel und die Sonne blendete den Jäger so, dass er für einen Moment nichts mehr sehen konnte und der Hut war wieder weg.

Um dieses Prachtstück von Hut wäre es wirklich schade gewesen. Aus hellem Stroh geflochten, sehr fein, durchscheinend und leicht, verziert mit einem blau-weiss-roten Band, ein kleines Kunstwerk. Auf all seinen Reisen kaufte er sich einen Hut, eine Mütze oder was auch immer die Männer in dieser Gegend als Kopfbedeckung trugen. Diesen Hut hatte er zu Beginn der Reise in Mouthe erstanden. Im Laufe der Zeit war so eine grosse Sammlung von Kopfbedeckungen entstanden die er prominent in seinem Wohnzimmer ausstellte.

Er wusste zu jedem Hut eine Geschichte zu erzählen und die gab er bei jedem Besucher zum Besten. Seine Freunde hänselten ihn oft deswegen.

Immer noch rannte Krauer seinem Hut hinterher. Schweiss stand auf seiner Stirn und langsam ging ihn die Luft aus. Er schnaufte schon wie ein Pferd nach einem Tausendmeter-Rennen.

Fast hatte er den Hut eingeholt, als dieser gegen den Rücken eines Mannes prallte, zu Boden fiel und liegenblieb. Der Mann hatte den Anprall des Hutes gespürt und drehte sich um.

Der Hut blieb vor seinen Füssen liegen. Heftig schnaufend erreichte ihn Krauer und stellte sich vor den Mann.

„Gut dass sie da waren und meinen Hut gebremst haben. Ich hätte ihm sonst noch ewig hinterherrennen müssen." Er blinzelte in die Sonne und lächelte den Manne an.

Dann bückte er sich um seinen Hut vom staubigen Boden aufzuheben. Er wollte sich aufrichten, als der Mann urplötzlich auf ihn stürzte und ihn zu Boden drückte. Beide lagen sie auf seinem Strohhut. Der Mann umklammerte ihn und etwas Spitzes drückte sich in seinen Rücken.

„He, was soll das", rief Krauer gepresst. Die Umklammerung des Mannes begann sich zu lösen und er wurde immer schwerer. Dann lag er regungslos und schwer wie ein Felsen auf ihm. Nur ein leises Stöhnen war zu hören.

Als der Mann nicht reagierte, versuchte er ihn von sich herunter zu wälzen. Aus den Augenwinkeln heraus sah er wie neben ihnen eine Frau lautlos zusammensackte.

Er mühte sich weiter die schwere Last loszuwerden. Endlich gelang es ihm den Mann abzuschütteln und er wollte dem Kerl gerade seine Meinung sagen als er innehielt. Der Mann war auf die Seite gerollt und aus seinem Mund kamen unverständliche Laute. Er sah Krauer mit weit aufgerissenen, angsterfüllten Augen an. Seine Beine zuckten plötzlich unkontrolliert. Dann atmete er hörbar aus als würde ihm die Luft aus den Lungen getrieben und dann lag er still und reglos auf der Strasse. Seine Augen waren starr, in seiner Brust steckte ein abgeknickter, schwarzer Pfeil.

„Mein Gott, der ist tot", entfuhr es Krauer. Er drehte sich zu der Frau um die neben ihm auf dem Boden lag. Sollte sie auch? Doch er sah keinen Pfeil, sie schien nur bewusstlos zu sein. „Was ist -, warum -." Er sass auf der Strasse und versuchte seine Gedanken zu ordnen. Als er endlich realisierte was geschehen war begannen seine Hände zu zittern. Die Welt um ihn herum drehte sich. Unsicher stand er auf, packte den zerbeulten Strohhut und setzte ihn auf. Auf wackeligen Beinen stakste er zurück zu seinem Rucksack und liess sich daneben niedersinken.

Er stützte seinen Kopf in die Hände und schloss die Augen. Wirre Gedanken schossen durch seinen Kopf und einer davon setzte sich fest.

Hat der Pfeil dem Mann gegolten, oder war er am Ende für Ihn bestimmt gewesen? Und nur weil er sich gebückte hatte, hatte er überlebt?

Hatten sie am Ende doch noch herausgefunden dass..... Er weigerte sich den Gedanken zu Ende zu denken. Er hatte Angst. Seine Haare hingen wirr in sein Gesicht, seine Augen blicken angstvoll umher und so wie er da sass, in seinen schmutzigen Kleidern, wirkte er mit einem mal wie ein Penner.

Der Tod hatte sein siebtes Opfer geholt und Krauer glaubte dass der Pfeil ihm gegolten hatte.

***

„Wie die anderen Opfer hatte auch er keine Chance." Von Au deutete auf den Toten. „Wisst ihr schon, wer es ist? Irgendwie kommt mir sein Gesicht bekannt vor." Walther klappte sein Notizbuch auf.

„Andreas Kleinert, dreiundfünfzig Jahre, seit dreissig Jahren verheiratet mit Dorli Kleinert, geborene Schudel, keine Kinder, wohnt Seilergasse 1, arbeitete für die Stadt im Einwohnermeldeamt."

„Dann kenne ich ihn von dort, hin und wieder habe ich da zu tun." Von Au entledigte sich seiner Gummihandschuhe. „Schon eine Spur gefunden?"

„Das wäre etwas ganz Neues", erwiderte Walther und klappte sein Notizbuch zu. „Schickst du mir den Autopsiebericht rüber?"

„Wie immer. Hast du noch Zeit für einen Kaffee? Ich habe Nachtschicht und brauche vorher noch einen Muntermacher."

***

Schlagzeilen :

Der Mörder schlägt wieder zu – schon 7 Tote in Birrhausen

Bahnwagen in die Luft gesprengt – Panzer können nicht
Verladen werden

Staatsanwalt vermutet militante Armeegegner

Brand bei Swissarm - Flugabwehrkanonen vernichtet –

war es ein Kurzschluss?

Mehr Arbeitslose im Baugewerbe

Auch wenn die Informationen der Polizei ausgesprochen mager
ausfielen, für die Presse waren die Morde der Aufhänger. Sieben Tote
in so kurzer Zeit, und alle im gleichen Ort, wenn das keine Schlagzeile
wert war, was dann? Jede Tageszeitung der Schweiz brachte die Sensation in grossen Lettern, zeigte Fotos von Birrhausen, dem Schreber-
garten, der Schmiedengasse und verbreitete abenteuerliche Theorien
über mögliche Täter und Tatmotive. Die Reporter befragten Passanten
vor Ort und suchten nach Erklärungen für die Mordserie. Rache? Ei-
fersucht? Oder das Werk eines Psychopathen? Und was macht eigentlich die Polizei? Von amtlicher Seite wäre eine offizielle Stellungnahme dringend notwendig gewesen. „Es wird eine Sonderkommission
eingesetzt. Mit ersten Ergebnissen ist in den nächsten Tagen zu rechnen". Das war alles was die Behörden mitteilen liessen.

Es schien als wollten sie das Ganze herunterspielen und die Einwohner von Birrhausen beruhigen.

***

Birrhausen, eine Kleinstadt im Herzen des schweizerischen Mittellandes. Idyllisch gelegen zwischen sanft geschwungenen, dicht bewaldeten Hügeln. Ein Paradies für Wanderer, für Naturfreunde, für Menschen die Ruhe und Erholung suchten, abseits der grossen Touristenzentren. Birrhausen war immer noch so wie man sich ein mittelalterliches Städtchen vorstellt. Malerisch, verträumt, ursprünglich, als wäre die Zeit stehen geblieben. Ein Städtchen wie aus dem Bilderbuch, wie eine Filmkulisse, ein Postkartensujet.

Und dieses Birrhausen war nun plötzlich in den Schlagzeilen. Der Stadtrat und vor allem der Direktor des Verkehrsvereins sorgten sich schon um den Ruf ihres Städtchens. Dank der gezielten Werbung hatte sich der "sanfte Tourismus" im Laufe der vergangenen Jahre zu einer der wichtigsten Einnahmequellen entwickelt.

Nun hatten sie Angst, dass sich die Schlagzeilen negativ auf die Besucherzahlen auswirken könnten, oder noch schlimmer, dass Birrhausen von Katastrophen-Touristen überschwemmt werde, von Leuten die überall da auftauchen, wo Unglücke oder Verbrechen geschehen. Sollte das Städtchen weiter in den Schlagzeilen bleiben, sah es für den Tourismus düster aus. Dann war die jahrelange, mühsame Aufbauarbeit mit einem Schlag vernichtet.

***

Walther stand am Fenster und schaute auf die Strasse hinunter. Grossgewachsen, fast hager, mit hängenden Schultern stand er da, blickte hinaus und sah doch nichts. Seine grauen Augen blickten müde, sein scharf geschnittenes, aristokratisches wirkendes Gesicht wirkte angespannt und seine grauen, gewellten Haare waren zerzaust.

Wieder war eine Nacht vergangen, wieder hatte er sich schlaflos im Bett gewälzt, wieder hatte er kein Auge zugemacht.

Er hatte fest damit gerechnet, dass Jemand irgendwas gesehen hatte, dass jemand einen brauchbaren Hinweis geben konnte.

Wenn einer davongerannt wäre, oder sich einer seltsam verhalten hätte, etwas ungewöhnliches oder auffälliges, oder gar geheimnisvolles geschehen wäre, wenn jemand etwas bemerkt hätte - , aber nein, nichts, absolut nichts, null.

„Das ist doch nicht möglich", murmelte er vor sich hin, schüttelte den Kopf und seine Schultern sanken noch tiefer. Wären die Opfer mit einer Pistole oder einem Messer umgebracht worden, dann hätte er es verstanden. Diese Waffen liessen sich leicht verbergen. Und für die Pistole gab es Schalldämpfer damit keiner etwas hören konnte. Aber ein Pfeil von fast einem Meter Länge, und dann noch der Bogen, das musste doch auffallen. Das liess sich doch nicht einfach in die Tasche stecken. Und doch - , nichts, absolut nichts, null.

Hartmann und Müller hatten alle Schützenverein, alle Westernvereine abgefragt, hatten Allen, die auch nur im Entferntesten mit Bogenschiessen zu tun hatten, einen Besuch abgestattet. Sie hatten sich in Birrhausen und Umgebung umgehört, ob jemand mit Pfeil und Bogen besonders gut umgehen könne. Sogar den Wildaufseher hatten sie gefragt, ob vielleicht ein Wilderer in Frage komme.

Doch auch hier hatte sich nichts ergeben. War der Mörder so geschickt oder waren die Leute blind? Keiner hatte etwas gesehen, niemand etwas bemerkt.

Sieben Morde und keine Antworten. Dafür ein Meer von Fragen. Wenn Walther mal nicht weiter wusste, sich verrannt hatte, vor lauter Bäumen den Wald nicht mehr sah, dann liess er alles stehen und liegen und ging wandern. Allein. Dann brauchte er die Ruhe, die Einsamkeit um abzuschalten, um Distanz zu gewinnen.

Das satte Grün der Wiesen, die bunten Blumen, das Rauschen der Blätter im kühlen Wald, der Gesang der Vögel, das Tanzen der Schmetterlinge im Sonnenlicht, das brachte ihn der Natur nahe und die Hektik und Nervosität die ihn in seinem Job immer begleitete, baute sich langsam ab. So konnte er den ganzen Ballast abwerfen, auf null herunterfahren, wie er es nannte.

Dann begannen seine Gedanken zu wandern, schossen Ideen durch seinen Kopf. Manche absurd, weltfremd, verrückt, utopisch, lächerlich oder banal.

Vor allem aber löste er sich von der bisherigen Betrachtungsweise, von der eingeschlagenen Richtung, dem engstirnigen Korsett.

Und erst jetzt konnte er die Probleme von anderen Blickwinkeln aus betrachten, als wäre er ein Aussenstehender. Nun vermochte er die Probleme zu analysieren. So kam er regelmässig auf die richtige Spur oder es ergaben sich neue Ansätze die zur Aufklärung des Falles beitrugen. Doch zu diesem Zeitpunkt konnte er es sich nicht erlauben alles stehen und liegen zu lassen. Niemand hätte dies verstanden und es wäre ihm von vielen als Flucht vor der Verantwortung ausgelegt worden. Und von diesen Leuten gab es genug. In seinem Innersten zweifelte er auch daran, dass es ihm geholfen hätte. Er wusste nicht weiter und er spürte dass er Hilfe brauchte. Er konnte nicht sagen von wem, er wusste auch nicht, wer ihm hätte helfen können, doch das Gefühl, das blieb.

Langsam drehte er sich um, schlurfte zu seinem Schreibtisch und liess sich in den bordeauxfarbenen Sessel fallen. Einen Moment lang sass er regungslos da.

Dann ging ein Ruck durch seinen Körper, die Schultern spannten sich und sein Blick wurde klarer. „Wenn wir schon keine Zeugen haben dann werden wir das Leben der Opfer und das ihrer Freunde und Feinde so lange durchwühlen, dass wir am Ende mehr über sie wissen als sie in ihrem ganzen Leben von sich selbst erfahren werden.

„Wir werden das Oberste nach unten und das Unterste nach oben drehen, denn etwas ist immer, wir müssen es nur finden." Er versuchte sich selbst zu motivieren und sich Mut zu machen.

Dann griff er nach einem Stapel Papiere und öffnete die oberste Akte. Fein säuberlich wurde alles in einem Inhaltsverzeichnis aufgelistet.

Personalien

Familie

Freunde und Verbindungen

Job

Finanzen

Hobbys

ungewöhnliche Vorlieben, sexuelle Neigungen

Tathergang

Autopsiebericht

verdächtige Personen

Zeugen

Tatortauswertung

In den nächsten Stunden vertiefte sich Walther in die Akten aller Opfer. Er fügte diesen weitere Bemerkung hinzu und machte sich seine Notizen auf einem linierten Blatt welches er neben sich liegen hatte. Von Zeit zu Zeit stand er auf und trat an die weiss gestrichene Wand um die er so lange hatte kämpfen müssen.

Die grossen Papierbögen waren ihm zu umständlich und als er den Antrag auf eine Wand mit weisser, abwaschbarer Farbe stellte, war in der Verwaltung erst einmal Entsetzten und ungläubiges Staunen angesagt. Wie konnte er, in einem historischen Gebäude das auch noch unter Schutz stand? War er verrückt geworden? Das ging doch nicht. Zwei Wochen versuchte er es mit Vernunft und plausiblen Argumenten, dann liess er die Handwerker kommen und die stellten eine zweite Wand vor das historische und geschützte Heiligtum.

Auch wenn Hausverwaltung und Historiker die Hände verwarfen und laut aufschrieen, die Wand stand. Ihn kümmerte das Geheul nicht.

Und auf diese Wand schrieb er nun Namen und Funktionen, Hobbys und Vorlieben aller Opfer und allmählich wurde ein System erkennbar. Er verband die Namen der Opfer untereinander mit verschiedenfarbigen Linien. Blau wenn sie sich privat kannten, grün wenn der Job sie verband, und so weiter, manche Verbindungen hatten mehrere Farben. Als er alle seine Notizen verarbeitet hatte, trat er von der Wand zurück, liess den Blick über sein Kunstwerk schweifen und versuchte Schlussfolgerungen zu ziehen. Er blieb beim Versuch. Wer immer ein Interesse am Tod der sieben Menschen hatte, eine Verbindung zwischen den Opfern, einen gemeinsamen Nenner und sei er noch so klein und bescheiden, war nicht auszumachen. Und es gab keine Zeugen – und es gab kein Motiv.

Dann noch einmal. Wie war das noch. Johann Moser und Elisabeth Jansen hatten sich gekannt.

Die beiden hatten ein Jahr lang an der Sekundarschule unterrichtet, hatten aber sonst nichts miteinander zu tun. Eine grüne Linie.

Auch die beiden Jungendlichen kannten sich, seit ihrer Kindheit, waren an dem Abend zusammen mit ihrer Clique unterwegs gewesen. Eine grüne Linie.

Eine Verbindung zwischen den beiden Jugendlichen und Elisabeth Jansen bestand nicht, der Altersunterschied betrug nur zehn Jahre. Keine Linie.

Dass die Jungen Moser kannten, war naheliegend, denn Moser war fast dreissig Jahre lang Lehrer an der Sekundarschule gewesen. Vielleicht wurden auch sie von ihm unterrichtet. Eine blaue Linie.

Nicht in dieses Bild passte das dritte Opfer, Thomas Meier. Altersmässig lag er mit seinen vierzig Jahren dazwischen. Zudem war er erst vor ein paar Jahren zugezogen, hatte hier seine Frau kennengelernt und war geblieben. Seine Frau stammte aus einem Nachbarort und war auch nicht mit Birrhausen verbunden. Alle Opfer verkehrten in unterschiedlichen Kreisen, dies wohl altersbedingt.

Und dann die alte Frau, Sonntagmorgen, auf dem Weg zur Kirche. Wem hatte sie etwas getan, wer hatte einen Grund sie umzubringen. Und der Mann der mit seiner Frau spazieren ging, wer wollte seinen Tod?

Walther stand vor der Wand und schüttelte seinen Kopf. Längst hatte er seinen Kittel über die Stuhllehne gehängt und den Schlips weggeschmissen. Es war zum verrückt werden. Und doch, er war der festen Überzeugung, dass hinter diesen Morden System steckte. Diese Verbrechen geschahen nicht planlos. Nur konnte er das lose Ende des Fadens nicht finden an dem er das Ganze hätte aufrollen können.

Er liess sich wieder in seinen Sessel sinken, lehnte sich zurück und starrte an die Decke -, als würde da die Lösung stehen. Plötzlich hatte er Lust auf eine Zigarre. Er kippte nach vorne und schaute in jede Schublade seines Schreibtisches, obwohl er wusste dass da keine Zigarre zu finden war. Schon lange nicht mehr.

Er lehnte sich wieder zurück. Wären die Opfer auf unterschiedliche Weise ums Leben gekommen, hätte er dies als zufällige Anhäufung von Verbrechen gesehen und niemand hätte nach Gemeinsamkeiten gesucht. Es schien fast so, als wollte der Täter dass er nach Zusammenhängen suchte.

Hatten die Toten am Ende eine gemeinsame, dunkle Seite? Dann hatten sie diese hervorragend geheim halten können.

Doch daran glaubte Walther nicht. Oder war es am Ende doch ein Psychopath der all die Morde beging? Ziellos? Planlos? Und deshalb konnte er nichts finden? Dass schien ihm doch sehr weit hergeholt, denn wenn bisher niemand auch nur einen Schatten des Täters gesehen hatte, dann war dieser äusserst geschickt, konnte ein Profikiller sein, keinesfalls aber ein Psychopath, auch wenn das im Moment die einfachste Lösung gewesen wäre. „Verdammt ich brauche ein Motiv, dann finde ich das Schwein auch." Diesmal rief er es laut in den Raum. Und wenn es das nicht gab, das Motiv? Das konnte nicht sein, denn nichts auf dieser Welt geschah grundlos.

***

Das kleine Städtchen Birrhausen. In verschiedenen Dingen auch ein Sonderfall. Die einzige Kleinstadt der Schweiz, die neben der Ortspolizei und dem Stützpunkt der Kantonspolizei auch ein Kriminalkommissariat, ein Polizeilabor und sogar einen eigenen Polizeipräsidenten hatte. Auch wenn die Kriminalabteilung nur aus fünf Personen bestand. Walther und Hartmann, die Kriminalbeamten, Tobler der Spurensucher und Reimann als Laborant. Doch nichts lief ohne die Seele der Abteilung. Sarah Reimann, der Ort, wo alle Fäden zusammenliefen, die Regie.

Nebst dem normalen Schreibkram, wie sie es nannte, erledigte sie telefonische Recherchen und Abklärungen und versuchte ihre Kollegen aus der Schusslinie zu nehmen, wenn der Polizeipräsident wieder einmal mit dem falschen Fuss aufgestanden war. Sie war mit der „kleinen Laborratte", so nannte sie ihren Ehemann, seit zwei Jahren verheiratet.

Die beiden hatten sich zur gleichen Zeit in Birrhausen beworben und Walther hatte beide auch gleichzeitig eingestellt. Und ein Jahr später waren sie verheiratet.

Birrhausen legte schon immer Wert auf seine Eigenständigkeit und Unabhängigkeit.

Nicht dass die Birrhausener Anderen gegenüber misstrauisch gewesen wären, nein, das nicht, aber sie wollten ihre Angelegenheiten selber regeln und sich nicht von Anderen reinreden, oder gar bestimmen lassen. Sie hatten ihre eigenen Wertvorstellungen, ihren Stolz und machten ihre eigenen Vorschriften.

Das war von alters her so gewesen, sie waren damit gut gefahren und es war niemandem in Birrhausen daran gelegen dies zu ändern.

Von dieser Eigenständigkeit profitierten auch die kleineren Nachbardörfer, denn sie mussten nicht jedes Mal in der Kantonshauptstadt um Unterstützung nachsuchen, sondern konnten sich unbürokratisch an den grösseren Nachbarn werden. Jeder half dem Anderen so gut es ging.

So war das Städtchen Birrhausen, trotz seiner bescheidenen Einwohnerzahl von rund zweitausend, seit dem Mittelalter das Zentrum der ganzen Region geblieben.

***

Walther sass an seinem Schreibtisch und studierte ein weiteres Mal die Akten. Seit dem ersten Mord an Moser waren nun schon fast zwei Wochen vergangen und sie waren keinen Schritt weiter gekommen. Tobler von der Spurensicherung und Reimann aus dem Labor hatten bisher auch nicht weiterhelfen können. Er nahm ein weiteres Dossier vom Stapel als die Tür schwungvoll aufgerissen wurde und ein zufrieden dreinblickender Hartmann hereinkam. Mit federndem Schritt kam er auf den Schreibtisch zu und legte eine Akte vor Walthers Nase.

„Hier die Nummer Sieben, ich habe sie vorhin mitgenommen, ich wollte noch etwas überprüfen." Hartmann angelte nach einem Stuhl, setze sich, stützte sich auf den Schreibtisch ab und sah Walther herausfordernd an.

„Gut, sag schon was du gefunden hast." Hartmann nahm das Dossier zurück und blätterte darin. Walther schaute ihm zu und während Hartmann die Seiten umschlug, gingen seine Gedanken zurück.

Waren wirklich schon fünf Jahre vergangen? Es schien ihm als wäre es erst gestern gewesen.

Sie hatten sich kennen gelernt als im Nachbardorf die Filiale der Sparkasse ausgeraubt wurde. Hartmann wurde als Untersuchungsbeamter aus der Hauptstadt hingeschickt, weil es nicht der erste Überfall auf eine ländliche Bank den in verschiedenen Bezirken war und weil eine Einbruchserie vermutet wurde. Hartmann hatte deshalb in Birrhausen um Amtshilfe nachgesucht. Als Walther ihn das erste Mal sah, glaubte er einen Preisboxer vor sich zu haben.

Hans Hartmann, ledig, Polizist mit Leib und Seele, ein Schrank von einem Mann, ein Meter fünfundneunzig, neunzig Kilo schwer, braunes, kaum zu bändigendes Haar und braune Augen die, wenn sich seine Gemütslage in negative änderte, fast schwarz wurden. Fantasie, Spürsinn, Durchsetzungsvermögen, gepaart mit einem messerscharfen, analytischen Verstand, das hatte Walther so beeindruckt, dass er ihm den Job als sein Stellvertreter anbot.

Hartmann hatte ohne zu zögern zugesagt. Der Bankräuber sass eine Woche später hinter Gitter.

„Hier habe ich es." Walther schreckte aus seinen Gedanken hoch. „Hier ergibt sich vielleicht die gesuchte Spur, deswegen bin ich auch zu dir gekommen. Ich habe die Unterlagen nochmals mit meinen Notizen abgeglichen, bei den Familien und Nachbarn nochmals nachgehakt und jetzt kommt es: dass alle in der Schmiedengasse gewohnt haben weisst du, aber alle auf der gleichen Strassenseite und das Wichtigste, alle Häuser werden von der gleichen Firma verwaltet. Wenn die Häuser nun noch alle den gleichen Besitzer haben, dann will wohl einer seine Mieter möglichst schnell loswerden." Den letzen Satz sagte Hartmann mit viel Sarkasmus in der Stimme. Dies tat er stets wenn er nicht weiter wusste.

„Vorhin dachte ich noch es wäre das fehlende Indiz, aber jetzt glaube ich es selbst nicht mehr." Zusammengesunken sass er auf dem Stuhl.

„Und der Kleinert? Der wohnte doch an der Seilergasse 1, das passt doch nicht." Hartmann richtete sich wieder auf.

„Das habe ich am Anfang auch gedacht und bin darum hingegangen. Die Wohnungen liegen alle zur Schmiedengasse hin und es sieht so aus, als wäre früher auch der Hauseingang da gewesen.

Heute ist er an der Seilergasse. Das muss wohl beim letzten Umbau verändert worden sein."

„Gute Arbeit, Hans. Auch wenn es unwahrscheinlich klingt, es könnte etwas daran sein, vielleicht nicht so krass wie du es formuliert hast, aber etwas wird dabei klar, wir haben einen gemeinsamen Nenner gefunden und das kann die gesuchte Verbindung sein.

Am schnellsten bekommen wir die Antworten auf dem Grundbuchamt." Walther griff zum Telefon und als er den Hörer hob, legte sich Hartmanns Hand schwer auf die seine.

„Du vergisst etwas, Walter, es ist schon spät. Und morgen vor zehn Uhr kannst du es vergessen, die sind nicht so früh wach."

„Ich habe die Angaben um viertel nach acht und es ist mir scheissegal wen ich dafür heute noch aus dem Bett holen muss. Wollen wir wetten? Der Verlierer gibt ein Bier aus."

„Gut, abgemacht, du gibst einen aus." Hartmann grinste und beide lehnten sich zurück.

Jeder hing seinen Gedanken nach. „Hast du sonst noch etwas gefunden?" Hartmann starrte Walther verblüfft an.

„Hast du das wirklich ernst gemeint? Willst du dem tatsächlich nachgehen? Das war nur so eine hirnrissige Idee von mir, ich glaube selbst nicht, dass an der Sache etwas daran ist."

Walther lächelte ihn an. „Es läuft wie immer. Wir gehen jeder Idee nach, jeder Einfall wird weiterverfolgt, wir drehen jeden Stein um, auch wenn wir Anderen dabei auf die Füsse treten. So wie immer, denn was jetzt wir brauchen sind Ergebnisse."

„Okay, du bist der Boss."

„Das sagst du nur, damit ich mir mies fühle wenn es in die Hose geht. Du aber bist dann fein raus, weil du ja nur gemacht hast was ich befohlen habe – und du es schon immer besser gewusst hast, aber der Alte nicht hören wollte."

„Genau, du hast es erfasst, so muss es sein."

„Eben, meine Worte", sagte Walther. „Etwas anderes, Hans. Wir haben ein kleines organisatorisches Problem.

Morgen früh kommt die Unterstützung aus Bern. Zehn Uniformierte für den Streifendienst und zwei Mann zu unserer Unterstützung."

„Endlich, sehr gut, wurde auch Zeit." Hartmann lehnte sich entspannt zurück.

„Wenn du das so gut findest, dann kannst du dich morgen früh als erstes um die neuen Kollegen kümmern." Und bevor Hartmann etwas erwidern konnte stand Walther auf, griff nach seinem Jackett und eilte zur Tür. „Jetzt habe ich Feierabend, dann bis morgen." Und weg war er.

Hartmann sass noch eine Weile da.

„Immer ich, immer trifft es mich, Mist." Er verliess das Präsidium und ging zielstrebig auf den Hirschen zu. Der Tag war der Nacht gewichen, der Mond stand am Himmel und vereinzelt blinkten einige der ungezählten Sterne am Firmament. Hartmann knöpfte seine Jacke zu. Abends konnte es noch frisch sein.

Seine Frau war zu Ihrer Familie gefahren und nachdem er den Eisschrank geplündert, Käse und Wurst verdrückt hatte, hoffte er bei einem Glas Wein und klassischer Musik den Abend entspannt beenden zu können. Doch eine Viertelstunde später sass er schon wieder in seinem Büro.

Walther und Hartmann waren in der Zwischenzeit ein eingespieltes Team geworden. Jeder überprüfte die Unterlagen und Schlussfolgerungen des Anderen, damit möglichst keine Hinweise und Spuren übersehen wurden. Zwei Köpfe sind besser als einer, war ihr Kredo. Sie respektierten die Erfolge des Anderen, akzeptierten auch dessen Kritik und halfen sich so gegenseitig. Und nur deswegen waren sie zu einem so erfolgreichen Gespann geworden.

Doch diesmal waren sie von den Ereignissen überrollt worden. Kaum hatten sie sich auf das Lösen eines Mordfalles eingestellt, geschah das nächste Verbrechen, der nächste Mord. Der Polizeipräsident hatte Recht, sie waren überfordert und hatten zu wenig Leute.

Zudem geschah der letzte Mord in Birrhausen vor über zehn Jahren und niemand der heute bei der Polizei in Birrhausen war, hatte Erfahrung mit solchen Verbrechen.

Auch Walther und Hartmann nicht. Und Müller war ausgerechnet zu jener Zeit an einem mehrwöchigen Kurs für Führungskräfte der Polizei gewesen. Morgen sollte also die angeforderte Unterstützung aus der Hauptstadt eintreffen.

Die Zimmer im Gasthof Adler waren reserviert und im Polizeigebäude und bei der Stadtverwaltung entsprechende Räumlichkeiten bereitgestellt worden. Walther war froh über die Unterstützung. Nur einer fand das Ganze übertrieben. Georg Meier, Stadtrat, zuständig für die Finanzen. Er fürchtete, dass die ganze Aktion ein grosses Loch in die Stadtkasse reissen würde, weil Birrhausen einen grossen Teil der Kosten selber übernehmen musste. Für diese Krämerseele war ein Minus in der Kasse schlimmer als ein paar Tote.

Noch lange brannte das Licht in Walthers Büro und als es endlich erlosch war es weit nach Mitternacht.

***

Fünf Tote bleiben meist ein nationales Thema, denn Verkehrsunfälle, Brände, Schnee- oder Schlammlawinen kosten auch viele Opfer, ohne dass die internationale Presse gross darüber berichtet.

Auch wenn die Morde von Birrhausen über die Nachrichtenagenturen verbreitet wurden, waren sie keine spezielle Zeile wert. Es herrschte in vielen Ländern Wahlkampf. Grosse, sportliche Veranstaltungen warfen ihre Schatten voraus und Fusionen, Finanzskandale und Militärspionage füllten die Schlagzeilen.

Als die Zahl auf sieben Tote stieg und die Polizei keinen Täter präsentieren konnte, witterten auch die internationalen Medien eine Sensationsstory und sandten ihre Reporterteams. Sieben Morde und das in der ruhigen und friedlichen Schweiz, das war doch schon ein Aufhänger und eine Schlagzeile wert. Und weil von amtlicher Seite keine Informationen zu erhalten waren, blühten die wildesten Spekulationen.

- Pfeilmörder terrorisiert Kleinstadt in der Schweiz.
- Jack the Ripper in der Schweiz.
- Psychopath schlachtet unschuldige Schweizer ab.
- Unheimliche Mordserie in der Schweiz versetzt Kleinstadt in
  Angst und Schrecken.

Die Geschichte war reisserisch aufgemacht und füllte die Titelseiten. Die Zeitungen verkauften sich sehr gut, denn die Presse konnte schreiben was sie wollte -, und was beim Käufer ankam. Auch die Fernsehsender schickten ihre Aufnahmeteams und berichteten life aus Birrhausen. Ob in den Zeitungen oder im Fernsehen, überall war dasselbe Foto zu sehen. Es zeigte das siebte Opfer als es noch auf Peter Krauer lag, also noch lebte, mit dem schwarzen Pfeil in der Brust.

Wer das Foto geschossen und es an die Presse weitergeleitet hatte wusste niemand. In der Zwischenzeit war es auch im Internet aufgetaucht. Bis ins kleinste Detail war auf dem Bild der Sterbende zu sehen.

Birrhausen wurde in der Folge von der internationalen Presse und den Fernsehanstalten überrannt und besetzt, wie Heuschecken fielen sie über die Kleinstadt her, und im Internet kursierten die wildesten und abstrusesten Verschwörungstheorien.

Innert kürzester Zeit waren alle Hotelzimmer in Birrhausen und Umgebung ausgebucht und wohin man sich auch drehte und wendete, die Presse war schon da. Die letzten verbliebenen Touristen reisten ab. Buchungen wurden storniert. Ob es die Angst vor dem Mörder war oder der Presserummel, konnte niemand sagen. Die Angehörigen, Freunde und Bekannten der Opfer wären wohl auch gerne verschwunden.

Sie wurden von den Reportern verfolgt, konnten keinen Schritt tun, ohne dass die Presse dabei war und ihre Wohnungen wurden belagert. Verschiedentlich musste die Polizei eingreifen und zudringliche Reporter aus den Häusern vertreiben, in die sie rücksichtslos eingedrungen waren.

Verschiedene wurden vom Schnellrichter aus Birrhausen wegge-wiesen, auch wenn dies rechtlich in einer Grauzone geschah.

Ein äusserst rücksichtsloser Reporter eines Sensationsblattes, der in die Kirche eindrang, den Sarg des letzten Opfers öffnete um Fotos zu schiessen, wurde nach einer Nacht in der Arrestzelle wegen Störung der Totenruhe angeklagt.

Er sitzt weiter in Untersuchungshaft und muss mit einer harten Strafe rechnen. Und alles nur um Schlagzeilen zu generieren.

Doch wie hätten die Medien sonst an Informationen gelangen sol-len? Die offizielle Seite hüllte sich in Schweigen und auch bei noch so bohrender Nachfrage zeigte sich niemand zuständig. Zeitungen und Fernsehen mussten etwas präsentieren, die Auflagen und Einschalt-quoten erforderten dies.

So fragte die Presse in Schlagzeilen, die Fernsehreporter in ihren Sendungen: „Warum hält die Polizei die Fakten zurück? - Ist die Poli-zei unfähig? - Warum erfährt die Bevölkerung nichts?"

Die grösste Tageszeitung der Schweiz forderte den sofortigen Rücktritt des Polizeipräsidenten von Birrhausen. Eine Schlagzeile mehr. Eine links stehende Splitterpartei schloss sich der Forderung an.

Wahlen standen vor der Tür.

***

Der Diensthabende nahm den Anruf entgegen. „Polizeiposten Birr-hausen, Wachtmeister Tauber."

Er hörte erst einen Moment angestrengt zu und seine Miene ver-düsterte sich. „Bitte versuchen sie sich zu beruhigen.

Ja, natürlich werden wir Ihnen helfen.

Ja, das habe ich verstanden.

74

Ja, wir kommen, aber sie müssen uns ihren Namen sagen und wo sie wohnen." Geduldig hörte Tauber zu und machte sich Notizen.

„Meister, Wiesengrund, der Bauernhof an der alten Landstrasse, ja, ich weiss wo das ist, ja Frau Meister, wir kommen sofort und.... Wie? Mit einem Pfeil? Ja, der Arzt wird auch kommen. Lassen sie alles...... Hallo – Frau Meister .....?"

Er legte den Hörer zurück, atmete erst einmal tief durch und Griff zum Funkgerät. „Zentrale an eins, wo seid ihr?"

„Eins an Zentrale, wir sind auf der Bernstrasse und kommen zurück, noch etwa zwei Kilometer bis zur Stadt."

„Fahrt hinaus zum Bauer Meister, im Wiesengrund, an der alten Landstrasse. Er soll tot sein. Wenn ich seine Frau richtig verstanden habe, ist auf ihn geschossen worden, mit einem Pfeil -, sagt sie. Schaut nach, was das los ist. Ich schicke euch den Notarzt, scheint ernst zu sein. Zentrale Ende."

„Eins verstanden, fahren zum Bauer Meister, im Wiesengrund, an der alten Landstrasse, der Arzt ist alarmiert."

Nach einer kleinen Pause knackte es wieder im Funk. „Sag mal, habe ich das richtig verstanden? Sagtest du Pfeil?"

„So habe ich es verstanden."

„Schon wieder -. Wir schauen nach, eins Ende."

Vor einer halben Stunde hatten die beiden Polizisten ihren Dienst angetreten und auf eine ruhige Schicht gehofft. Dem Auto, welches ausserhalb der Stadt auf der Strasse liegengeblieben war, hatte der Pannendienst des Automobilclubs geholfen und so drehten sie unverrichteter Dinge wieder um.

„Nicht schon wieder ein Toter, das Ganze wird mir langsam unheimlich." Der Fahrer schaltete Blaulicht und Sirene ein und drückte aufs Gaspedal. Der Wagen macht einen Satz nach vorne und beschleunigte rasant. Die beiden Polizisten wurden ihn ihre Sitze gedrückt.

„Wenn das so weitergeht, werde ich meine Familie zu meinen Eltern nach Bern schicken", sagte der Beifahrer und klammerte sich an den Haltegriff als sie mit quietschenden Reifen in die „Alte Landstrasse" einbogen.

Nach wenigen Minuten erreichten sie den Bauernhof. Der Fahrer schaltete Blaulicht und Sirene aus und stoppte vor dem Haus. Die Beamten stiegen aus und sahen im fahlen Licht des neuen Morgen vor dem Stall eine Gruppe Menschen stehen. Eine Frau und drei kleine Kinder standen vor einem reglos daliegenden Mann zu ihren Füssen. Die Kinder klammerten sich an die Frau, keiner rührte sich, sie starrten nur unverwandt auf den Mann.

Als die Polizisten hinzutraten schien als würde ein Bann brechen, ein unsichtbares Band zerreissen Die Frau begann zu weinen. Tränen liefen über ihr aschgraues Gesicht. Die drei Kinder klammerten sich weiter an sie.

„Mama, warum steht denn Papi nicht auf? Ist er müde?" fragte das Jüngste. Mit Ihrem Vater war etwas passiert, das spürte es. Doch was der Tod bedeutet, konnte es noch nicht verstehen, dafür war es noch zu klein. Behutsam führte einer der Beamten die Familie ins Haus zurück während der Andere sich über das Opfer beugte und nach dem Puls des Mannes suchte.

Langsam stand er auf, schüttelte seinen Kopf und ging mit schweren Schritten zum Wagen um die Zentrale zu informieren.

Kaum hatte er die Meldung durchgegeben, raste ein Wagen auf den Hof. Der Fahrer trat heftig auf die Bremse, das Auto rutschte über den Kiesweg und wirbelte Wolken von Staub auf. Kaum stand der Wagen, sprang der Fahrer heraus und rannte, einen kleinen, braunen Koffer mitschleppend, zum Opfer hin. Von Au. Er untersuchte den Mann und auch er stand dann langsam auf und schüttelte resigniert sein Haupt. Ein weiteres Mal sah er auf einen Toten hinab und auf einen schwarzen Pfeil der im Rücken einer Leiche steckte.

***

Schneiders Selbstsicherheit war zum Teufel. Er schlief nicht mehr, sein Gesicht war grau, sein sonst federnder Gang war weg. Schneider war gealtert. Seit Tagen versuchte er seine Geschäfte wieder in den Griff zu bekommen, versuchte zu agieren statt nur zu reagieren, versuchte das Ganze zusammenzuhalten und doch schwammen ihm die Felle davon.

Keinen seiner Spezialisten hatte er erreicht. An den vereinbarten Adressen wohnten sie nicht mehr. „Ohne Angaben einer neuen Adresse verzogen", lautete die Antwort der Vermieter. Auch auf den Konten der Spezialisten waren in den letzten Tagen keine Bewegungen zu vermelden. Die Gelder wurden nicht angerührt.

Seine Leute waren wie vom Erdboden verschluckt. Sollten seine Leute hinter den Morden von Birrhausen stecken?

Ihr Auftrag lautete doch ganz anders und es war reiner Zufall, dass es auch in Birrhausen Zielobjekte gab. Beschatten, Informationen beschaffen, wenn notwendig die Leute einschüchtern und vor allem, den zukünftigen Kronzeugen nicht merken lassen, dass er überwacht wurde. Nachdem sie ihn wochenlang geködert hatten und er endlich auf den Deal einging. Wenn Krauer jetzt absprang war alles umsonst gewesen. Und nur keine Gewalt anwenden, ausser zur Selbstverteidigung.

„Selbstverteidigung? Selbstverteidigung gegen unbescholtene Bürger? Alte Leute, Frauen und Kinder?" Was war hier faul?

Hatten seine Spezialisten einen anderen, oder gar weiteren, lukrativeren Auftrag angenommen? Waren sie deshalb wie vom Erdboden verschwunden? Er tigerte ziellos in seinem Büro herum. Er konnte es nicht glauben.

Der Auftrag drohte für ihn zu einer Riesenpleite zu werden. Wenn sich das in der Branche herumsprach konnte er sich gleich sein Grab schaufeln.

„Verfluchter Mist", rief er laut, dann drückte er den Knopf der Gegensprechanlage auf seinem Schreibtisch. „Ich bin die nächsten Tage in Brüssel", dann liess er den Knopf wieder los.

Die wichtigsten Unterlagen waren dort. Nie Akten in einem Land in dem gearbeitet wurde, war einer seiner Grundsätze, denn Hausdurchsuchungen waren jederzeit möglich, man musste nur den richtigen Untersuchungsrichter kennen.

Er wartete nicht auf Antwort, denn er war es gewohnt, dass seine Anweisungen sofort umgesetzt wurden. Aus einem Schrank nahm er eine elegante Reisetasche, die das Notwendigste für kurze Reisen enthielt und die er immer gepackt in seinem Büro hatte. In Belgien hatte er die gleiche Tasche stehen. Er zog seinen Mantel an und schickte sich an sein Büro zu verlassen.

Einen Moment stand er unschlüssig da, dann ging er zu seinem grossen Tresor, tippte eine Zahlenreihe ein, drückte seinen linken Daumen auf das Display, tippte eine zweite Zahlenreihe ein und nach wenigen Sekunden hörte er ein feines Klicken. Er packte den eisernen Griff und drückte ihn nach unten.

Geräuschlos öffnete sich die dicke Panzertüre. Sein Blick glitt über Aktenstapel, Computer-Sicherungsbänder, ein paar Bündel Banknoten in verschiedenen Währungen. Wieder ein kleines Zögern.

Dann griff er entschlossen in den Tresor und packte die Pistole Kaliber 22. Kühl lag sie in seiner Hand. Unschlüssig drehte er sie hin und her. Dann legte er sie schnell zurück und schlug die Tresortür zu.

Nein, die Pistole blieb hier, ins Flugzeug konnte er sie nicht mitnehmen und mit dem Auto wollte er nicht reisen. Das war ihm zu mühsam und ausserdem sah er für sich keine unmittelbare Gefahr.

***

„Was habt ihr? Was könnt ihr mir sagen? Oder seid ihr einfach herumgestanden?" Dies waren die ersten Worte als Hartmann aus dem Wagen stieg. Er war frustriert und stocksauer. Schon wieder ein Sonntag zum Teufel. Und schon wieder war Von Au vor ihm da. Alles schien sich gegen ihn verschworen zu haben. Die beiden Polizisten sahen Hartmann an, dann sich gegenseitig, dann nickten sie, drehten sich um und gingen auf das Haus zu.

Sie kannten Hartmann und seine Launen. In fünf Minuten würde er wieder normal sein. Während dieser Zeit ging man ihm besser aus dem Weg. „Dann eben nicht", brummte dieser und trottete zu Von Au hin.

„Morgen Herbert."

„Morgen Hans."

„Ich liebe diese Sonntagmorgen, der Nebel steigt langsam aus den Niederungen und seine weissen Schleier hüllen die Welt ein bis die Sonne durchbricht und die Nebel sich in Nichts auflösen. Man spürt die wärmenden Sonnenstrahlen im Gesicht und freut sich, dass die Nacht gegangen und der Tag gekommen ist. Und wenn ich dann zu so früher Stunde auch noch Freunde treffe, ist dies ein perfekter Tag. Was will man mehr." Hartmanns Laune war noch nicht besser geworden. Er schaute Von Au an. War das nun Poesie oder Sarkasmus. Von Au legte eine Hand auf Hartmanns Schulter.

„Hans, was ist hier los? Was geht hier eigentlich vor? Nur noch Tote und nun sogar hier, ausserhalb der Stadt."

„Wenn ich es wüsste, wenn ich es nur wüsste."

Eine Weile schwiegen die beiden und hingen ihren Gedanken nach. Hartmann straffte sich und sein Blick wurde hart.

„Okay, was haben wir denn hier, einen Toten, mit einem schwarzen Pfeil erschossen, keine Zeugen, auch die Angehörigen haben nichts gesehen, dafür stehen sie unter Schock und können frühestens morgen vernommen werden. Korrekt?"

„Korrekt was Zeugen und Angehörige betrifft und beim Rest liegst du wahrscheinlich auch richtig. Ich kann mir keine andere Todesursache vorstellen. Die Autopsie wird es bestätigen."

„Dann werde ich mich mal mit der Spurensicherung plaudern. Du wirst den Toten bald mitnehmen können." Hartmann wandte sich ab, blieb dann aber stehen um drehte sich nochmals um.

„Sag mal Herbert, warum bist du noch vor mir und vor dem Krankenwagen hier gewesen? Kann es sein dass du zufälligerweise den Polizeifunk gehört hast?" Von Au grinste.

„Zufällig, Hans, wirklich nur zufällig."

„Wenn es nur zufällig war, dann geht das gerade noch."

Hartmann wandte sich wieder um und ging zum Opfer zurück. Von Au schaute ihm nach.

„In seiner Haut möchte ich nicht stecken, aber das will wohl keiner." Dann ging er hinüber zum Haus, wo in der Zwischenzeit der Krankenwagen vorgefahren war.

Hartmann, Tobler, Reimann und die beiden uniformierten Beamten standen zusammen und versuchten eine erste Bilanz zu ziehen.

„Wir haben also folgenden Ablauf. Der Bauer war auf dem Weg zum Stall als ihn der Pfeil traf. Zeitpunkt des Todes etwas sechs Uhr früh. Das wird Von Au morgen bestätigen können.

Ein Familienmitglied muss den Toten gefunden haben. Sie werden ihn gesucht haben weil er nicht zum Frühstück erschienen ist.

Wenn es nur keines der Kinder gewesen ist." Schweigen. Hartmann fuhr fort.

„So wie der Tote liegt muss der Schuss von da drüben gekommen sein." Hartmann wies in Richtung der Obstbäume die weit verstreut in der Wiese standen. „Da müssen wir als nächstes suchen, wer kommt mit?" Tobler und Reimann waren dabei, die zwei Uniformierten blieben zurück.

***

Zur gleichen Zeit sass Hasler in seinem Büro in der Berner Altstadt und suchte fieberhaft nach seinen Notizen. Er hasste es an einem Sonntag ins Büro zu müssen. „Was zum Teufel habe ich dem Schneider alles gegeben, was alles gesagt? Immer wenn es brenzlig wird, reiten die Idioten da oben auf den Kleinen herum und auf mich haben sie es besonders abgesehen!" Er wühlte in den Schubladen, durchstöberte die Aktenschränke von S bis T und stülpte sogar den Papierkorb um, obwohl er genau wusste, dass dieser nach Freitagabend leer sein musste, denn dann wurde sein Büro geeinigt. Und zudem, wichtige Akten und Notizen wanderten nicht in den Papierkorb, sondern in den Aktenvernichter. Doch so angestrengt er auch suchte, er fand seine Notizen nicht. Er wurde immer nervöser und je nervöser er wurde, umso weniger konnte er sich erinnern. Er stand kurz vor einer Panikattacke. Ihm graute die Vorstellung, dass er sich wieder mit Schneider würde treffen müssen. Er hasste ihn. Auch eine plausible Erklärung müsste er sich für die Reise einfallen lassen, oder einen Ferientag opfern.

„Verflucht", Hasler konnte sich nicht entscheiden. Vielleicht sollte er versuchen das Ganze auszusitzen, abwarten bis alles vorüber, bis genügend Gras über die Sache gewachsen war. Doch er wusste genau, dass ihm das nicht gelingen würde. Am Anfang war er von diesem Job noch begeistert gewesen. „Wenn die mit mir zufrieden sind, habe ich eine steile Karriere vor mir." Er sah sich schon als Agent im Aussendienst, als Kollege von James Bond. „Das wird ein Leben." So dachte er damals.

Und heute? Ein tristes Leben in einer tristen Umgebung. Eine kleine, unscheinbare Existenz. Nichts war geworden aus seinen Träumen von grossen Heldentaten.

***

Sie stapften durch das noch nasse Gras. Spürten wie ihre Schuhe, Socken und Hosenbeine nass, ihre Füsse langsam kalt wurden. Sie tauchten unter herabhängenden Ästen durch und wenn sie diese auch nur streiften, regneten Tautropfen auf sie herab. Sie teilten sich auf um zwischen allen Bäumen zu suchen.

„Kommt hier her, ich glaube ich habe es gefunden." Reimann rief die Anderen zu sich. Hinter einem alten Apfelbaum war das Gras niedergetreten.

„Das ist noch nicht lange her, hier muss der Mörder gestanden haben." Hartmann schaute in Richtung Hof.

„Auch die Schussrichtung stimmt." Tobler fotografierte den Ort und die Umgebung und Reimann sammelte Gräser und Erde zusammen. „Hans, wenn wir einen Spürhund hätten, könnten wir auf der Spur da etwas finden." Er wies auf die niedergetretenen Gräser die von ihnen wegführten. „Der Täter muss auf demselben Weg wieder zurückgegangen sein, sonst wären mehr Spuren zu sehen."

„Roland hat Recht, ein Hund könnte uns helfen." Reimann fand Toblers Idee sehr gut.

„Ihr habt Recht, das ist es, und die Kollegen aus Bern haben einen mitgebracht. Nun sollen die mal ran." Hartmann zückte sein Handy und Augenblicke später lächelte er zufrieden. „Pech für die, dass sie an einem so schönen Sonntagmorgen so früh aus den Federn müssen. Kommt wir gehen zurück zum Haus und warten da. Es ist nicht sinnvoll weiter im nassen Gras herumzustehen. Vielleicht gibt es im Haus einen Kaffee, den hätte ich bitter nötig."

Die drei stapften auf das Haus zu in der leisen Hoffnung etwas Warmes zu trinken zu bekommen

Nach rund zwanzig Minuten waren Hund und Hundeführer vor Ort und die Suche konnte beginnen.

Erst schnüffelte der Hund ausgiebig herum bis er die richtige Witterung aufgenommen hatte.

Dann zog er an der Leine und rannte los. Die Männer vermochten ihm kaum zu folgen, denn sie rannten, nicht wie der Hund auf der Spur, sondern daneben durchs nasse Gras.

Reimann hatte das verlangt, nur nicht die Spur zertreten, vielleicht würde man doch noch etwas finden. Durch den Obstgarten, über ein kleines Stoppelfeld und wieder über eine nasse Wiese ging die Jagd, bis sie an einen Feldweg kamen. Dann lief der Hund dem Weg entlang, die Nase immer tief am Boden, die vier keuchenden Männer im Schlepptau. Als sie die Hauptstrasse erreichten schnüffelte das Tier unschlüssig umher, legte sich dann nieder und gab Laut.

„Hier ist die Spur zu Ende, der Hund findet nichts mehr", sagte der Hundeführer und steckte dem Tier einen Hundekuchen zu. Die Männer schauten sich um.

„Er muss hier in ein Auto gestiegen sein", sagte Tobler und begann den Asphalt zu untersuchen. „Keine Reifenspuren, nichts zu machen."

„Dann stellt sich die Frage ob er hier parkiert hat, ob jemand das Auto gesehen hat, ob eine zweite Person darin gesessen hat oder ob er hier von jemandem abgeholt wurde, weil ein hier parkiertes Auto immer auffallen würde. Dann würde das aber bedeuten, dass wir zwei Personen suchen müssen." Hartmann und Tobler sahen Reimann erstaunt an. Das waren viele Worte für den sonst so wortkargen Laboranten.

„Machen wir einen Zeugenaufruf, wir könnten auch mal Glück haben", sagte Tobler.

„Langsam, ganz langsam." Hartmann hob abwehrend seine Hände.

„Wenn wir einen Zeugenaufruf loslassen, dann suchen wir auch nach einem zweiten Mann von dem wir nicht wissen ob er tatsächlich existiert. Da wir den ersten Mann schon nicht finden können, wird uns die Presse die Hölle heiss machen und der Polizeipräsident wird durchdrehen. Nein, das können wir nicht riskieren." Hartmann blieb besonnen und Tobler und Reimann wurden in ihrer Euphorie gebremst.

„Und wie geht es jetzt weiter?" fragte Reimann.

„Wir gehen getrennt wieder zurück, ich möchte versuchen doch noch mit der Frau zu sprechen und ihr versucht trotz allem noch Spuren zu finden. Vielleicht findet ihr auf dem Rückweg im Acker Fussabdrücke oder sonst etwas."

Hartmann ging mit dem Hundeführer auf den Feldwegen zum Hof zurück während Tobler und Reimann sich langsam neben der Spur zurück bewegten. Als Hartmann auf dem Hof ankam war der Tote schon abtransportiert worden und Nachbarn kümmerten sich um die Familie. Es gab hier nichts mehr für ihn zu tun. Er würde die Frau später befragen. Schöner Sonntagmorgen.

***

Schlagzeilen :

Grossfeuer bei Swissarm war Brandstiftung

Illegale Grenzübertritte nehmen zu – Grenzwache überfordert

Schauriger Rekord in Birrhausen, 8 Tote

Regierungskrise in Italien

Weltrekord im 50 m Rückenschwimmen

Wetter – es bleibt trocken

Um halb zehn klopfte es an seine Tür und Hartmann trat ein. „Morgen Walter, hast du letzte Nacht denn geschlafen?"

„Morgen Hans, wenig. Was bringst du Neues?"

„Drei Dinge, hast es vielleicht schon gehört, Opfer Nummer Acht, der Bauer vom Wiesengrund, er hinterlässt eine Frau und drei kleine Kinder."

Hartmann setzte sich auf den Stuhl vor Walthers Schreibtisch. Einen Moment schwiegen sie beide. „Zweitens, bei Sarah sind weitere Informationen vom Grundbuchamt eingetroffen. Da gibt es ein paar Unstimmigkeiten die Sarah noch überprüft."

„Und dann wäre da noch etwas, der Stadtpräsident sucht dich schon seit acht Uhr früh. Er hat schon dreimal angerufen und Sarah hat ihn jedes Mal zu mir durchgestellt, weil du ja den Hörer nie abhebst.

Und ich dem Herrn auch nach dem dritten Mal nicht Arschloch sagen darf!" Der kleine Vorwurf in Hartmanns Stimme war nicht zu überhören.

Als Walther nicht reagierte fuhr er fort. „Er sagte etwas von Krisenstab und du sollst um zehn im Rathaus sein und es sei sehr wichtig und unaufschiebbar und ich soll dich im schlimmsten Fall an den Füssen ins Rathaus schleifen."

Walther atmete tief durch.

„Die Woche fängt ja gut an. Neben einer weiteren Leiche nun auch noch die Politik. Das musste ja so kommen. Weißt du wen er sonst noch aufgeboten hat?" Hartmann zuckte mit den Schultern.

„Keine Ahnung, besser wenn ich nicht dahin muss. Auf den Egotrip dieses Herrn kann ich gut verzichten."

Walther grinste, er wusste dass Hartmann kein Anhänger dieses Herrn war, wie er ihn immer zu titulieren pflegte. Er hatte es mit dem Stadtpräsidenten endgültig verdorben als er diesem ins Gesicht sagte er sei ein mediengeiler Schaumschläger und hätte von tuten und blasen keine Ahnung -, wobei er sich nur beim tuten sicher sei. Das hätte er nicht sagen sollen und hätte ihn fast den Kopf gekostet. Auch wenn er recht hatte.

Der Herr hatte in einem Fall von schwerem Rassismus mit Körperverletzung, aus Geltungssucht, den Medien an einer von ihm einberufenen Medienkonferenz vorzeitig die Untersuchungsergebnisse ausgeplaudert.

Das Gericht musste in der Folge wegen Zeugenbeeinflussung und Vorverurteilung die Klage abweisen und der Täter ging straflos aus. Die Schuld wurde dann dem Assistenten des Bürgermeisters zugeschoben und dieser wurde fristlos entlassen.

Von aller Schuld rein gewaschen wollte dieser Herr, dass Walther Hartmann entlasse. Er biss bei Walther auf Granit. Auch Walther war kein Freund des Bürgermeisters.

„Schon gut, Hans, ich gehe hin. Du musst mich nicht an den Füssen dahin schleifen.

Wenn ich nicht hingehe heisst es am Ende ich hätte mich gedrückt und wäre unfähig. Und so schlimm wird es wohl nicht werden."

„Dann wünsche ich dir viel Vergnügen, du wirst sehen dass ich Recht habe wenn ich prophezeie, dass ausser einem grossen Palaver nichts dabei herausschaut.

Er wird sich wie immer nach allen Seiten absichern wollen und sucht jetzt schon nach einem Sündenbock den er allenfalls den Medien präsentieren kann.

Darin ist dieser Herr ja Weltspitze. Und du, Walter, eignest dich als Sündenbock doch hervorragend." Hartmann war aufgestanden und zur Tür gegangen. „Wir sehen uns noch."

Walter hatte schweigend zugehört und als Hartmann weg war sagte er laut: „Du hast ja recht, Hans." Dann suchte er einige Unterlagen zusammen und sah diese nochmals durch. Er konnte nicht unvorbereitet zu diesem Meeting gehen. Die wichtigsten Akten blieben auf seinem Schreibtisch zurück. Wenn der Bürgermeister jetzt schon einen Sündenbock brauchte, wollte er ihm nicht auch noch die Munition dazu liefern.

Es war keine Überraschung. Die bekannten Gesichter. Der Stadtpräsident als Vorsitzender und Wortführer, die beiden Stadträte, für Sozialdienste der Eine, für Finanzen der Andere.

Der Stadtschreiber als Protokollführer, der Polizeipräsident und die zwei möglichen Sündenböcke, er Chef des Katastrophendienstes und zugleich Hauptmann der Feuerwehr und Walther, Chef der Kriminalpolizei.

Max Rudin, allseits geliebter und gehasster Stadtpräsident thronte am oberen Ende des mächtigen Eichentisches, schob geschäftig Papiere hin und her, hielt dann inne und schaute herablassend auf die Anwesenden. Walther mochte diesen Herrn immer weniger.

„Meine Herren", Rudin legte die Fingerspitzen zusammen und blickte von einem zum Anderen. „Meine Herren", hob er abermals an, „wir werden heute einen Krisenplan erstellen und die Ressorts und Verantwortlichkeiten festlegen. Wir werden ein Kommuniqué veröffentlichen in dem ganz klar zum Ausdruck gebracht wird, dass das Stadtpräsidium alles in seiner Macht stehende unternimmt um die scheusslichen Verbrechen aufzuklären und dass die Bevölkerung von Birrhausen Vertrauen in die Arbeit der Behörden haben kann. In diesem Sinne werden wir auch Presse und Fernsehen informieren." Rudin hatte in der Zwischenzeit nach seinen Notizen gegriffen und schaute erneut in die Runde.

Sein Blick verhiess nichts Gutes. „Meine Herrn", der Ton in seiner Stimme war eisig.

„Meine Herrn, was sie bis heute geleistet haben ist eine einzige Schlamperei und zeugt von massloser Inkompetenz, es ist schlicht skandalös. So, meine Herren, geht es nicht weiter. In Zukunft will ich über jeden ihrer Schritte umgehend informiert werden. Wichtige und politisch sensible Aktionen sind ohne mein Einverständnis zu unterlassen sonst sehe ich mich gezwungen die notwendigen Schritte zu unternehmen um solche Aktivitäten zu unterbinden. Ich hoffe sie sind sich ansonsten der Konsequenzen bewusst." Er schob seine Notizen wieder beiseite und legte seine Hände vor sich auf den Tisch, als wollte er sich abstützen.

„Nach dem dies nun klar gestellt ist, erwarte ich von jedem von Ihnen konstruktive Vorschläge."

Walther wusste was nun kam. Es war immer das gleiche Spiel wenn der Stadtpräsident einen Krisenstab einberief.

Auch beim letzten Mal, als es nach starken, wochenlangen Regenfällen zu Endrutschen kam, die Hauptkanalisation verschüttet wurde und Rudin der Meinung war, dass die Versäumnisse der vergangenen Jahre und nicht der von ihm bewilligte, intensive Holzeinschlag und der Bau von Forst und Waldwegen für die Holzindustrie, die den Westhang am Hausberg destabilisiert hatten, die Ursache waren, sondern das Unvermögen und die Schlamperei der zuständigen Ämter. Damals hatten sich fast die gleichen Leute um den gleichen Tisch versammelt und das Prozedere war das gleiche gewesen. Auch da ging es dem Stadtpräsidenten Max Rudin nur um eines. Seinen Machterhalt und dafür brauchte er einen Sündenbock. Damals hatte es am Ende dem Forstwart den Job gekostet. Er sei nicht fähig gewesen die Risiken richtig einzuschätzen und so sei es schliesslich zur Katastrophe gekommen. Wäre er als Stadtpräsident rechtzeitig informiert worden, wäre dies alles nie geschehen.

Walther hatte Recht. Rudin war bemüht sich von Beginn an nach allen Seiten abzusichern und die beiden Stadträte bliesen ins gleiche Horn. Nur persönlich keine Verantwortung übernehmen und alles Unangenehme nach unten delegieren.

So waren denn die Vorschläge dieser Herren nur warme Luft, Politgetöse, aber nichts Brauchbares, nichts Greifbares.

Und, das war ganz deutlich zu spüren, alle gingen sie zu Walther vorsorglich auf Distanz. Das Ganze glich eher einer Parteiveranstaltung als einer Krisensitzung.

Der Polizeichef war als nächster an der Reihe und gab Walther für die weiteren Untersuchungen freie Hand.

„Ich bin der Letzte, der ihnen unnötige Vorschriften macht oder Steine in den Weg legt. Sie sind der Chef der Kriminalpolizei und für die Führung der Abteilung und die Untersuchung verantwortlich."

Was so nach Vertrauen zu seinem Untergebenen tönte, entlastete gleichzeitig den Polizeipräsidenten, für den Fall ,dass Walther keinen Erfolg haben würde. Auch der Polizeipräsident wollte seinen Posten behalten.

Walther hörte nur mit einem Ohr hin und vertrieb sich die Zeit mit dem Malen von Strichmännchen. Es war ihm nicht bewusst, dass jedes seiner Strichmännchen mit dem Thema Mord zu tun hatte. Erstochene Männchen, erschossene Männchen, Männchen denen der Kopf fehlte, Männchen am Galgen....

Aus weiter Ferne wurde sein Name gerufen. Dann noch einmal. Er schaute hoch, schaute sich um -, und wusste wieder wo er war. Es gefiel ihm nicht.

„Wir wollten nur wissen, ob sie auch eine Meinung haben. Aber so wie es ausschaut, interessiert sie die ganze Sache hier nicht." Walther bemerkte den spöttischen Ton in der Stimme von Rudin und schlug umgehend zurück.

„Ich wollte ihren Redefluss nicht unterbrechen, das wäre doch unhöflich und der ganzen Veranstaltung abträglich gewesen." Walther schaute dem Stadtpräsidenten direkt ins Gesicht, bis dieser irritiert seinen Blick senkte.

„Als erstes müssen wir die Bevölkerung und die Medien sachlich und klar orientieren.

Dafür brauchen wir einen Pressesprecher, einen, der diesen Namen auch verdient." Walther schaute immer noch unverwandt auf Rudin.

„Jemand der in der Bevölkerung Vertrauen geniesst und einen direkten Draht zu den seriösen Zeitungen hat. Das fehlt heute und ist in meinen Augen das Vordringlichste.

Zudem schlage ich vor, dass wir in Birrhausen in allen Gassen Kameras installieren, so wie es in Teilen Londons schon üblich ist. Das kann den Täter abschrecken und die Sicherheit erhöhen."

„Unmöglich, diese Ausgaben kann ich nicht verantworten, wir müssten neue Schulden machen und das kann ich zum heutigen Zeitpunkt absolut nicht verantworten." Der Stadtrat für Finanzen ereiferte sich.

„Das sehe ich auch so", sagte Rudin. „Wir haben das im Stadtrat schon besprochen und können die Überwachung nicht verantworten.

Aus Gründen des Persönlichkeitsschutzes und wegen der hohen Kosten. Oder können sie den Fall nicht ohne Überwachung lösen?" Walter hörte schon nicht mehr zu, die Typen waren ihm zu blöd und gingen ihm langsam auf den Sack.

Walther gegenüber sass Samuel Grollimund, von seinen Freunden Sämi genannt. Er hatte Vierecke, Dreiecke und Kreise gemalt. Bisher hatte auch er nur zugehört, sich gelangweilt und sich immer wieder gefragt, was er hier eigentlich sollte. Er hätte in dieser Zeit wichtigere Dinge erledigen können. Die Worte Walthers hatten sein Interesse geweckt und zum Missfallen des Stadtpräsidenten wandte er sich ungefragt direkt an Walther. So als würden die Anderen nicht existieren.

„Wir haben bei uns eine Referendarin die ausgezeichnete und professionelle Arbeit leistet. Sie ist sehr talentiert im Umgang mit der Presse und kann sehr überzeugend und glaubhaft ihre Argumente rüberbringen. Sie nimmt ihre Arbeit sehr ernst und ist äusserst loyal, wenn es sich mit ihrem Gewissen vereinbaren lässt." Walther verstand den Wink in Richtung Rudin und grinste. Grollimund war ein Mann nach seinem Geschmack.

Samuel Grollimund, Leiter des Katastrophendienstes, Chef des Tiefbauamtes der Stadt und der näheren Umgebung und laufend mit PR Problemen beschäftigt.

Die ewigen Reklamationen der Autofahrer wegen Umleitungen, Baustellen, Belagschäden, vereister Fahrbahn und Schnee der geräumt sein sollte noch bevor er fiel, hatten ihm aufgezeigt wie wichtig ein direkter Draht zu den Medien ist.

Seit er diese Kontakte intensiv pflegte und die Bevölkerung korrekt informiert wurde, hatte sich die Zahl der Beschwerden halbiert.

Weil dies aber immer mehr Zeit in Anspruch nahm, war er froh, dass diese Arbeit nun von der Referendarin übernommen wurde. Grollimund wusste also um die Probleme Walthers und war immer bereit einem Kollegen zu helfen, der, wie er auch, in der vordersten Reihe stand und deswegen immer als Erster den Kopf hinhalten musste. Und der wie er, auch kein Anhänger des Stadtpräsidenten war.

„Könnte ihre Referendarin morgen bei mir vorbeischauen?"

Grollimund nickte. „Im Moment haben wir keine Baustellen, also keine Verkehrsprobleme und es ist deshalb etwas ruhiger geworden. Darum spricht nichts dagegen. Ich rede heute Nachmittag mit ihr und so wie ich sie kenne, wird sie ihnen gerne helfen. Diese Aufgabe wird sie bestimmt reizen. Ich rufe sie dann später noch an."

„Danke, ihre Hilfe kann ich wirklich brauchen." Die beiden schüttelten sich über den Tisch hinweg kräftig die Hände, als wollten sie einen Pakt beschliessen. So war Walthers grösstes Problem gelöst, noch bevor einer der andern Sitzungsteilnehmer einen Kommentar abgeben konnte. Rudin fühlte sich überrumpelt und versuchte das Heft wieder in die Hand zu bekommen.

„Nun, meine Herren, als Chef des Krisenstabes erwarte ich bis Mittwochmorgen von ihnen Vorschläge und dies in schriftlicher Form. Halten sie sich immer vor Augen, dass unsere finanziellen Ressourcen begrenzt sind. Für Sonderausgaben haben wir keine Mittel. Und noch ein letztes."

Rudin streckte sich durch und versuchte den Eindruck eines abgeklärten und überlegenen Krisenmanagers zu vermitteln. Wieder legte er die Fingerspitzen zusammen und sah herausfordernd auf den Chef der Kriminalpolizei.

„Herr Walther, was steht betreffend der Morde mit Sicherheit schon zweifelsfrei fest und was kann an die Presse gegeben werden?" Alle blickten neugierig und gespannt auf.

Walther legte seinen Kugelschreiber auf den Tisch, wandte sich dem Stadtpräsidenten zu und schaute ihm wieder direkt ins Gesicht. Dann sagte er mit ruhiger Stimme.

„Fest steht mit Sicherheit und zweifelsfrei nur -, es hätte Jeden von uns treffen können. Soll ich das an die Presse weitergeben?"

Das fallen einer Stecknadel wäre laut wie Donner gewesen.

Rudin wurde blass, räumte mit fahrigen Bewegungen seine Papiere zusammen und verliess dann grusslos den Raum.

Auch Walther stand auf, verabschiedete sich und ging. Zurück blieben verdutze, geschockte und ratlose Menschen.

Das Büro des Polizeipräsidenten wirkte protzig und überladen. Mahagonimöbel, schwarzes Leder, Beschläge aus poliertem Messing, Perserteppiche auf dem alten Boden aus Kiefernholz, goldfarbene Brokatvorhänge an den hohen Fenstern, golden gerahmte Bilder und Urkunden an den Wänden und von der mit Stuck verzierten Gipsdecke hing ein riesiger Kristalllüster.

Nicht Walthers Stil, und er bezweifelte, ob sich diese Einrichtung überhaupt einem Stil zuordnen liess, es sei denn, dem eines Kulturbanausen. Selten wurde Walther hierher beordert. Es musste schon etwas ganz Ausserordentliches vorgefallen sein, wenn er ins Allerheiligste seines Chefs gerufen wurde.

„Ich möchte ihnen Major Schrader vorstellen. Major Schrader leitet den militärischen Abwehrdienst, Bereich Europa." Stolz präsentierte er seinen Gast. Walther kannte diese Art.

Graue Haare, Millimeterschnitt, graue Augen, gerade Nase, dünne Lippen, massgeschneiderte Uniform mit verschiedenen Dienstabzeichen auf Brust und Schulter und ein paar Pfund zu viel auf den Rippen. So wie man sich einen höheren, schon etwas älteren Offizier vorstellt.

„Und dies", der Polizeipräsident wies auf Walther, „dies ist der Chef der Kriminalpolizei, Herr Walther."

Major Schrader nickte Walther kurz zu und drehte sich wieder dem Polizeipräsidenten zu. Er liess Walther deutlich spüren, dass er in der Hierarchie über ihm stand. „Setzten sie sich doch, meine Herren, wer möchte Kaffee?" Der Polizeipräsident versuchte die Lage zu entspannen."

„Danke nein", sagte Schrader und setzte sich an den runden Mahagonitisch in den Intarsien eingelassen waren, die Walther an ein indisches Mandala erinnerten. Er setzte sich dazu.

„Major Schrader erwartet unsere Unterstützung und ich habe zugesagt ihm mit all unseren Mitteln zu helfen." Schrader griff in seine schwarze Mappe und zog eine Akte heraus auf der in roter Schrift der Vermerk „streng Geheim" stand. Er öffnete die Akte und legte sie auf den Tisch, so, dass Walther das Foto deutlich sehen konnte.

„Diesen Herrn kennen sie?", fragte Schrader von oben herab. Walther erkannt ihn sofort, während der Polizeipräsident ratlos auf das Foto starrte.

„Das ist Peter Krauer. Er sagte, dass der Pfeil bestimmt ihm gegolten hätte und er das Opfer hätte sein müssen. Kann da etwas dran sein? Er arbeitet doch im gleichen Verein wie sie."

„Beschaffungswesen", Schraders Ton klang eisig. Walther hätte nicht das Wort „Verein" gebrauchen sollen. Der Major schien äusserst empfindlich. „Wir vermuten dass Krauer mit anderen Staaten zusammenarbeitet." Eine nette Umschreibung für Bestechung oder Spionage, dachte Walther für sich und fragte:

„Und wie können wir Ihnen helfen? Bis zum Vorfall letzter Woche war über ihn nichts Negatives bekannt. Herr Krauer verfügt über einen ausgezeichneten Leumund, hat einen untadeligen Ruf.

Selbstverständlich wir haben wir ihn, im Rahmen unserer Möglichkeiten und der vom Gesetzgeber erlaubten Bandbreite, überprüft und, wie schon gesagt, wir haben nichts negatives gefunden. Nicht einmal eine Busse wegen Falschparkens."

Schrader klappte die Akte zu und steckte sie wieder in die Mappe. Dann wandte er sich leicht verunsichert an Walther. „Ihr Chef hat uns volle Akteneinsicht versprochen.

Im Weiteren werden wir Krauer rund um die Uhr beschatten und da zählen wir auf ihre Unterstützung. Wir brauchen vier zusätzlich Zivilbeamte."

„Die Akten können sie jederzeit einsehen, ich kann ihnen auch eine Kopie machen lassen. Was die Überwachung und die vier Mann betrifft, kommt ihre Bitte zu einem sehr ungünstigen Zeitpunkt. Sie kennen bestimmt unsere Probleme hier in Birrhausen und verstehen sicher, dass ich keinen Mann entbehren kann." Schrader war irritiert.

Er war hierhergekommen im festen Glauben, dass seine Position ihm alle Türen öffnen und niemand es wagen würde seine Bitte abzuschlagen.

„Es geht hier um die nationale Sicherheit, Herr Walther", polterte er empört. Walther schaute ihm direkt ins Gesicht und erwiderte so ruhig er konnte:

„Und bei uns geht es ja nur um ein paar unbedeutende Menschenleben, wollen sie das damit sagen?"

Hilfesuchend blickte Schrader zum Polizeipräsidenten und es dauerte einen Augenblick bis dieser das Wortgefecht verdaut hatte. „Ich bin sicher dass Herr Walther es nicht so gemeint hat", versuchte er den Major zu beschwichtigen. „Er steht im Augenblick unter sehr grosser Anspannung. Es ist wohl besser wenn wir die Sache unter uns regeln und Herr Walther nicht weiter damit belasten." Bücklinge nach oben und treten nach unten, kam Walther in den Sinn als er sich erhob.

„Sie brauchen mich nicht mehr? Dann wünsche ich ihnen noch einen schönen Nachmittag." Mit lockerem Schritt verliess er das Büro. „Eins zu null für mich. Sollen die doch alleine Räuber und Gendarm spielen, für solchen Kinderkram habe ich keine Zeit."

Drinnen versuchte der Polizeipräsident immer noch den wütenden Major zu beschwichtigen.

***

Sie sassen schon geraume Zeit in Walthers Büro. Berge von Akten und eine grosse Kanne schwarzen Kaffee vor sich. Hartmann packte die Kanne und goss den heissen Muntermacher in Walthers Tasse.

"Die Angaben des Grundbuchamtes habe ich überprüft und tatsächlich, alle Häuser in denen die Opfer wohnten, haben denselben Besitzer. Die Liegenschaften gehören der HO AG, einer Familien AG um Hermann Gustav Theodor Oser. Klingelt es bei dir?"

Hartmann schaute fragend auf Walther. Dieser schaute über den Rand seiner Tasse und fragte zurück.

„Wie heisst der? Oser? Sollte ich den kennen?" Hartmann goss sich auch einen Kaffee ein, warf zwei Zucker hinein und begann bedächtig zu rühren.

„Na hör mal, liesst du denn keine Zeitungen? Der hat doch vor ein paar Monaten beinahe das ganze Vermögen in den Sand gesetzt. Mit einer Feriensiedlung in Südspanien hat er sich total übernommen. Man munkelt sogar er sei Pleite."

„Und was hat das nun mit Birrhausen zu tun? Ich kann da keinen Zusammenhang sehen. Wenn er in finanziellen Schwierigkeiten steckt, kann er sich doch keine negativen Schlagzeilen leisten."

„Okay, du kannst Recht haben." Hartmann hob beschwichtigend die Hände. Dann nahm er einen grossen Schluck Kaffee und wischte mit dem Handrücken über seinen Mund.

„Neue These. Die Konkurrenz inszeniert das Ganze um Oser in Misskredit zu bringen, seinen Leumund und damit seine Kreditfähigkeit zu unterminieren, um anschliessend seine Immobilien zu einem Spottpreis übernehmen zu können. Wie klingt das?"

„Ehrlich, Hans, das klingt ja noch verrückter als das Erste. Und wie willst du den Tod des Bauern erklären? Als Betriebsunfall? Als Ablenkungsmanöver? Wenn jemand Oser in den Ruin treiben will, wird eine normale Steuerprüfung höchstwahrscheinlich genügen."

Walther seufzte. „Nein, Hans, wir müssen auf dem Boden der Tatsachen bleiben und uns eingestehen, dass uns diese Spur nicht weiterbringt."

„Schon gut, Walther, du hast natürlich recht. Aber es wäre eine interessante Geschichte geworden oder nicht? Und zudem, wer wollte denn, dass ich das Ganze untersuche?" Walter lachte.

„Du musst mich nicht daran erinnern. Trotz allem, Kopf hoch Hans, wir werden den Mörder schon finden. Vielleicht suchen wir nur zu weit.

Und noch zwei Dinge, mein Freund. Ich sollte von Grollimund noch die Zusage erhalten, dass seine Referendarin unsere Pressesprecherin wird und zweitens hat Von Au die Leiche des Bauern freigegeben. Einer von uns sollte wieder auf dem Friedhof sein, vielleicht ist diesmal etwas Ungewöhnliches zu sehen."

„Ist sie hübsch?"

„Wer?"

„Die Referendarin natürlich."

„Keine Ahnung, ich habe sie noch nie gesehen."

„Gut, dann sind Grollimund und die Referendarin deine Sache und ich gehe zur Beerdigung. Ich kenne die Familie und die Nachbarn und ich bin gespannt, wer sonst noch alles kommen wird. Ich nehme Tobler mit, der soll von den Trauergästen ein paar Fotos schiessen, vielleicht ergibt sich da was."

„Gute Idee, Hans, vielleicht ergibt sich diesmal eine Spur."

***

Seit einer halben Stunde sass er schon an seinem Schreibtisch. Draussen erwachte der Tag. Die Sonnenstrahlen schafften es jetzt bis in die engen Gassen hinein und wärmten die Hauswände und das Strassenpflaster.

Walther lass die Akte Rutishauser, die alte Frau, die während dem Kirchgang gestorben war. Etwas störte ihn mächtig, doch er kam nicht darauf.

Es klopfte an der Tür. Walther schaute nicht hin, sondern sagte nur „Herein" Die Tür öffnete und schloss sich wieder.

Langsam blickte Walther auf. Sein Blick fiel zuerst auf elegante, dunkelgrüne, hochhackige Schuhe. Dann wanderte sein Blick hoch. Schlanke, wohlgeformte Waden, schmale Knie, schöne Oberschenkel, Beine die nie zu enden schienen und dann doch unter einem dunkelgrünen Rock verschwanden.

Weiter ging sein Blick über das kurze Stück Stoff, den schwarzen Gürtel der eine schmale Taille umschloss, über einen eng geschnittenen, schwarzen Pullover der die kleinen, runden Brüste hervorhob, weiter bis zum schlanken Hals der von roten Locken umspielt wurde. Ein blasses Gesicht, eine schmale, gerade Nase und tiefblaue Augen unter schön geschwungenen, schmalen Augenbrauen. Er hatte grüne Augen erhofft. Sie spürte seinen Blick, war es wohl gewohnt. Ihre vollen Lippen wurden schmal und ihre blauen Augen blickten kühl und distanziert.

„Herr Walther? Ich bin Pia Seiler. Herr Grollimund schickt mich, er meinte sie würden Hilfe brauchen." Walther war aufgestanden und ging auf sie zu.

„Dann sind sie die Referendarin." Er streckte ihr die Hand entgegen. Sie ergriff sie zögernd. „Schön sie kennen zu lernen, Frau Seiler. Ich bin froh, dass sie hier sind. Bitte nehmen sie doch Platz."

„Danke." Sie nahm die grün und braun karierte Jacke von ihren Schultern und hängte sie über die Stuhllehne. Dann setzte sie sich, ihre Beine eng aneinander gepresst.

Walther machte eine schuldbewusste Miene, wirkte sehr zerknirscht. „Bitte entschuldigen sie meinen Blick von vorhin. Es kommt sonst nie vor, dass sich eine so schöne, junge Frau in dieses Büro verirrt. Da muss ich doch verwirrt sein. Wüsste es meine Frau, sie würde mich auslachen und einen alten Esel schimpfen -, zurecht." Als Pia Seiler in sein zerknirschtes Gesicht sah musste sie lachen. Jetzt hatte sie ein gutes Gefühl. Sie würden gut miteinander auskommen, gut zusammen arbeiten können.

„Sie sind früh, ich habe sie später erwartet. Kaffee?"

„Ich bin eine Frühaufsteherin, ich will etwas haben vom Tag. Kaffee, sehr gerne." Das Eis war gebrochen und beim ersten Kaffee diskutierten sie, was und wie viel an Information der Bevölkerung von Birrhausen zugemutet werden konnte, ohne dass Panik ausbrach.

„Den Satz von gestern, den ich zum Stadtpräsidenten gesagt habe, können wir nicht bringen."

„Was haben sie denn gesagt?"

„Ich sagte -, es hätte jeden von uns treffen können."

„Das können wir wirklich nicht schreiben. Aber, ist es tatsächlich so?" Pia Seiler blickte Walther fragend an.

„Der Täter scheint die Menschen wahllos zu töten, wir sehen bis jetzt keinen Zusammenhang zwischen den Opfern, kein Motiv für die Verbrechen. Deswegen bin ich der Meinung dass es jeden treffen könnte."

„Das ist ja furchtbar." Pia Seiler blickte erschrocken auf Walther.

„Ich wollte ich könnte etwas anders sagen." Einen Moment herrschte Schweigen. Dann erhob sich Pia Seiler und griff nach ihrer Jacke.

„Ich muss noch einmal zurück um meine persönlichen Sachen zu holen. In einer halben Stunde bin ich wieder hier.

Wenn bis dahin irgendwo ein Schreibtisch frei wäre könnte ich sofort mit der Arbeit beginnen."

Walther war ebenfalls aufgestanden, eine natürliche Reaktion, ein Relikt aus seiner Erziehung. „Der Platz ist schon bereit, ich bin sehr froh sie an Bord zu haben, Frau Seiler."

„Sagen sie Pia, das ist einfacher." Bevor Walther reagieren konnte war sie aus seinem Büro verschwunden.

Er setzte sich wieder an seinen Schreibtisch und plötzlich lächelte er vor sich hin. Er stellte sich vor welche Reaktion Pia bei Hartmann und Tobler, den hart gesottenen Junggesellen, auslösen würde. Ganz zu schweigen von den übrigen Polizisten.

Wenn er nicht aufpasste, würde ihr Schreibtisch stets umlagert sein und die Arbeit vernachlässigt werden. Er sollte sich irren. Als Pia nach einer halben Stunde wieder erschien, hätte er sie fast nicht wiedererkannt. Turnschuhe, Jeans, weit geschnittener, brauner Pullover, Jeansjacke und die wilden, roten Locken zu einem Pferdeschwanz zusammengebunden.

Von Walther vor die Wahl gestellt, in einem eigenen Büro, oder zusammen mit Sarah Reimann in einem grösseren Raum zu arbeiten, entschied sie sich für die Gesellschaft von Sarah. Zehn Minuten später sass sie schon an ihrem Schreibtisch, in die Akten vertieft, so als wäre sie schon immer hier gewesen.

***

In dem einst ruhigen und beschaulichen Städtchen Birrhausen machte sich Angst breit. Die Strassen blieben leer, der Ort wirkte wie ausgestorben. Kinder blieben der Schule fern weil die Eltern sie nicht mehr aus dem Hause liessen und nur die notwendigsten Besorgungen wurden innerhalb des Städtchens gemacht. Zum Einkaufen fuhren die Leute in die Nachbarorte.

Die Hauslieferdienste erlebten einen nie gekannten Aufschwung. Pizzaservice, Asiafood, sie alle konnten sich über Aufträge nicht beklagen. Jeder versuchte seinen Wagen möglichst nahe seiner Haustüre zu parken was mitunter zu Diskussionen und Reibereien unter Nachbarn führte. Bisher verlief aber alles friedlich. Doch wer die schützenden Mauern verlassen musste, tat dies nicht morgens früh oder am späten Nachmittag und schon gar nicht Nachts, denn zu diesen Zeiten waren die Morde geschehen und niemand wollte sich einem unnötigen Risiko aussetzten. Die Polizei markierte unübersehbar Präsenz. Mobile Patrouillen waren rund um die Uhr im Einsatz, ausgerüstet mit Maschinenpistolen und schusssicheren Westen. Der ganze Ort wurde überwacht. Es glich schon fast einer Belagerung. Und dennoch, die Polizei war machtlos.

Es schien, als würde die Polizeipräsenz für den Mörder nur eine zusätzliche Herausforderung sein. Und das Schicksal war grausam.

Es traf Thomas Pfeiffer auf dem Weg von seinem Garten zum Friedhof, wo er am Grab seines Freundes Johann Moser frische Blumen niederlegen wollte. Elf Uhr morgens. Wenige Schritte vor dem Grab seines Freundes. Die Spuren deuteten darauf hin, dass er nicht sofort tot war. Dass er noch versuchte bis zu seinem Freund hin zu kriechen. Fast hätte er ihn erreicht. Opfer Nummer Neun.

***

Ein Taxi brachte ihn vom Flughafen Kloten ins Zentrum von Zürich. Seine Sekretärin begrüsste ihn freundlich, nahm ihm seinen hellgrauen, eleganten Mantel ab und geleitete ihn in sein Büro. Auf seinem Schreibtisch lagen die eingegangene Post, wie immer ungeöffnet, die Faxe und Ausdrucke der Mails welche über das Konto info eingegangen waren.

„Möchten Sie einen Kaffee? Soll ich ihnen Frühstück bringen lassen?"

„Danke, Frau Dubois, Frühstück gab es im Flugzeug. Aber einen Kaffee, den nehme ich gerne." Frau Dubois entschwand und Schneider schaute ihr lächelnd hinterher.

Sie sprach mehrere Sprachen perfekt, war freundlich und gewandt im Umgang mit seinen Kunden und zudem eine wirkliche Schönheit mit einer umwerfenden Figur. Manchmal stellte er es sich schon vor, ermahnte sich dann aber sofort. „Sie ist meine Angestellte und das kann nicht gut gehen." Vielleicht später einmal, wenn er sich aus diesem Geschäft zurückgezogen hatte und wenn Chantal Dubois dann noch Single war. Er wischte diese Gedanken beiseite und setzte sich an seinen Schreibtisch.

Nachdem er die Post erledigt, Faxe und Mails abgearbeitet und wichtige Telefonate geführt hatte, stand er auf und ging zum Fenster. Er schaute hinaus auf die Limmat und den Zürichsee. Das Wetter war trüb und Nebelschwaden lagen wie weisse Schleier über dem Wasser. Nach einer Weile drehte er sich um, rief Frau Dubois zu sich und erteilte ihr neue Instruktionen. Dann legte er sich seinen Mantel über die Schultern, griff nach seinem Aktenkoffer und fuhr mit dem Lift in die Tiefgarage.

Er entschied sich für einen einfachen, grauen und vor allem unauffälligen Mittelklassewagen. Jaguar und Bentley mussten in der Garage bleiben, zu auffällig.

Eine knappe Stunde später fuhr er auf den Parkplatz der Raststätte Waldblick an der A1.

Das Restaurant hatte schon bessere Zeiten gesehen, alles wirkte schmuddelig und heruntergekommen. Es hatte um diese Zeit nur wenige Gäste. Seine Spezialisten waren alle gekommen und sassen mit ernsten Mienen am Tisch. Jetzt würde endlich Klarheit geschaffen. Er setze sich zu ihnen und sah sich erst ihre Gesichter der Reihe nach an. Betretenes Schweigen herrschte am Tisch. Das Treffen mit seinen vier Spezialisten dauerte ein knappe halbe Stunde. Dann waren alle seine Probleme gelöst und mit federndem Schritt und gutgelaunt verliess Schneider das Lokal.

Erleichterung sprach aus den Gesichtern der Spezialisten und was auch immer an diesem Tische gesprochen worden war, das Unternehmer lief weiter.

Schneider war schon wieder unterwegs zu seinem nächsten Termin in Bern. Mineure für einen neuen Alpentunnel. Der Markt in Europa war ausgetrocknet, erfahrene Mineure nicht mehr zu finden. Seine Spezialisten wollte er in Südafrika und Namibia rekrutieren und darum war er unterwegs zu den beiden Botschaften.

Meistens scheiterten solche Vorhaben an der Bürokratie der jeweiligen Länder und für gültige Papiere mussten Unsummen bezahlt werden. Er kannte die Botschafter der beiden Länder, hatte schon manches Geschäft mit ihnen gemacht und auch diesmal sollte es keine Schwierigkeiten geben.

Die richtigen Beziehungen waren das Wichtigste in diesem Gewerbe. Er stellte den grauen Wagen in ein Parkhaus, wo er von einer grossen Limousine mit Chauffeur abgeholt wurde.

Vor dem Botschaftsgebäude musste er standesgemäss vorfahren, das wurde von ihm erwartet und da konnte er sich auch keine Blösse geben. Die Kosten für Wagen und Chauffeur buchte er unter Spesen ab. Solch Kleinbeträge rechnete er immer grosszügig in die Vermittlungsgebühren ein und legte dies dem Kunden auch offen. Normal, bei seinen offiziellen Geschäften.

Später würde er in Zürich, im „Niederdörfli" noch eine kleine Kneippe aufsuchen. Er war gespannt was Hasler von ihm wollte.

***

„Weisst du eigentlich was du da angeleiert hast?" Hartmann packte den Stuhl vor Walthers Schreibtisch, drehte in um und setzte sich rittlings darauf. Seine Arme verschränkte er auf der Stuhllehne. „Die werden dich kreuzigen, die werden dich hängen, die werden dich vierteilen."

„Ich weiss." Walther schaute unbeeindruckt auf Hartmann.

„Gut, ich wollte nur wissen, ob dir das auch klar ist. Was machen wir als Nächstes?"

Walther grinste. „Ich wusste, dass du mich nicht alleine hängen lässt."

„Bei der ersten Aktion überprüfen wir alle Personen in allen Hotels und Pensionen, geben die Daten in den Fahndungscomputer ein und gleichen die Angaben mit dem Einwohnermeldeamt ab.

Wenn etwas zu finden ist, und sei es nur eine Parkbusse, dann erfahren wir es. Das läuft schon.

Bei der zweiten Aktion geht es darum, alle Personen in Birrhausen zu überprüfen. Alle Einwohner, alle die hier Arbeiten und ausserhalb wohnen, alle Lieferanten und auswärtigen Handwerker, alle, ohne Ausnahme."

„Eine Menge Arbeit, haben wir auch genügend Leute dafür?"

„Ich habe alle eingespannt die ich konnte. Ein paar Tage werden wir wohl brauchen. Aktion Nummer Drei heisst, befrage die Leute direkt auf der Strasse. Etwas aufgefallen? Etwas Ungewöhnliches gesehen? Unerklärliches passiert? Jemand sich verdächtig benommen? Das sind die Fragen die wir stellen."

„Gut, ist mir alles klar." Hartmann stand auf, drehte den Stuhl zurück und setzte sich wieder. „Mit welcher Ausrede willst du die da oben hinhalten?" Er zeigte mit dem Finger gegen die Decke.

„Ich habe keine Ahnung. Im Moment bestimme ich die Regeln, und bis die merken was abgeht, müssen unsere Aktionen auch schon vorbei sein. So einfach ist das."

„Ja, so einfach ist das", seufzte Hartmann.

„Nimm es leicht, Hans, wir haben schon Schlimmeres durchgestanden."

„Schlimmeres? Warum weiss ich nichts davon?" Dann beugten sie sich über den Aktionsplan den Walther aufgezeichnet hatte und versuchten ihn zu optimieren, die ganze Sache nochmals zu beschleunigen.

Dass sie sich in einer rechtlichen Grauzone bewegten, war ihnen klar. Dass dies die Datenschützer auf den Plan rufen würde, war auch klar. Doch darüber konnten sie sich später mit denen immer noch streiten.

Aber so einfach und problemlos ging die Sache nicht über die Bühne. Viele fühlten sich in ihrer Privatsphäre verletzt und konnten nur schwer von der Notwendigkeit der Kontrolle überzeugt werden.

Einige drohten mit dem Anwalt, mit einer Klage oder versuchten Ihre guten Beziehungen spielen zu lassen.

Die meisten aber sahen am Ende die Notwendigkeit ein und bei denen, welche sich dann immer noch sperrten, wurde mit sanftem Druck nachgeholfen.

Es liess sich immer etwas finden und war es am Ende nur der diskrete Hinweis auf den guten Ruf den man verlieren könnte, wenn man sich weigerte bei der Suche nach dem Mörder zu helfen. Die meisten Leute waren unbescholtene, brave Bürger. Ein paar blieben im Fahndungsraster hängen. Die Meisten wegen Verkehrsdelikten, ein paar wegen Schuldbetreibungen und nur drei Personen hatten einen Eintrag im Strafregister. Doch die Taten waren längst verjährt und die Leute hatten sich wieder in die Gesellschaft integriert. Es war die sprichwörtliche Suche nach der Nadel im Heuhaufen. Auch die Suchkriterien waren nur ungenau formuliert. Doch wonach hätten sie genau suchen sollen?

Der Aufwand war riesig, das Resultat bescheiden.

Was Walter zusätzliche Sorgen bereitete, war die unterschwellige Stimmung gegen Ausländer und Randgruppen, welche deutlich zu spüren war. Sollte sich hier ein weiteres Problem abzeichnen?

***

Opfer Nummer Zehn traf es am folgenden Morgen. Eine Woche war vergangen und die Medienvertreter begannen Birrhausen zu verlassen. An diesem Morgen verlor die internationale Presse einen ihrer Starreporter.

Er hatte seinen Koffer im Wagen verstaut und kehrte zum Hotel zurück um die Rechnung zu begleichen. Der tödliche Pfeil bohrte sich tief in seinen Rücken. Durch die Wucht des Geschosses wurde er gegen die Eingangstüre geschleudert, drückte diese auf, machte noch ein paar Schritte in die Eingangshalle hinein und fiel dann auf sein Gesicht. Nur ein leises Röcheln war noch zu hören.

Bis der Portier seinen Schock überwunden hatte und hinter dem Tresen hervor gerannt kam, war es längst zu spät. Der Starreporter hatte sein Leben ausgehaucht. Nun war im Hotel die Hölle los.

Von allen Seiten kamen die Berufskollegen angerannt, Fotos wurden geschossen, nach Zeugen gerufen, der Portier bedrängt. Es wurde laut und wild durcheinander geschrien.

Einer drehte den Toten auf die Seite um sein Gesicht sehen zu können, was ein erneutes Blitzlichtgewitter zur Folge hatte. In der überfüllten Halle herrschte Chaos und der Polizei gelang es nur mit Mühe zur Leiche vorzudringen.

Als die Reporter die ganze Tragweite dieses Mordes begriffen, als sie endlich die ganzen Konsequenzen vor Augen hatten, wurden sie plötzlich still. Der Schreck war ihnen in die Glieder gefahren. Dann bekamen sie Panik. Es hatte einen der ihren erwischt.

Sie waren bisher ganz selbstverständlich davon ausgegangen, dass es die Einheimischen, die Anderen treffen würde.

Sie hatten nie damit gerechnet dass jemand auf einen berühmten Reporter schiessen würde, schliesslich waren sie nur Zuschauer und berichteten nur über die Verbrechen. Zudem waren sie hier in der sicheren Schweiz, in der die Pressefreiheit hochgehalten wurde und nicht in irgend einer Bananenrepublik. Und nun dies.

Walther reagierte blitzschnell. „Birrhausen abriegeln", war das Startkommando. Nur Minuten nach der ersten Meldung standen die Strassensperren. Nicht nur die Hauptstrasse, auch die Nebenstrassen, Feld und Waldwege wurden gesperrt und überwacht. Keine Person konnte Birrhausen unkontrolliert verlassen. Nicht mal eine Maus kam mehr durch. Jetzt zahlte sich die präzise Planung aus. Jetzt zeigte sich das Ergebnis der Übungen, welche von der Polizei in den letzten Tagen durchgeführt wurden. Das Dispositiv hielt. Ohne Ausnahme wurden sie alle angehalten. Ob zu Fuss, mit dem Fahrrad oder Roller, alle mussten durch die Kontrolle. Alle Autos wurden angehalten und die Leute mussten aussteigen.

Ob Geschäftsmann, Hausfrau, Arbeiter, Politiker – alle Proteste nutzten nichts, alle wurden sie gründlich durchsucht. Auch der Linienbus konnte nicht ungehindert durchfahren.

Die Beamten suchten nach Pfeil und Bogen, Teilen davon oder nach Behältern in der passenden Grösse welche als Versteck hätte dienen können. Der Kofferraum, der Motorenraum, wurde kontrolliert, die Unterseite der Autos mit Spiegeln überprüft. Lieferwagen, Lastwagen, Container, die Überprüfung dauerte Stunden.

Gleichzeitig wurde auch die Personenkontrolle intensiviert. Jede verdächtige Person musste die Beamten auf die Polizeiwache begleiten.

Peter Niederer hatte Pech. In seinem Wagen fanden die Polizisten Pfeil und Bogen. So geriet er in die Mühlen der Justiz. Wie ein Schwerverbrecher wurde er in Handschellen gelegt, recht unsanft in ein Fahrzeug gestossen und begleitet von schwer bewaffneten Beamten auf den Posten verfrachtet. Die Reise endete im Untersuchungsraum, in dem normalerweise die Schwerverbrecher landen, im Keller.

Ein einfacher Tisch, festgeschraubt am Boden, zwei einfache aber robuste Stühle, der eine ebenfalls festgeschraubt, waren das einzige Mobiliar in diesem kahlen und kalten Raum. Die Neonlampen tauchten das Ganze in ein helles, aber kaltes Licht. Niederer wurde zum festgeschraubten Stuhl geführt. Der eine Beamte stellte sich hinter ihn, so, dass er nicht im Schussfeld seines Kollegen stand und nahm ihm die Handschellen ab.

„Hinsetzen und Hände auf den Tisch." Der Ton war barsch und duldete keinen Widerspruch. Niederer setzte sich hin. Der zweite Beamte stellte ein Aufnahmegerät auf den Tisch und nahm ihm gegenüber Platz. Während Niederer seine schmerzenden Handgelenke massierte, musterten sie sich gegenseitig, versuchten den Mann gegenüber einzuschätzen. Der Beamte hob seine Hand und die Tür ging auf. Niederer hatte den Spiegel in der Wand nicht bemerkt. „Da draussen schauen noch ein paar zu, so wie im Fernsehen", dachte er bei sich und drehte den Kopf zur Tür. Ein Uniformierter brachte Pfeil und Bogen und legte sie auf den Tisch.

„Gehört das Ihnen?" der Ton des Beamten wurde schärfer. Niederer tat unbeeindruckt, auch wenn er plötzlich ein flaues Gefühl in der Magengegend verspürte.

Es war ihm nicht mehr wohl in seiner Haut. Er schaute die beiden Gegenstände an, die Hände wieder flach auf den Tisch gelegt.

„Ja, natürlich, da steht ja mein Name darauf."

„Sie geben also zu, dass diese Waffe ihnen gehört."

„Sagte ich doch eben, da steht mein Name darauf, können sie nicht lesen?"

Er hätte besser seinen Mund gehalten, denn nun begannen die Fragen endlos auf ihn niederzuprasseln. Was er auch erwiderte, was er auch sagte, es schien Niemanden zu interessieren, Keiner ihm zuzuhören.

Dass er Sportschütze war, international bekannt und schon mit vielen Preisen und Medaillen ausgezeichnet, dass er zu einem Wettkampf wollte, es schien der Polizei egal zu sein.

„Diese sturen Idioten hören gar nicht zu. Den Wettkampf kann ich abschreiben, den Schweizermeister-Titel vergessen und dafür habe ich so hart trainiert. Diese verdammten Idioten." Die zermürbende Befragung durch die, mittlerweile drei Beamten, frustrierten Peter Niederer immer mehr und langsam begann er wütend zu werden. Immer wieder wurde er nach Alibis gefragt und immer wieder gab er die gleichen Antworten.

„Ich war arbeiten -, nein, da war ich im Ausland -, auch das können sie nachprüfen." Als er telefonieren wollte, hiess es nur, das könne er später immer noch. Alles was er zu seiner Entlastung vorbrachte, wurde von den Beamten ignoriert.

Sie hatten ihren Täter gefunden und irgendwann würde er ein Geständnis ablegen. Das war nur noch eine Frage der Zeit. Und nun wurde es Niederer zu dumm.

„Sie können fragen bis sie schwarz werden. Ohne meinen Anwalt sage ich kein Wort mehr. Sie können mich alle mal." Demonstrativ verschränkte er die Arme, lehnte sich zurück und schaute gelangweilt zur Decke. Die Quittung erhielt er umgehend.

Er wurde brutal vom Stuhl hochgerissen, seine Arme auf den Rücken gedreht und die Handschellen klickten um seine Handgelenke. Dann wurde er aus dem Raum gestossen und landete in einer kleinen, kahlen Arrestzelle.

Inzwischen war es zehn Uhr abends geworden. Vier Stunden waren seit der Verhaftung vergangen.

Dann erfuhr Walther von der Festnahme

„Welchen Idioten muss ich in den Arsch treten? Wer hat das zu verantworten? Welcher Vollidiot war das?"

Noch nie hatte jemand Walther so wütend erlebt.

Seine Stimme donnerte durch das ganze Haus, war im hintersten Winkel zu hören. Die Leute zogen die Köpfe ein und ein jeder trachtete danach aus der Schusslinie zu kommen.

Es dauerte eine Weile bis Walther sich ein wenig beruhigt hatte und dann liess er den Verhafteten wieder in den Untersuchungsraum führen. Auch wenn bei einer Befragung immer mindesten zwei Personen anwesend sein müssten, Walther scherte sich nicht darum, sondern schickte die Beamten aus dem Raum, nicht ohne vorher eine Flasche Mineralwasser und zwei Kaffee zu verlangen. Das Aufnahmegerät schaltete er nicht ein. Die Beamten sagten keinen Ton, sie hatten Walther vorhin erlebt, dass genügte. Walther setzte sich Niederer gegenüber. Die beiden musterten sich neugierig.

„Mein Name ist Walther, ich bin der Chef hier." Er schaute auf den Ausweis der vor ihm auf dem Tisch lag.

„Sie heissen Niederer Peter, wohnhaft in Birrhausen, Rathausgasse 17." Er schaute fragend auf den Mann gegenüber. „Ja, das stimmt alles. Und jetzt können sie mir vielleicht verraten, warum ich hier wie ein Schwerverbrecher behandelt werde."

„Dazu kommen wir gleich, aber zuerst möchte ich wissen was vorgefallen ist."

„Das haben die Anderen doch alles aufgeschrieben, das steht doch da drin."

Niederer wies auf die Akte die vor Walther lag. Walther öffnete sie und schaute hinein. „Richtig, das sind die Notizen der Beamten." Er klappte die Akte wieder zu. „Ich möchte ihre Version hören, Herr Niederer."

So erzählte Peter Niederer was ihm am heutigen Tag alles widerfahren war. Inzwischen wurden Mineralwasser und Kaffee gebracht.

Niederer erzähle und Walther spürte bald, dass Niederer als Täter nicht in Frage kam. Sein Spürsinn und seine Erfahrung sagten ihm das. Niederers Angaben waren klar und präzise und vor allem, glaubhaft.

Trotz der fortgeschrittenen Zeit, es ging gegen Mitternacht, erreichte er noch seinen Arbeitgeber und ein paar Freunde und Verwandte, die alle seine Aussagen bestätigten.

Als Schalterbeamter bei der Bahn konnte er seinen Arbeitsplatz nicht für längere Zeit verlassen und krank war er auch nicht gewesen. Zudem lag sein Arbeitsplatz nicht in Birrhausen, sondern in Bern. Eine gute halbe Stunde mit dem Auto. Niederer hatte ein nahezu lückenloses Alibi.

„So, nun kennen sie meine Geschichte. Jetzt will ich ihre hören, jetzt will ich wissen, warum ich immer noch hier bin." Walther schilderte, ohne Beschönigung, alles was geschehen war und Niederer hörte aufmerksam zu.

„Dann wurde ich als Mörder verdächtigt." Er schluckte schwer, das musste er erstmal verdauen. Walther liess Niederer Zeit seine Gedanken zu ordnen, dann sagte er:

„Ich möchte -, nein, ich muss mich bei ihnen entschuldigen. Es tut mir leid, dass sie so schlecht behandelt wurden und es tut mir leid, dass sie wegen uns den Wettkampf verpasst haben und die Chance auf den Titel des Schweizermeisters. Ich weiss auch, dass ich das nicht wieder gut machen kann und verstehe wenn sie sauer auf uns sind. Mir würde es genau gleich ergehen.

Was mich auch beschäftigt ist die Tatsache, dass wir bei der Suche nach Bogenschützen nicht auf sie gestossen sind und auch kein Verein in der Umgebung von ihnen wusste. Dabei wohnen sie doch hier."

„Ganz einfach, ich wohne hier, arbeite in Bern und trainiere in Thun. Mein Verein ist in Brienz. Wir sind nur wenige und nicht bekannt.

Zudem wollte ich hier in Birrhausen meine Ruhe haben und habe deshalb niemandem davon erzählt. Hat mir viel gebracht." Einen Moment sahen sie einander schweigend an.

„Als kleine Wiedergutmachung möchte ich sie zu einem Drink einladen. Eine Hotelbar wird wohl noch offen sein, sonst mache ich sie wieder auf." Niederer schaute erst skeptisch auf Walther, versuchte ihn einzuschätzen

Doch, kam er zum Schluss, der Mann meint es so.

„Der Abend ist eh gelaufen, Pech gehabt. Aber auf die Beamten bin ich immer noch sauer, auch wenn sie nur ihren Job gemacht haben. Doch wie sie ihn gemacht haben, das war unter aller Sau, wenn ich das mal so sagen darf. Eigentlich müsste man sie zur Rechenschaft ziehen. Zumindest entschuldigen müssten sie sich."

„Sie haben absolut Recht." Walther schaute so zerknirscht, dass Niederer lächeln musste.

„Sie haben mir einen Drink versprochen."

Gemeinsam verliessen sie das Gebäude und steuerten auf das Hotel Adler zu.

Die Beamten schauten den beiden erstaunt hinterher. Erst wird der Kerl als Mordverdächtiger verhaftet und dann geht der Chef mit ihm saufen. Verstehe das wer will.

An der Bar war es ruhig, die letzten Gäste tranken aus und verschwanden im Lift der sie zu ihren Zimmern hinauf brachte. Der Barkeeper stellte die Gläser auf die Theke und zog sich zurück. Schweigend nippten die beiden an ihrem Drink. „Nach allem was sie heute erlebt haben, verstehe ich es, wenn sie meine Bitte ablehnen", sagte Walther ohne Niederer anzusehen.

„Ich frage sie trotzdem. Würden sie mir helfen den Mörder zu fassen?" Niederer schaute ungläubig auf Walther. Hatte der noch alle Tassen im Schrank?

„Ich soll ihnen helfen? Nach allem was passiert ist? Wie stellen sie sich das vor? Wenn ich meine Nase bei ihnen rein strecke werde ich doch gleich wieder verhaftet."

„Eigentlich ist ganz einfach, sie sind ein Meister im Bogenschiessen und können es mir bestimmt beibringen." Niederer war sprachlos. Er hatte mit allem gerechnet, nur nicht damit. Erst wurde er verhaftet weil er mit Pfeil und Bogen unterwegs war und nun fragte ihn der Chef der Kriminalpolizei persönlich, ob er ihm das Schiessen beibringe. Walther kippte den Rest des Drinks hinunter und gab dem Barmann ein Zeichen noch mal dasselbe zu bringen.

„Und, wie ist ihre Antwort?" er wartete angespannt. Niederer griff nach dem neuen Drink und kippte das Glas in einem Zug.

„Ich kann ihnen zeigen wie man mit der Waffe umgeht und sage ihnen schon jetzt, es ist schwerer als sie es sich vorstellen. Aber wenn sie unbedingt wollen."

„Klar will ich." Auch Walther leerte das Glas in einem Zug.

„Allerdings erst nächsten Mittwoch. Um zwei Uhr habe ich Feierabend, dann eine halbe Stunde Fahrt mit dem Auto, also sagen wir um halb Drei. Wir treffen uns im Schiessstand auf der Thuner Allmend. Die zweite Einfahrt nach Thun. Es ist angeschrieben."

„Ich werde da sein. Ich bin froh, dass sie mir helfen, das habe ich nicht erwartet." Walther bestellte noch zwei Drinks. „Die letzten, für den Heimweg."

„Wurden denn alle mit einem Pfeil erschossen?" Walther hielt einen Moment inne.

„Alle", und kippte den Drink hinunter. „Alle", wiederholte er und knallte das Glas auf den Tresen.

Sie verliessen den Adler und nach einem kurzen Händedruck gingen beide leicht schwankend ihrer Wege.

***

Die Suche ging weiter. Die Ergebnisse der Strassensperren mussten noch ausgewertet werden, auch wenn die Aussichten auf Erfolg trübe waren. Doch sie durften nichts unversucht lassen, denn der Polizeipräsident und der Stadtpräsident sassen ihnen im Nacken. Auch die Staatsanwaltschaft und die interne Abteilung des Kantons in Bern begannen sich für das Vorgehen der Polizei in Birrhausen zu interessieren.

Die Medienpräsenz in den Strassen der Kleinstadt nahm schlagartig ab. Von der Stunde an, als sie einen ihrer Kollegen verloren hatten, gab es nur noch ein Ziel, weg aus Birrhausen, so wichtig war die Story nicht, um dafür sein Leben zu riskieren. Sollen doch andere ihre Haut zu Markte tragen.

Walther war nicht unglücklich als die Reporter verschwanden. Sie waren ihm nur im Weg gewesen.

***

Schneider hatte zwei Taucher mit Schweisserausbildung von einer Werft in Gdansk nach Stavanger vermittelt. Ein kleiner Einsatz für seine Topleute. Der Minimalansatz für alle Arbeiten betrug zehntausend Dollar pro Spezialist und Woche, inklusive Spesen. Dazu kam eine Vermittlungsgebühr in derselben Höhe.

Dafür entstanden dem Kunden keine weiteren Kosten für Versicherungsbeiträge, Sozialabgaben oder Steuern. Und Schneider Consulting gewährte auf die ausgeführten Arbeiten die international übliche Werksgarantie. Und -, je höher das Risiko, umso höher der Preis. Schneider wusste wie viel seinen Kunden die Spezialisten wert waren. Von allen Firmen kannte er die Finanzkraft und ihre Chancen auf dem Weltmarkt. Auch danach richtete sich sein Preis.

Für risikoarme Einsätze hatte er folgende Faustregel: Minimaleinsatz plus zwei bis zehn Prozent des zu erwartenden Gewinnes des Auftraggebers. Damit konnten alle leben. Die Spezialisten arbeiteten gerne mit ihm, überstieg doch die Bezahlung das branchenübliche Einkommen um ein Mehrfaches. Die beiden Schweisser aus Gdansk konnte er nur so kurzfristig ausleihen, weil er deren Vorgesetzten fünftausend und der Werftleitung zehntausend Dollar zusteckte. Für ihn waren es Spesen, für die anderen ein Zusatzverdienst, steuerfrei.

Es war Zeit seinen Spezialisten in der Schweiz die neuesten Anweisungen zu geben.

Zu Anfang war er mit ihrer Arbeit unzufrieden gewesen, doch das hatte sich gebessert. Er liebte es mit Profis zu arbeiten. Selten bis nie Probleme, prompte Erledigung der Aufträge und eine Arbeitsethik die nur noch selten zu finden war. Seine Spezialisten waren stolz auf ihre Arbeit und stolz darauf zu den Weltbesten zu gehören. Auch wenn bei Einigen die Arbeit im Verborgenen blieb. Also Zeit für Schneider wieder in die Schweiz zurück zu kehren.

***

Nichts war mehr geschehen und Walther wurde unruhig.

„Sind wir, ohne es zu merken, dem Täter so nahe gekommen, dass er es nicht mehr wagt erneut zu morden? Oder legt er, warum auch immer, eine Pause ein?"

„Keine Ahnung." Hartmann zuckte mit den Schultern.

„Es könnte auch einfach vorbei sein."

„Warum 10 Morde ohne erkennbares Motiv -, und dann plötzlich nichts mehr? Warum? Wie erklären wir das?

Wie erklären wir das den Leuten?" Langes Schweigen. Walther lehnte sich zurück und schaute zur Decke, blickte auf die Stuckaturen, folgte ihnen um die ganze Decke herum, scheinbar gelangweilt. Hartmann spielte mit dem Kugelschreiber.

„Was hältst du davon, Walter, jemand will eine oder mehrere Personen aus dem Weg räumen. Wir finden ihn nicht und auch kein Motiv, weil wir eine Verbindung zwischen allen Opfern suchen. Doch die gibt es nicht, weil er, um seine eigentlichen Morde zu kaschieren, wahllos zusätzlich Leute umbringt." Walther dachte nach. Wieder wanderte sein Blick über die Decke. Hartmann wartete und zeichnete Strichmännchen.

„Wenn dem so wäre, warum nimmt er dann das zusätzliche Risiko in Kauf Spuren zu hinterlassen und doch noch erwischt zu werden?" Hartmann zeichnete Strichmännchen die am Galgen hingen.

„Wenn aber doch ein Zusammenhang zwischen den Morden besteht, wird es mit jedem Toten schwieriger einen gemeinsamen Nenner zu finden. Die Möglichkeiten wachsen dabei ins Unermessliche und es könnte Jahre dauern bis wir endlich den Zusammenhang gefunden haben."

Walther schälte sich aus seinem bordeauxfarbenen Sessel und ging zum Fenster. Er schaute hinaus und sah wie die Sonne hinter weissen Wolken verschwand. Dann drehte er sich zu Hartmann um der mittlerweile bei, tot am Boden liegenden Strichmännchen, angekommen war.

„Nein, Hans, es muss eine Gemeinsamkeit geben, das spüre ich und ich sage dir, da kommt noch was, es ist noch nicht vorbei, noch lange nicht." Er kehrte an den Schreibtisch zurück. „Verdammt noch mal, wir müssen irgendwas übersehen." Er liess sich in den Sessel fallen. „Hans, wir müssen nochmals von vorne beginnen. Du nimmst die ersten fünf Toten, ich die Anderen. Irgendwas muss da sein, das müssen wir finden, sonst können wir unseren Job an den Nagel hängen."

Dann teilte er den Aktenberg vor sich in zwei Teile und drückte die eine Hälfte Hartmann in die Hände. „Wenn es denn sein muss. Damit bin ich wohl in den nächsten Stunden beschäftigt. Dabei hätte ich doch so gerne deine Referendarin zum Essen eingeladen um auch mal auf andere Gedanken zu kommen."

Gespielt mühsam erhob er sich und wankte schwer beladen zur Tür.

„He, Hans, schade dass sie dich alten Mann jetzt nicht sieht." Hartmann brummte etwas Unverständliches und knallte die Tür zu.

Walther schaute auf den Stapel Akten. Er kannte jedes Wort darin. Er konnte nicht mehr sagen wie viele Male er die Dossier durchgearbeitet, immer wieder neue Notizen angefügt hatte. Auch die Hunderte von Hinweisen, welche im Laufe der Untersuchung eingegangen waren, hatten zu keinen neuen Ergebnissen geführt.

Das Resultat war immer das Gleiche. Nichts. Er entledigte sich der Krawatte und öffnete den obersten Hemdenknopf. Er brauchte Luft.

Und doch, es musste etwas Gemeinsames da sein, das konnte gar nicht anders sein, das spürte er deutlich. Oder irrte er sich doch? Nein, unmöglich. Diesen Gedanken wollte er gar nicht erst aufkommen lassen. „Was habe ich die ganze Zeit übersehen? Was nur?"

***

Walther hatte seinen Weston im Wagen gelassen, ebenso die Krawatte und hatte seine Hemdärmel hochgekrempelt.

Er spazierte vom Parkplatz aus einem schmalen Weg entlang, der ihn zwischen weiss blühenden Büschen und hoch gewachsenen Pappeln zum Clubhaus des Schützenverein Belp-Thun führte.

Nebst Schützen mit normalem Gewehr, auf dreihundert Meter Schussdistanz und Pistole auf fünfzig Meter, hatte der Verein auch eine Abteilung für Bogenschützen und diese hatten sich etwas abseits einen Trainingsplatz mit zehn Scheiben aufgebaut. Dreiseitig war der Platz von Büschen mit roten, violetten und gelben Blumen eingerahmt und hinter den Scheiben war ein Erdwall aufgeschüttet worden. Am Rand des Platzes stand Niederer. Er hatte einen Pfeil aufgelegt und stand da wie erstarrt, wie eine Statue. Eine kleine Bewegung der Finger war zu sehen und der Pfeil flog zur Scheibe hin.

Niederer aber stand immer noch da wie versteinert. Langsam bewegte er sich dann doch. Er liess die Arme sinken, drehte sich um und kam auf Walther zu.

Die Begrüssung war freundlich. Walther zeigte auf den Pfeil und fragte neugierig,

„Können solche Pfeile auch mit etwas anderem abgeschossen werden?" An Stelle einer Antwort bekam er Pfeil und Bogen in die Hand gedrückt.

„Probieren sie erstmal."

Walther legte den Pfeil an und spannte dann den Bogen so gut es ging. Er versuchte es so zu machen wie er es vorhin bei Niederer gesehen hatte. Seine Haltung wirkte unnatürlich verkrampft, seine Arme begannen zu zittern und in seinem Gesicht war die Anstrengung ablesbar. Er versuchte das Zittern zu unterdrücken und als er endlich die Sehne schnellen liess zeigte der Pfeil längst nicht mehr auf die Scheibe. Der Pfeil ging weit am Ziel vorbei und verschwand in den angrenzenden Büschen. Walther liess die Arme sinken und atmete hörbar aus. Irgendwie war er von sich selbst enttäuscht. Er hatte geglaubt zu mindestens die Scheibe treffen zu können. Sein Blick ging zu den grünen Büschen die mit violetten Blumen übersät waren.

„Hoffentlich gibt's da keine Dornen, wenn ich schon da hinein muss um den Pfeil zu suchen." Niederer nahm ihm den Bogen ab und lächelte.

„Ich habe ihnen doch gesagt dass es nicht so einfach ist. Den Pfeil müssen sie nicht holen, da liegen noch mehr herum. Die werden heute Abend eingesammelt." Niederer griff sich einen neuen Pfeil und legte in behutsam auf die Sehne.

„Um auf ihre Frage von vorhin zurück zu kommen, diese Pfeilgrösse wird nur mit einem Bogen abgeschossen. Kleine Pfeile mit einer Armbrust."

Nieder zog den Bogen auf, zielte kurz und traf mitten ins Schwarze. Walther war beeindruckt. Bei Niederer wirkte es so leicht und mühelos.

„Die Asiaten haben noch kleinere Waffen, einen sehr kleinen Bogen und eine kleine Armbrust mit entsprechend kleinen Pfeilen. Diese wirken aber nur auf kurze Distanz, vielleicht zehn Meter. Im asiatischen Raum sind sie hin und wieder anzutreffen, bei uns werden sie nicht verwendet."

„Und was ist mit diesem Pfeil? Mit diesem schiesst der Mörder." Walther holt langsam einen schwarzen Pfeil aus einer langen Kartonröhre und hielt ihn Niederer hin.

Es war der einzige Pfeil der bis dahin ganz geblieben war. Walther wollte das so. Es war der Pfeil mit dem der Reporter erschossen wurde. Niederer hielt einen Moment die Luft an und betrachtete neugierig das Geschoss.

„Die richtige Länge für meinen Bogen. Kann ich mal probieren?"

„Darum habe ich ihn mitgebracht." Niederer nahm den Pfeil und liess ihn langsam durch seine Finger gleiten. Dann legte er ihn auf die Saite, spannte den Bogen und traf mühelos ins Zentrum.

„Ein phantastischer Pfeil, mit so etwas habe ich noch nie geschossen." Er drehte sich zu Walther um. „Woher kommt der? Wer stellt solche Kunstwerke her?"

„Wenn ich das wüsste, dann wüsste ich schon viel mehr. Ich habe gehofft, dass sie es mir sagen können." Walthers Stimme hatte einen bitteren Klang.

Gemeinsam gingen sie zur Scheibe. Niederer zog den Pfeil heraus und betrachtete ihn eingehend.

„Ich kann ihnen nicht weiterhelfen. So etwas habe ich noch nie gesehen. Ich wusste nicht, dass so perfekte Pfeile hergestellt werden." Langsam gingen sie zum Clubhaus zurück.

„Das Einzige was ich tun kann, ist ihnen die Adresse von Herstellern und Händlern geben, vielleicht erfahren sie so mehr. Obwohl, ich glaube nicht, dass es solche Pfeile im Fachhandel gibt. Es ist wohl eher eine Spezialanfertigung." Nur widerstrebend gab Niederer den Pfeil zurück. „Schade, ich hätte ihn gerne behalten."

„Leider kann ich ihnen den Pfeil nicht überlassen, er ist immer noch ein Beweisstück und eigentlich hätte ich ihn gar nicht mitnehmen dürfen."

Sie unterhielten sich noch eine Weile über das Bogenschiessen und Niederer versprach die Adressen bis spätestens in zwei Tagen Walther zu liefern. Zum Abschied sagte Walther, „sie haben viel für mich getan, ich habe heute eine Menge gelernt und dafür möchte ich ihnen danken." Auf dem Rückweg versuchte er seine neuen Eindrücke zu ordnen. Würde er jetzt einen Schritt weiterkommen?

***

Er wurde von Hartmann erwartet. „Und, wie war es?" Walther ging zu einem kleinen, unscheinbaren Möbel auf dem eine Reihe Ordner standen, öffnete das Türchen, griff hinein und streckte dann die Hand in die Höhe.

„Auch eines?" Hartmann sah das kühle Bier in Walthers Hand.

„Natürlich, ich sage doch nicht nein, wenn du eines ausgibst." Bedächtig tranken sie das Bier direkt aus der Flasche.

„Also, wie war es."

„Ich dachte nicht, dass Bogenschiessen so schwer ist. Du brauchst Talent und viel Geduld. Und sehr viel Training, wenn du so gut werden willst wie Niederer."

„Oder wie der Mörder", sagte Hartmann.

„Oder wie der Mörder", bestätigte Walther. „Niederer hat mir erklärt, dass für die schwarzen Pfeile ein entsprechend grosser Bogen benötigt wird und genau das ist der Punkt den ich nicht verstehe.

Wie kann der Mörder den Bogen so schnell verschwinden lassen?

Warum hat noch niemand auch nur den Schatten eines Bogens gesehen. Niemand kann mit einem so grossen Gegenstand herumlaufen, ohne dass es bemerkt wird."

„Verstehe ich auch nicht", sagte Hartmann. „Wir haben nicht nur an den Tatorten jeden Quadratmillimeter untersucht, sondern auch die Orte an denen der Schütze gestanden haben könnte. Auch die umliegenden Häuser, jedes Zimmer, sogar die Keller und Dächer haben wir kontrolliert. Und auch die verrückte Idee, der Schütze könnte aus der Kanalisation aufgetaucht und so wieder verschwunden sein, wie im Film von Edgar Wallace, auch das ergab nichts. Wenn der Mörder den Bogen weggeworfen hätte, wir hätten in gefunden."

Walther trank den letzten Schluck Bier. „Es scheint so, als würde sich der Täter in Luft auflösen. Doch ich glaube nicht an Geister."

„Eine Idee habe ich noch", Hartmann hatte sein Bier ebenfalls aus-
getrunken und sah mit traurigem Blick auf die leere Flasche.

„Wenn wir das ganze Umfeld von Niederer durchleuchten, finden
wir vielleicht einen Hinweis auf einen Hersteller oder wir finden einen
psychopathischen Schützen dem es gefällt Leute zu erschiessen, vielleicht nur, weil er nicht an der Olympiade teilnehmen konnte, oder so
was." Die Pferde gingen mit Hartmann durch, das Bier auf leeren Magen tat seine Wirkung. Walther bemerkte es.

„Ich dachte du bist mit Pia Seiler schick essen gegangen."

„War nichts, sie hatte schon was vor. Wenn es um Frauen geht bin
ich eben ein Pechvogel."

„Du darfst mit so schnell aufgeben, schliesslich bist du ein sympathischer -."

„Holzklotz, wolltest du doch sagen, oder?"

„Nein, würde ich nie tun." Walther lachte. „Aber du hast mich vorhin auf eine Idee gebracht. Ich weiss wer uns weiterhelfen kann." Er
schaute auf seine Armbanduhr. „Beinahe fünf Uhr, vielleicht ist er
noch da."

Walther suchte im Telefonbuch nach einer Nummer, griff dann
nach dem Apparat und wählte einen Anschluss an der Universität von
Bern.

***

Seit Tagen war nichts mehr geschehen. Waren die Morde nun doch vorbei? Die Menschen streckten vorsichtig die Köpfe aus dem Haus. Der Schrecken sass ihnen noch immer tief in den Knochen und doch trauten sich die Ersten, wenn auch zaghaft und vorsichtig, wieder auf die Strassen und Gassen. Auch wenn sich die Leute immer wieder umschauten, die Nähe anderer Menschen suchten, sich am liebsten grösseren Gruppen anschlossen, die ersten Schritte waren getan. Die Sonne strahlte vom blauen Firmament, ein leichter Frühlingswind wehte durch das Städtchen und die Luft war erfüllt von Blütenduft.

Mit jeder Stunde wuchs die Hoffnung, die Zuversicht wieder das gewohnte Leben führen zu können. Ganz langsam begann sich der Alltag zu normalisieren. Hoffnung kann eine mächtige Triebfeder sein.

***

Hartmann klopfte an die Tür und wartete.

„Wollen sie zu mir?" fragte eine Stimme in seinem Rücken. Er drehte sich um und sah einen Mann auf sich zukommen, die Arme voller Bücher.

„Wenn sie Professor Roth sind, dann ja."

„Bin ich und sie sind?"

„Hartmann, Kriminalpolizei Birrhausen, Tag Herr Professor." Er zog seinen Ausweis hervor.

Roth schaute kurz darauf, stellte dann sich vor die Tür, drückte mit dem Ellbogen die Klinke nieder und stiess die Tür mit der Schulter auf.

„Kommen sie herein, Herr Hartmann und nehmen sie dort drüben Platz."

Er deutete mit einer Kopfbewegung auf zwei freie Stühle, ging dann zu seinem übervollen Schreibtisch und liess die Bücher darauf fallen. Befreit schüttelte er beide Arme aus, kam dann auf Hartmann zu und streckte ihm die Rechte hin. „Freut mich sie kennen zu lernen, Herr Hartmann, bitte setzen sie sich doch."

Sie setzten sich an einen kleinen Tisch und musterten sich gegenseitig. Der sieht nicht aus wie ein Professor, passt auch nicht in dieses altehrwürdige Haus mit den hohen Fenstern und dem Ausblick in den Garten. Ein Büro das aussieht, als hätte kürzlich der Blitz eingeschlagen, ein Sturm gewütet, dachte der Eine. Der sieht nicht aus wie einer von der Kriminalpolizei, eher wie ein Preisboxer, im Fernsehen sehen die immer viel eleganter, seriöser aus, dachte der Andere.

„Also, was kann ich für sie tun?" Roth packte einige Bücher und Papiere die sich vor ihm stapelten und legte sie neben seinem Stuhl auf den Boden.

„Herr Walther ist am Telefon doch sehr vage geblieben und das hat mich neugierig gemacht. Mit der Kriminalpolizei hatte ich zum Glück noch nie zu tun und ich kann mir nicht vorstellen wie ich ihnen helfen kann."

„Zuerst möchte ich ihnen danken, dass sie sich Zeit für mich nehmen.

Herr Walther wäre gerne selbst gekommen, doch eine dringende Sitzung mit dem Krisenstab lässt dies nicht zu. Dafür soll ich sie herzlich grüssen."

„Danke." Roth und schaute weiterhin gespannt auf seinen Besucher.

„Um es kurz zu machen, ich bin hier, weil wir ihr spezielles Wissen in Anspruch nehmen möchten." Roth schaute erstaunt hoch.

„Das müssen sie mit genauer erklären."

„Sie haben bestimmt von den Morden in Birrhausen gehört.

Die Untersuchungen laufen auf Hochtouren und trotzdem kommen wir nicht weiter. Alle Opfer wurden mit einem Pfeil erschossen und da kommt nun ihr Wissen ins Spiel.

Wir benötigen dringend einen Fachmann mit ihrer Reputation." Hartmann beugte sich zu seiner Mappe hinunter, welche er auf den Boden gestellt hatte, nahm einen Stapel Papiere heraus und legte sie vor Roth auf den Tisch.

„Ich habe ihnen eine Zusammenfassung gemacht und sie werden schnell sehen können, wo unser Problem liegt und wie sie uns helfen können." Abwartend schaute er auf den Professor. Roth fühlte sich überrumpelt. Hartmann hatte ihm keine Chance gelassen etwas zu erwidern. Er seufzte tief, nahm dann die Akte und begann darin zu blättern. Sein Körper spannte sich fast unmerklich.

Er las Textpassage um Textpassage. Hartmann sass wie auf Nadeln. Er hatte den Bericht so abgefasst, dass nicht schon auf den ersten Blick die ganze brutale Wahrheit sichtbar wurde, dass die Polizei von Birrhausen nach wochenlanger Untersuchung immer noch nichts vorzuweisen hatte.

Er fürchtete, dass dies der Professor als Unvermögen auslegen könnte. Roth klappte den Bericht zu und schaute mit ernster Miene auf Hartmann.

„Ich werde versuchen ihnen zu helfen, doch versprechen kann ich nichts. Vielleicht finde ich etwas, vielleicht auch nicht. Doch zuerst muss ich diesen Bericht genauer studieren." Hartmann nickte nur. „Soweit ist mir alles klar, und wie soll es nun weitergehen?"

„Da ich nicht Alles habe mitbringen können, möchten wir sie bitten uns in Birrhausen zu besuchen. Je früher, umso besser -, natürlich nur, wenn es ihre Zeit erlaubt", fügte Hartmann schnell hinzu.

Roth schaute prüfend auf Hartmann, zog dann seinen Terminkalender aus der Tasche und schlug ihn auf.

„Sie haben Glück, am Freitag habe ich Zeit. Sagen wir, um neun bei ihnen in Birrhausen." Hartmann atmete erleichtert auf. Dass der Professor so schnell zusagen würde, hätte er nicht gedacht. Walther musste einen verdammt guten Draht zu ihm haben.

„Dann kommen sie also Freitag zu uns, ausgezeichnet. Herr Walther wird über ihre Zusage sehr erfreut sein. Jetzt möchte ich aber ihre kostbare Zeit nicht länger in Anspruch nehmen."

Er erhob sich und hielt Roth die Rechte hin. Dieser konnte nur noch aufstehen und die Hand schütteln, eine andere Wahl hatte er eigentlich gar nicht. Er fühlte sich zum zweiten Mal überrumpelt."

„Dann bis übermorgen, nochmals vielen Dank Herr Professor, Wiedersehen." Hartmann hatte es plötzlich eilig wegzukommen. Es war als fürchtete er, Roth könnte sich seine Zusage nochmals überlegen.

„Auf Wiedersehen, Herr Hartmann und Grüsse an Herr Walther."

Hartmann verliess das Büro und an seinem gelösten Gang war die Erleichterung abzulesen.

Hilfe naht!

Schlagzeilen :

Swissarm in den roten Zahlen – wird das Waffengeschäft verkauft?

Regierungskrise in Italien in letzter Sekunde beigelegt

Sprengstoffanschlag auf Munitionsdepot

Schlappe der U 21 – 1: 6 gegen Spanien

Wieder Doping im Radsport

Bei der dringenden Krisensitzung, in der schon gewohnten Runde, ging es nur um eines. Da seit Tagen kein Opfer mehr zu beklagen war, spielte der Stadtpräsident mit dem Gedanken „die Affäre", wie er es nannte, für beendet zu erklären und nur zu gerne hätte er den Mitbürgern die gute Nachricht persönlich überbracht. Vom Stadtrat für Finanzen, dem die ganze Untersuchung „viel zu aufwendig und viel zu teuer" war, erhielt er volle Unterstützung. Trotzdem war er seiner Sache noch nicht sicher. Für seine politische Karriere wäre ein Fehlentscheid verheerend gewesen und seine Chancen für die Wiederwahl gegen Null gesunken. Deshalb suchte er sich erst abzusichern. Er lehnte sich vor und legte seine Hände auf den Tisch.

„Wie schätzen sie die Lage ein, Herr Walther?" Dieser schaute dem Stadtpräsidenten in die Augen bis der seinen Blick abwandte. Dann lehnte sich Walther zurück und schaute in die Runde. Ausser Grollimund waren alle Parteigänger des Stadtpräsidenten.

„Der Mörder läuft noch frei herum und es wäre ein Fehler voreilige Schlüsse zu ziehen. Wir können erst Entwarnung geben, wenn die Morde aufgeklärt sind. Den Leuten zu sagen, es wäre alles vorbei, wäre eine Lüge." Wieder blickte er auf den Stadtpräsidenten.

„Oder wer will dafür gerade stehen, wenn es doch wieder einen Toten gibt?" Der Krisenstab musste ihm Recht geben.

Auch der Polizeipräsident wusste nichts zu erwidern. „Dann läuft alles weiter wie bisher. Wenn noch Fragen sind?"

Walther hatte schon seine Akten zusammengerafft und sich erhoben. „Dann sehen wir uns nächste Woche wieder, guten Tag meine Herren." Eilig verliess er das Konferenzzimmer und war froh den ineffizienten Speichelleckern entkommen zu ein. Einzig Grollimund tat ihm leid. Der sass noch dort.

„Warum so eilig?" Walther drehte sich um. Auch Grollimund war ihnen entkommen. „Wenn sie Zeit haben, könnten wir einen kleinen Happen essen gehen. Ich habe gehört ihre Frau sei verreist und sie wären Strohwitwer. Ist der „Hirschen" gut genug? George hat Hochlandrind auf seiner Karte."

„Das tönt hervorragend, dann in den Hirschen." Gemeinsam spazierten sie dem Wirtshaus zu.

„Was ich fragen wollte, woher wissen sie das meine Frau verreist ist?"

„Birrhausen ist ein Dorf und ich habe meine Spione", lachte Grollimund. Das Essen war hervorragend und als sie beim Kaffee angelangt waren meinte Walther.

„Was ich noch sagen wollte, ich habe vierzig Überwachungskameras bestellt. Nächste Woche werden sie installiert."

„Warum haben sie vorhin nichts gesagt?"

„Die hätten wegen der Kosten von fast hunderttausend Franken einen riesigen Aufstand gemacht."

„Stimmt, und wer überwacht die Monitore? Ich hätte da jemanden an der Hand. Er hat bei der Verkehrsüberwachung des Gotthardtunnels gearbeitet und wollte mal was anderes machen. Er ist jetzt bei uns im Tiefbauamt als Bauleiter beschäftigt."

„Wenn er mitmacht, dann schicken sie ihn direkt zu Tobler, bei ihm werden die Monitore stehen.

Und er kann auch gleich ein paar von den jungen Beamten ausbilden. Bei uns hat keiner Erfahrung mit elektronischer Überwachung."

„Gut, ich frage ihn. Und darauf trinken wir einen Espresso und dazu einen guten, alten Grappa." Walther widersprach nicht.

***

Es ging gegen Abend, die Sonne sank langsam auf ihrem Weg nach Westen und es wurde kühler. Noch war Frühling und in der Nacht sank das Thermometer auf zehn Grad. Doch noch war es nicht soweit. Die Uhr zeigte gegen fünf, die Menschen kamen von der Arbeit. Wieder ging ein sonniger Tag seinem Ende entgegen. Vor der Bäckerei hatte sich eine Gruppe Frauen getroffen, zufällig, weil sie hofften, noch ein Brot zu ergattern. Die Frauen kannten sich und die Unterhaltung war lebhaft. In den vergangenen Tagen und Wochen war dafür kaum Zeit und Gelegenheit gewesen.

Plötzlich stolperte eine der Frauen nach vorne und prallte gegen eine Andere. Sie blieb mit weit aufgerissenen Augen stehen, versuchte etwas zu sagen und wollte sich an der anderen Frau festklammern. Es gelang ihr nicht. Sie sackte in sich zusammen und stürzte zu Boden.

Die Arme und Beine zuckten krampfartig. Ein Röcheln drang aus ihrem Mund und dann lag sie still da, rührte sich nicht mehr. Ihre starren Augen blickten ins Leere. Wie versteinert standen die anderen Frauen daneben. Dann begann die Erste zu zittern, dann zu kreischen. Die schrillen Entsetzensschreie hallten durch die Gassen, prallten von den Hauswänden ab und hallten wieder, waren überall zu hören. Das blanke Entsetzen in ihren Gesichtern, rannten die Frauen auf die nächsten Türen zu, nur weg von hier.

Wo vorher noch das pralle Leben war, herrschte nun der Tod. Die Frau lag einsam vor den Stufen zur Bäckerei, durchbohrt von einem schwarzen Pfeil. Opfer Nummer Elf. Wie ein Lauffeuer ging die Meldung durch die Stadt. Birrhausen geriet in Panik und mauerte sich ein.

***

„Hier ist Bader, ich möchte melden -, also es ist so, seit zwei Tagen steht ein fremdes Auto gegenüber. Manchmal steigen Leute aus und Andere ein. Aber sonst passiert nichts. Ist das nicht verdächtig?" Bei Hartmann läuteten die Alarmglocken.

„Ja, das ist sehr verdächtig, Frau Bader. Bitte sagen sie mir, wo sie wohnen, wo das Auto steht und was es für ein Auto ist."

„Ich wohne in der Schmiedengasse vier und das Auto steht gegenüber, vor dem Haus Nummer Drei. Es ist ein dunkelblauer Lieferwagen mit Berner Nummernschild."

„Frau Bader, was ich ihnen jetzt sage ist äusserst wichtig, bleiben sie im Haus und gehen sie auch nicht ans Fenster. Wir werden das Auto und die Männer genauestens überprüfen.

Danke für Ihren Anruf, sie haben uns sehr geholfen und wenn alles vorbei ist, komme ich gerne vorbei um mich bei ihnen persönlich zu bedanken."

Hartmann legt den Hörer zurück und drückte gleich mehrere Tasten der Gegensprechanlage. „Alarm für alle, verdächtiges Fahrzeug vor Schmiedengasse Nummer Drei. Lieferwagen, dunkelblau, Berner Kennzeichen. Wir brauchen das Einsatzkommando und ein grosses Fahrzeug in der Seilergasse, das Ganze in fünf Minuten." Nach vier Minuten war das schwer bewaffnete Kommando versammelt. Auch Hartmann hatte die schusssichere Weste angelegt. „Vier Mann zum Anfang der Gasse und lasst euch nur nicht blicken. Die andern Vier kommen mit mir, wir kommen von der anderen Seite." Hartmann schaute sich um, als hinter ihm ein grosser Lastwagen hielt. Aus dem Führerhaus kletterte Grollimund.

„Ich dachte ich bringe ihn gleich selber vorbei."

„Danke, klappt ja ausgezeichnet. Einer unserer Männer wird fahren. Können sie ihm ihre Weste geben? Er soll aussehen wie ein Mann vom Tiefbauamt. Wenn das schon auf dem Lastwagen steht."

„Natürlich." Grollimund zog die leuchtend orange Weste aus und der Polizist streifte sie über.

„Sie bleiben am besten hier, es könnte gefährlich werden."

„Kein Problem", Grollimund und hob abwehrend die Hände, „das ist euer Job und ich würde nur im Weg sein."

Hartmann und drei Polizisten liefen hinter dem Lastwagen her, der auf der anderen Seite in die Schmiedengasse einbog. Langsam fuhr das Fahrzeug durch die Gasse. Die Vier waren hinter dem Auto nicht zu sehen.

Kurz vor dem Lieferwagen drosselte der Fahrer den Motor noch weiter und fuhr an die Seite des Lieferwagens. So nahe, dass auf der Fahrerseite keine Tür mehr geöffnet werden konnte. Dann hielt er unvermittelt an. Das Zeichen für das Kommando. Das stürmte mit durchgeladenen Waffen hinter der Hausecke und dem Lastwagen hervor und ging schnell vor der Beifahrer- und der hinteren Schiebetüre des Wagens in Stellung. Hartmann nickte und riss die Schiebetüre auf.

„Keine Bewegung." Die drei überraschten Männer im Lieferwagen blickten in die Läufe von Maschinenpistolen und bewegten sich nicht mehr. Sie schienen mitten in ihren Bewegungen erstarrt zu sein.

„Die Hände nach oben, so, dass ich sie sehen kann." Wie in Zeitlupe hoben die Drei ihre Hände." Und jetzt langsam aussteigen und ans Fahrzeug lehnen." Die Männer wollten aufstehen.

„Halt, einer nach dem anderen." Den Männern wurden die Arme auf den Rücken gedreht und Handschellen angelegt. In der Zwischenzeit waren zwei Streifenwagen hinzugekommen und Müller trat auf Hartmann zu.

„Kann jetzt Tobler mit seinen Leuten kommen?" Hartmann nickte. Dann schauten Beide ins Innere des Lieferwagen und staunten. Das Auto war vollgepackt mit Monitoren und auf den kleinen Tischen standen Laptops. Alles was für eine Überwachung gebraucht wurde.

„Wir brauchen einen Elektronikspezialisten. Sieht zu, dass ihr unser Computergenie auftreiben könnt.

Und dann will ich den Wagen im Hof des Präsidium haben." Er schaute sich um. Alles war unter Kontrolle. „Das Kommando kann abrücken. Gute Arbeit, Jungs, danke."

Die Polizisten zogen wieder ab und Hartmann ging hinüber zum Haus Nummer Vier. Frau Bader besuchen. Wie er es versprochen hatte.

***

„Haben die Drei etwas gesagt?" fragte Walther.

„Nein, kein Wort." Hartmann war genervt.

„Hätte mich auch gewundert", meinte Walther und goss sich einen Kaffee ein. Die gemütliche Kaffeeecke, neben der sich auch die Arrestzellen befanden, war der beste Ort um zu plaudern und über Gott und die Welt zu philosophieren. Über die Arbeit zu sprechen war allgemein verpönt. Doch der Anlass rechtfertigte eine Ausnahme.

„Keine Ausweise und nur der Wunsch zu telefonieren, habe ich Recht?"

„Woher weisst du das? Bist du unter die Hellseher gegangen?" Hartmann stellte seine Tasse hin und schaute gespannt auf Walther.

„Dafür muss man kein Hellseher sein. Wenn du einen der Drei telefonieren lässt, steht zwei Minuten später der Polizeipräsident in meinem Büro und nach spätestens einer Stunde Major Schrader in seiner ganzen Pracht und Herrlichkeit. So stümperhaft wie die ihre Überwachung angeleiert haben, können die nur vom Abwehrdienst sein."

„Lassen wir sie noch eine Weile schmoren, mindestens so lange, bis wir alle Daten von ihren Computern heruntergeladen haben." Hartmann schaute auf seine Uhr. „Das sollte in der Zwischenzeit geschehen sein. Unsere Jungs haben die Passwörter in fünf Minuten knacken können."

„Dann schauen wir uns mal die Daten an und wenn wir noch mehr Informationen brauchen können, wir die Drei immer noch weichkochen."

„Noch einen Kaffee, Hans?"

„Sehr gerne, Walter." Für einen kurzen Moment vergassen sie den Grund weshalb sie die drei Männer vom Geheimdienst eingesperrt hatten. Sie konnten sich das Gesicht ihres Chefs vorstellen, wenn er von der Sache erfahren würde. Und wie er dann mühsam versuchen würde Schrader zu beschwichtigen. Sie grinsten sich an wie zwei Lausbuben die soeben jemandem erfolgreich einen Streich gespielt hatten.

***

Natürlich hatte Roth von den Morden in Birrhausen gehört, hatte darüber in der Presse gelesen. Daran kam niemand vorbei. Es hatte ihn aber weiter nicht interessiert, waren doch tagtäglich Schlagzeilen über Mord und Totschlag, Krieg und andere Gräueltaten in den Zeitungen zu lesen. Es waren nicht die Art Meldungen die sein Interesse fanden, was aber nicht hiess, dass er hier an der Universität in einem Elfenbeinturm sass und weltfremd geworden war. Nein, er wusste was in der Welt vorging. An der Uni Bern lehrte er Geschichte und galt als Kapazität auf dem Gebiet der europäischen Frühkulturen. Sein Fachgebiet umfasste die Anfänge der Besiedlung Europas, mit den Thrakern, fünftausend v.Ch., die als Jäger und Nomaden aus dem Osten, sesshaft wurden, bis hin zum frühen Mittelalter. Die griechische und römische Hochkultur und ihr Niedergang, der Einfluss von Judentum und Islam, das Erstarken der nordischen Völker, die Völkerwanderung -, das war seine Welt. Darüber konnte man ihn alles fragen. Und auch über die Waffen aus der jeweiligen Zeit.

Er reiste viel und wusste von Orten, die auf keiner Landkarte zu finden waren. Suchte nach Zeugen längst vergangener Epochen, nach Siedlungen und Städten die in Vergessenheit geraten, nach Volksstämmen die vom Erdboden verschwunden waren. Auf seine Art war er ein Detektiv, ein Detektiv der Geschichte. Aus diesem Grund war ihm auch das mittelalterliche Städtchen Birrhausen nicht unbekannt.

Mit seinen knapp vierzig Jahren gehörte Daniel Roth zu den jüngeren Dozenten. Sein umfangreiches Wissen, das sich in zahlreichen Publikationen niederschlug und die Fähigkeit dieses Wissen an seine Studenten weiter zu geben, hatte ihm die Professur eingetragen. Zu Anfang gab es noch einige Verwirrungen, denn mit seinen kurzen, braunen Haaren, seinen blauen Augen und seiner sportlichen Figur sah er viel jünger aus, so dass er zuerst für einen dieser „ewigen Studenten" gehalten wurde. Die Studentinnen schwärmten von ihm.

Roth sass an seinem Schreibtisch. Die hölzernen Gestelle an den Wänden waren mit Büchern vollgestopft. Jeder Stuhl, die Fenstersimsen, die kleinste Ablagefläche, alles war mit Bücherstapeln belegt.

Von der dunkelgrünen Seidentapete und den Bildern alter Meister war kaum noch etwas zu sehen. Auch die Schönheit des dunklen Eichenbodens mit den hellen Intarsien aus Birkenholz liess sich nur erahnen. Hätten an der weissen Stuckdecke auch noch Bücher abgelegt werden können, man hätte sie nicht mehr gesehen. Nächste Woche wollte er aufräumen. Nachdem er einige Stapel auf seinem Schreibtisch weg geschoben hatte, griff er nach Papier und Bleistift und packte Hartmanns Zusammenfassung. „Dann wollen wir mal." Er öffnete die Akte und begann sie Wort für Wort laut zu lesen.

Er hatte es sich zur Gewohnheit gemacht, alle wichtigen Textpassagen zu markieren und seine eigenen Gedanken zu notieren.

Als er nach einer Stunde den Bleistift beiseite legte, las er laut, was er zu Papier gebracht hatte.

Birrhausen, Kleinstadt, Mittelalter

Morde, Mörder, Mörderin, Mörderbande

Pfeile, schwarze Pfeile, Bogenschiessen, Waffen

Männer, Frauen, jung, alt, reich, arm

Motiv, Hass, Rache, Vergeltung

Psychopath, Geltungssucht, Nachahmung, Überheblichkeit

Garten, Schmiedengasse, Kirchgasse, Bauernhof

Beziehung, Verbindung, Familienbande, Gemeinsamkeit

Familien, Freunde, Verwandte, Kollegen,

Verein, Arbeit, Sport, Club

Spuren, Hinweise, Tatwaffen

Wissen, Beweise

Er las die Worte langsam durch. Schon in der Mitte der Zusammenfassung war ihm klar geworden, dass die Polizei von Birrhausen vor einem fast unlösbaren Rätsel stand.

Bisher hatten sie keine brauchbaren Spuren gefunden und er fragte sich nun, warum sie ausgerechnet an ihn herangetreten waren. Nochmals las er seine Notizen. Sein Blick blieb an den Worten „Pfeile, schwarze Pfeile" hängen. Nun wusste er es.

So sehr er auch das Töten verabscheute, so sehr faszinierten ihn die Waffen. Schon als Kind hatte er am liebsten Ritterturniere gespielt. Er wusste um diesen inneren Widerspruch, wusste, dass er damit leben musste. Vor allem Pfeil und Bogen hatten immer wieder sein Interesse geschürt. Auf seinen Forschungsreisen war er, auch in den entlegensten Winkeln, immer wieder auf diese Waffe gestossen.

In fast allen Kulturen spielte sie eine wichtige Rolle. Sie war die Waffe der Jäger, der Krieger, aber auch der Mörder. Bis zur Erfindung der Muskete, denn diese veränderte die Welt so nachhaltig wie es später die Elektrizität getan hatte.

Und nun dies. Pfeil und Bogen. Eine fast schon archaische Waffe die aber bis heute nichts von ihrer Faszination verloren hatte. Lautlos, treffsicher, tödlich. Erschreckend und mythisch zugleich. Roth empfand das so.

***

In der folgenden Stunde starb das zwölfte Opfer. Und wie zum Beweis, dass es jeden hätte treffen können, dass der Tod keinen Unterschied machte, erwischte es diesmal ein Mitglied des Krisenstabes, den Stadtrat für Soziales. Trotz der intensiven Überwachung des Städtchens Birrhausen -, ein weiterer Toter. Und nun wurden endlich die Überwachungskameras geliefert und an den wichtigsten Punkten installiert. Zu spät für den Stadtrat. Wieder hatte niemand die Tat oder den Täter gesehen. Wieder war der Mörder spurlos verschwunden. Und nun?

An jede Ecke einen gewaffneten Polizisten stellen? Jeden Meter in Birrhausen mit Kameras überwachen? Lückenlos, bis in den hintersten Winkel? So wie es einige Bürger forderten?

Die Menschen verkrochen sich. Entsetzen lähmte den Ort.

***

Wachtmeister Anton Müller hatte Nachtschicht. Einer musste in der Zentrale bleiben und vier Beamte fuhren in zwei Wagen Streife. So sah es der Dienstplan vor. Als Chef der uniformierten Polizei von Birrhausen und Umgebung hätte Müller keinen Nachtdienst machen müssen. Er hätte seine Leute einfach entsprechend einteilen können. Doch solches war ihm zutiefst zuwider. Er hatte als normaler Polizeibeamter begonnen und es bis zum Chef gebracht.

In seinem Herzen aber blieb er der einfache Mann von der Strasse und seine Untergebenen waren seine Kollegen und Freunde. In seinem Team übernahm jeder auch die Schichten, die weniger beliebt waren, wie eben die Nachtschicht. Kurz vor Dienstbeginn hatte sich Einer krankgemeldet und Ersatz war nicht aufzutreiben. Auch wenn sie von anderen Dienststellen Verstärkung erhalten hatten um die Polizeipräsenz deutlich und für alle sichtbar zu erhöhen, waren sie noch immer knapp an Personal.

So beschloss Müller alleine Streife zu fahren. Spätestens ab zehn Uhr abends glich Birrhausen einer Geisterstadt. Wo früher die Menschen zahlreich unterwegs waren, wo sich abends die jungen Leute trafen, wirkte alles wie ausgestorben. Nur äusserst selten war noch jemand zu sehen, Leute die von der Spätschicht kamen oder sich verspätet hatten. Und obwohl noch nie jemand Mitten in der Nacht erschossen worden war, drückten sich die Leute den Hausmauern entlang, nutzten jede Nische, schauten sich ängstlich um und verschwanden möglichst schnell in den Häusern.

Nach Mitternacht wurde der Dienst lang und länger. Stunde reihte sich an Stunde, zäh floss die Zeit, dehnte sich endlos.

Erst vier Uhr. Müller war müde und sehnte sich nach seinem Bett. Bald würden sich die ersten Menschen auf den Weg zur Arbeit machen müssen, würde seine Schicht zu Ende sein.

Fast sechs Uhr, endlich. Erste helle Streifen zeigten sich im Osten, die Nacht wich langsam dem Tag, seine Schicht war vorbei. Eine Nacht ohne Ereignisse.

„Ich komme zurück", funkte er an die Zentrale. Dann bog er in die Schmiedengasse ein um zum Posten zurück zu fahren. Immer wenn er hier durchkam hatte er ein mulmiges Gefühl. Schon zu viel war in dieser Gasse geschehen.

Doch alles blieb ruhig und so bog er in die Kirchgasse ein. Ein erster Passant kam ihm entgegen. Müller fuhr langsamer und lies die Scheibe herunter.

„Guten Morgen Georg, schon so früh auf den Beinen? Einen schönen Tag und Grüsse an die Familie."

„Tag Toni, danke, auch Grüsse zurück." Und schon waren sie aneinander vorbei. Müller schaute in den Rückspiegel. Er kannte Georg Haberthür seit seiner Kindheit. Sie waren zusammen aufgewachsen und heute gingen ihre Kinder gemeinsam zur Schule. Er sah seinem Freund im Rückspiegel nach. Plötzlich schien er zu stolpern und verschwand aus dem Blickfeld des Rückspiegels. Automatisch trat Müller auf die Bremse und der Wagen hielt abrupt.

Sein Blick ging nach vorne und er sah eine Gestalt über die Gasse huschen mit einem langen, dünnen Gegenstand in der Hand. Die Gestalt verschwand hinter der nächsten Hausecke, noch bevor Müller zu einer Reaktion fähig war. Alles ging so rasend schnell, wie ein Spuk. Später verfluchte er die Tatsache, dass er alleine unterwegs gewesen war. Wären sie zu zweit gewesen, hätte Einer die Gestalt verfolgen können.

Müller sprang aus dem Wagen und lief die Gasse zurück, hin zu seinem Freund. Er ahnte schlimmes und noch bevor er ganz bei ihm war, wusste er was ihn erwartet. Georg Haberthür lag mit dem Gesicht nach unten auf dem Pflaster. Seine Glieder wirkten unnatürlich verkrampft, seine Hände waren zu Fäusten geballt. In seinem Rücken steckte ein schwarzer Pfeil.

Dann kniete sich Toni zu seinem Freund Georg nieder, beugte sich vor und suchte seinen Puls zu fühlen, doch er wusste schon, dass er tot, dass das Leben schon aus ihm gewichen war. Langsam stand er auf und mit gesenktem Haupt und schwerem Schritt kehrte er zum Wagen zurück. Tränen rannen über sein Gesicht, Wut und Trauer tobten in ihm.

***

„Und wenn ihr nochmals zurückspult, noch weiter? Warum sehen wir nicht mehr? Nur einen Schatten? Er ist doch genau im Blickfeld der Kamera passiert und Müller hat doch auch jemanden gesehen." Walther verstand es nicht.

„Das Problem ist die Lichtempfindlichkeit der Kameras. Bei Dämmerlicht haben sie ihre Schwächen, vor allem auf weitere Distanzen. Das ist bei den meisten Überwachungskameras so." Reimann suchte nach einer verständlichen Erklärung

„Und da, wo der Mann verschwunden ist, da sollte er doch von der nächsten Kamera erfasst worden sein."

„Ich muss dich enttäuschen, Walter, da ist keine nächste Kamera. Wenn wir jeden Winkel überwachen wollten, müssten wir nicht hundert, sondern tausend Kameras haben."

Walther liess sich auf den nächsten Stuhl sinken, niedergeschlagen und mit hängenden Schultern. Er fragte laut, ohne eine Antwort zu erwarten.

„Und was nun?"

***

Roth hatte lange und ausgiebig gefrühstückt. So wie er es immer tat, wenn er keine Vorlesungen hatte und nicht schon um halb acht an der Uni sein musste. Heute konnte er es locker angehen. Nichts und niemand drängte ihn zur Eile. Eine Stunde später verliess er seine Wohnung in Bern und setzte sich in sein Auto.

„Dann auf nach Birrhausen." Er schaltete das Radio ein und wählte den Sender mit südamerikanische Musik. Der beste Rhythmus zum Autofahren, sagte er jedem der es hören wollte.

Die Zeiger seiner Uhr standen auf viertel nach acht. Er war früh unterwegs und konnte sich Zeit lassen. Und er hatte endlich wieder Musse die Musik zu geniessen.

Es lief Black Magic Woman von Carlos Santana. Er liebte diesen Song. Die Temperatur war angenehm, die Sonne schien vom wolkenlosen Himmel und so fuhr er auf verkehrsarmen Nebenstrassen durch blühende und friedliche Landschaften. Das Leben konnte doch so schön sein.

Nach knapp einer Stunde gemütlicher Fahrt über Land, passierte er die Ortstafel von Birrhausen und fuhr durch das alte Stadttor, das beidseitig von zwei runden Wehrtürmen, mit auskragenden Zinnen, gesäumt wurde. Der Durchlass war schmal und noch immer fuhr man unter dem mächtigen, schwarzen Eisengitter durch, dessen Spitzen gefährlich nach unten zeigten. Er war früher schon einmal hier gewesen und auch heute bewunderte er die gepflegten Häuser mit ihren weiss gekalkten Mauern, den schmalen, hohem Fenstern mit roten oder braunen Fensterläden und den grossen, weit auskragenden Dächern.

Langsam fuhr er die Hauptgasse entlang. Vor dem imposanten Stadthaus hielt er an. Hier waren neben der Stadtverwaltung und dem Büro des Stadtpräsidenten, auch die Kriminalpolizei und der Polizeiposten untergebracht. Ein mulmiges Gefühl beschlich ihn, als er aussteigen wollte. Etwas stimmte hier nicht. Er schaute sich um – und sah niemanden. Es war ihm gar nicht bewusst geworden, aber schon ausserhalb von Birrhausen und hier, mitten im Zentrum -, keine Menschenseele, ausgestorben, wie eine Geisterstadt -, und dabei hatte er Birrhausen als lebhaften Ort in Erinnerung. Er dachte an den Bericht von Hartmann und nun konnte er sie spüren, die lähmende Angst die Birrhausen eisern im Griff hielt.

Eilig stieg er aus. Für die Verzierungen, die grossen und farbenprächtigen Wandmalereien an der Fassade, die Szenen der Stadtgründung im neunten Jahrhundert festhielten, hatte er kein Auge.

Auch die beiden grossen Erker mit ihren, mit Blattgold belegten Dächern und den Falkenköpfen als Ausspeier, die links und rechts des Eingangsportals aus der mächtigen Fassade ragten, nahm er nicht wahr. Nur schnell weg von der Strasse. Eilig betrat er das Stadthaus. In der grossen Eingangshalle kam er sich verloren vor. Mächtige Gewölbe, ruhten auf riesigen Säulen.

Durch die Fenster in seinem Rücken fiel Licht auf den Boden aus roten Tonplatten. In die kalkweissen Wände mit dem umlaufenden Steinsims, waren Nischen eingelassen in denen Steintafeln standen. Er konnte die Texte nicht lesen, denn seine Augen hatten sich noch nicht von der grellen Sonne draussen, an das fahle Licht hier drinnen gewöhnt.

Vor ihm wand sich eine breite Steintreppe mit wuchtigen Balustraden nach oben und verschwand in der Finsternis. Allmählich gewöhnten sich seine Augen an das Licht.

Nun sah er auch die Bilder mit farbenfrohen Jagdszenen, die auf den weissen Kalkputz gemalt waren. Im Dämmerlicht schienen die Figuren zu leben. Er schüttelte seinen Kopf und schaute sich um. Auf der linken Seite der Halle sah er die Anmeldung und steuerte darauf zu. Eine junge Frau lächelte ihm zu, als er herantrat.

„Guten Tag, was kann ich für sie tun? Welchen Wunsch kann ich ihnen erfüllen?"

„Guten Tag, mein Name ist Roth, ich bin mit Herrn Walther verabredet."

„Sie werden schon erwartet, Herr Professor, erster Stock, linke Seite, ganz am Ende des Ganges, sie können es nicht verfehlen. Sie können den Lift oder die Treppe nehmen." Ihr bezauberndes Lächeln ging ihm unter die Haut. Er lächelte zurück. Wenn er doch immer so empfangen würde.

„Vielen Dank. Und wenn ich mich trotzdem verirren sollte, werde ich laut um Hilfe rufen." Dann durchquerte er die Halle, stieg die mächtige Steintreppe hinauf und wandte sich nach links. Langsam ging der den langen Gang entlang, vorbei an vielen, reichverzierten Eichentüren. Jede trug eine goldfarbene Nummer.

Zwischendurch blieb er stehen und betrachtete die Bilder, welche zwischen den Türen, an den weissen Wänden hingen und bewunderte den präzisen Pinselstrich eines ihm unbekannten Künstlers, der Szenen aus dem Alltag festgehalten hatte. An der letzten Tür, Nummer Zwölf, klopfte er an.

„Herein", tönt es gedämpft. Er öffnete die Tür und trat ein. Walther kam hinter dem Schreibtisch hervor und trat auf ihn zu.

„Walther, guten Tag Herr Professor, willkommen in Birrhausen."

„Guten Tag Herr Walther, schön sie persönlich kennen zu lernen, auch wenn die Umstände nicht gerade berauschend sind."

„Das lässt sich im Moment nicht ändern, aber nehmen sie doch Platz." Walther geleitete seinen Gast zum Besprechungstisch. Roth setzte sich.

„Wie geht es ihrer bezaubernden Gattin? Ich habe sie schon viel zu lange nicht mehr gesehen."

„Es geht ihr gut und ich soll sie ganz herzlich von ihr grüssen. Sie hofft sie zu sehen bevor sie wieder zurückfahren."

„Mal sehen wie lange sie mich hier festhalten", entgegnete Roth vergnügt. Zu gerne erinnerte er sich an Andrea Walther.

Er wurde aus seinen Gedanken gerissen.

„Ich bin sehr froh, dass sie Zeit gefunden haben nach Birrhausen zu kommen und bereit sind uns zu helfen, Herr Professor."

„Sie haben mich neugierig gemacht und wenn ich ihnen helfen kann, tue ich das gerne. Als erstes möchte ich sie bitten, lassen sie den Professor weg, das macht mich immer älter als ich bin, Roth reicht vollkommen." Walther musste seiner Frau insgeheim Recht geben. Sein Gast war äusserst sympathisch. Ein normaler Mensch und kein eingebildeter Fachidiot.

„Noch so gerne, Herr Roth."

„Möchten sie erst einen Kaffee, oder stürzen wir uns ins Unvermeidliche."

„Ich bin nicht zum Kaffeekränzchen gekommen", grinste Roth. Sie spürten beide, sie lagen auf der gleichen Wellenlänge, das konnte nur gut gehen. Walther stand auf.

„Wenn sie mir folgen würden." Er führte Roth in das angrenzende Sitzungszimmer.

Roth sah sich um. Sein Blick glitt über die Wände. Sie waren übersät mit Fotos. Bilder von Toten, Bilder von Tatorten.

Bilder von Leichen, jungen und alten. Irgendwie waren sie alle unterschiedlich und doch hatten sie etwas gemeinsam. Und es war jedes Mal deutlich zu sehen, in allen Opfern steckte ein Pfeil.

Ein schwarzer Pfeil. Sie alle waren damit getötet worden. Immer noch schweigend ging er den Wänden entlang, betrachtete Foto für Foto. Er begriff die ganze Tragweite dieser Verbrechen, die Grausamkeit dieser Morde, die Hilflosigkeit der Menschen. Ein kalter Schauer lief über seinen Rücken. Er versuchte seinen Blick von den Bildern zu lösen, von den Bildern die ihn abstiessen und zugleich magisch anzogen. Da war er wieder, der innere Widerspruch.

„Dort drüben liegen die Pfeile." Walthers Stimme brach den Bann in dem Roth gefangen schien und gemeinsam gingen sie zu dem kleinen Tisch hinüber der vor einem der schmalen und hohen Fenster stand. Da lagen sie nun, fein säuberlich neben einander aufgereiht.

Dreizehn Pfeile. Elf Pfeile mit sauber abgetrennter Spitze. Der zerbrochene Pfeil mit dem Kleinert zu Tode kam, und der Pfeil der ganz geblieben war, auf Wunsch Walthers -, und mit dem Niederer auf die Scheibe geschossen hatte. Kalt schimmerten die Metallspitzen im Sonnenlicht, da, wo das Blut weggewischt worden war. Matt glänzte jeder dunkle, fast schwarze Schaft. Die schwarzen Federn am Ende bewegten sich leicht im Luftzug und zwischendurch brach sich das Licht in ihnen in den schillerndsten Farben. Roth war fasziniert.

„Hier, nehmen sie, wir haben ihn schon auf Spuren untersucht." Walther hielt Roth den Pfeil hin. Der nahm in vorsichtig entgegen. Dann klemmte er ihn in der Mitte des Schaftes haltend zwischen Daumen und Zeigefinger und prüfte die Balance.

Hierzu lockerte er leicht den Griff und der Pfeil neigte sich langsam mit der Spitze nach unten.

„Sehr gut ausbalanciert und erstaunlich leicht. Und mit einer extrem scharfen Spitze." Er hatte mit der Fingerkuppe leicht dagegen getippt und sofort quoll Blut aus einer kleinen Schnittwunde. Schnell steckte den Finger in den Mund und leckte sein Blut ab. Dann legte er den Pfeil auf den Tisch zurück. „Die sehen alle gleich aus, ist ein Unterschied feststellbar?"

„Nein, die scheinen tatsächlich absolut identisch zu sein, wie geklont."

„Gibt es schon eine Materialanalyse?" Roth Blick glitt immer noch über die Pfeile.

„Bisher nicht", entgegnete Walther, „unser Labor war bis jetzt mit der Spurensicherung beschäftigt und ich bezweifle, dass wir für eine solche Untersuchung genügend gut ausgerüstet sind. Kommen sie mit, ich zeige ihnen unser Labor, dann können sie sich selbst ein Bild machen."

„Klingt spannend, schauen wir also ihr Labor an." Sie verliessen das Büro und stiegen die Treppe hinunter in die Eingangshalle. Walther wandte sich nach rechts und erst jetzt sah Roth die eisenbeschlagene Eichentüre die im Schatten der Treppe lag. Walther öffnete sie und sie stiegen eine steile, enge Wendeltreppe hinunter. Die Tritte aus rotem Sandstein waren im Laufe der langen Zeit ausgetreten worden. Entlang der kahlen Kalksteinwände lief ein Handlauf aus geschmiedetem Eisen an dem sich Roth festhielt. Die Treppe wand sich scheinbar endlos in die Tiefe.

Das hatte Roth dann doch nicht erwartet.

Der Keller war riesig. Grosse Kreuzgewölbe mit einer Scheitelhöhe von nahezu drei Metern und einer Spannweite von fast sechs Metern, ruhten auf mächtigen Pfeilern die gut zwei Meter dick waren. Staunend sah er sich um.

„Früher dienten diese Gewölbe als Vorratskeller. Hier lagerten die Steuerabgaben die in Naturalien bezahlt wurden. Sie dienten auch als Notvorrat für schwere Zeiten wie Krieg oder Missernten. Auch Salz wurde hier gelagert und im hinteren Teil das Natureis, das aus dem zugefrorenen Feuerweiher geschnitten und hier unten im Stroh eingelagert wurde. Und ganz hinten soll es auch einmal ein Bierlager gegeben haben. Leider ist davon nichts übrig geblieben." Walther zeigte in Richtung der hinteren Gewölbe.

„Der Keller ist ja riesig, so gross habe ich mir das nicht vorgestellt."

„Es ist auch der grösste Keller der ganzen Region", erwiderte Walther, nicht ohne Stolz. Um die eindrücklichen Gewölbe möglichst sichtbar zu lassen, waren die Trennwände alle aus Glas, was Transparenz und Durchblick schaffte.

Schwarzes Eisen und Glas, dazu kleine Niedervolt-Lämpchen die an feinen Drahtseilen aufgehängt waren und dezente Stehleuchten für die Arbeitsplätze.

Dies alles bildete einen faszinierenden Kontrast zu dem mächtigen, alten Gemäuer. Eine der Glastüren öffnete sich wie von Geisterhand. Roth sah den Bewegungsmelder nicht.

„Sehr praktisch wenn man die Hände voll hat", sagte Walther und ging durch die Tür. Sein Gast folgte ihm langsam und sah sich weiter um. Dies also war das Labor. Alles blinkte und glänzte, als wäre es neu.

Der Mann, der auf sie zukam, schien hier irgendwie fehl am Platz zu sein. Verwaschener Pullover, alte, abgewetzte Jeans und ausgelatschte Turnschuhe. Dunkle Haare und darunter ein fröhliches Gesicht.

„Tobler Roland, Spurensicherung, willkommen in unseren Katakomben, Herr Professor." Er zerquetschte fast Roths Hand.

„Und der junge Mann der da kommt", er wies mit dem Kopf zur Seite, „ist unsere Laborratte."

„Guten Tag, Herr Professor, Reimann Kurt, Labor und hören sie nicht auf diesen Proleten neben mir."

„Tag Herr Reimann, freut mich sie kennen zu lernen." Roth's Hand blieb diesmal verschont. Reimann war standesgemäss gekleidet, so wie es an diesem Ort erwartet wurde. Langer, weisser Kittel, den obligaten Kugelschreiber in der Brusttasche, weisses Hemd und dezente Krawatte. Die braunen Haare kurz geschnitten, das schmale Gesicht glatt rasiert. Die randlose Brille mit den runden Gläsern verstärkte noch den Eindruck einem echten Labormenschen gegenüber zu stehen.

„Es scheint als haben sie alle auf mich gewartet."

„Das ist in der Tat so", sagte Tobler. „Als Walther ihren Besuch ankündigte, haben wir einen älteren, leicht zerstreuten Herrn mit grauen Haaren und Nickelbrille erwartet. So, wie man sich gemeinhin einen Professor vorstellt."

„Tut mir leid dass ich sie enttäuschen muss, vielleicht entspreche ich diesem Bild in dreissig Jahren."

„Kommen sie mit, ich möchte ihnen unser Labor zeigen. Bitte folgen sie mir."

Roth sah sich die verschiedenen Apparate und Einrichtungen genauestens an, stellte ab und an eine Frage über Modelle und Anwendungen.

Unversehens waren er, Reimann und Tobler, in scheinbar uferlose Fachdiskussionen vertieft und sie schienen alles um sich herum vergessen zu haben. Walther griff sich einen Stuhl, schnappte eine herumliegende Tageszeitung und begann zu lesen.

Es könnte länger dauern und bei solchen Gesprächen war er fehl am Platz. Die Drei waren sich schnell einig. Für normale Tests und Untersuchungen waren die Einrichtungen Spitzenklasse und vollauf genügend.

Für Materialuntersuchungen fehlten das Elektronenrastermikroskop und die Möglichkeit für Spektralanalysen und genau diese Untersuchungen könnten sie weiterbringen. Roth wandte sich an Reimann und Tobler.

„Alle notwendigen Apparate befinden sich im Labor der Universität Bern, da können auch DNA-Tests gemacht werden. Wenn sie wollen, kann ich die notwendigen Untersuchungen für sie durchführen." Tobler und Reimann nickten. „Dann müssten wir nur noch ihren Chef davon überzeugen."

Roth hatte das Talent dem Universitätsrat die Anträge so vorzubringen, dass er ihn jedes Mal davon überzeugte, ohne diese Instrumente die Lehre und Forschung nicht mehr im notwendigen Umfang gewährleisten zu können und die Universität deshalb ihren nationalen Stellenwert und ihre internationale Reputation verlieren könnte. Dies war der Grund, weshalb sein Labor mit allen erdenklichen Apparaten ausgestattet und immer auf dem neuesten Stand der Technik war. Deswegen erhielt die Universität auch Aufträge von anderen Instituten und aus der Privatindustrie, die sich solche Labors nicht leisten konnten. Hätte er das Labor kommerziell genutzt, die Universität hätte damit einen grossen Teil ihrer Forschungsgelder erwirtschaften können. Das aber wollte er nicht. Er fürchtete, mit der Unabhängigkeit der Universität könnte es dann vorbei sein. Und bisher hatte er sich immer durchgesetzt.

Roth wandte sich an Walther. „Ich möchte die Pfeile mitnehmen und in meinem Labor untersuchen."

„Wenn es hier nicht geht." Walther legte die Zeitung weg und stand auf. „Gehen wir nach oben und packen die Pfeile ein." Alle waren sie überrascht. Nie hätten sie gedacht, dass Walther so schnell zustimmen würde. Schliesslich gab er Beweisstücke aus der Hand, die einzigen Beweisstücke die er hatte. Zurück im Konferenzraum begannen sie die Pfeile einzupacken.

Walther hatte schon vorgesorgt, als wenn er es gewusst hätte. Jeder Pfeil wurde sorgsam mit feinem Seidenpapier umwickelt und anschliessend in eine stabile Kartonröhre gesteckt. Die Röhren wiederum legten sie in eine passende Schachtel. Dazu bekam Roth noch Kopien aller Untersuchungsberichte, fein säuberlich zusammengestellt und in Ordnern abgeheftet.

Die Akten waren in der Zwischenzeit sehr umfangreich geworden und so standen nun sechs prall gefüllte Ordner auf dem Tisch.

Roth staunte. „Dafür, dass ihr noch nichts Brauchbares gefunden habt, ist das doch eine Menge Papier."

„Ist schon richtig, wir haben noch nichts Brauchbares in der Hand. Aber vielleicht steckt in all diesen Akten die Antwort und wir haben sie bis heute einfach nur übersehen."

„Das kann ich mir nicht vorstellen", sagte Roth und starrte auf die Ordner. „Hoffentlich passt das alles in mein kleines Auto. Wenn noch mehr kommt, muss ich einen Lastwagen organisieren."

„Mehr haben wir nicht", erklärte Walther, „und sie müssen nicht alles durchlesen. Vor jeder Akte gibt es eine kurze Zusammenfassung. Wenn sie es genauer wollen, müssen sie den Rest lesen." Die Ordner verstauten sie in einer Bananenschachtel. „Wenn sie mir sagen, bis wann sie die ersten Ergebnisse liefern können, helfe ich ihnen beim runtertragen."

„Wenn das so ist, dann kann ich versuchen ihnen in zwei Tagen die ersten Resultate zu liefern, soviel Zeit müssen sie mir schon geben." Walther hob beschwörend die Hände.

„Das ist schneller als ich erhofft habe. Die Ergebnisse werden uns bestimmt weiterhelfen, da bin ich zuversichtlich." Walter wickelte eine Schnur um die Schachtel mit den Pfeilen und verknotete sie.

Dann drehte er sich zu Roth um. „Ich glaube jetzt brauchen wir alle ein Erfolgserlebnis, sonst hilft uns nur noch ein Wunder."

„Das sehe ich auch so, ich hätte nie gedacht dass dieser Fall so kompliziert und verwirrend ist."

Gemeinsam schleppten sie die Schachteln aus dem Büro. Diesmal benutzten sie den Aufzug. Schnell waren die Schachtel mit den Pfeilen auf der Rückbank und die Ordner im Kofferraum verstaut.

"Kann ich sie überreden zum Essen zu bleiben?"

„Das werden wir wohl verschieben müssen. Ein Kollege ist erkrankt und hat mich gebeten seine Vorlesungen von heute Nachmittag zu übernehmen. Deswegen sollte mich auf den Weg machen. Und anschliessend will ich mit den Tests beginnen."

„Schade, dann eben das nächste Mal. Ich werde es meiner Frau schonend beibringen."

„Das nächste Mal besuche ich sie, das ist hiermit versprochen."

„Wird wohl wenig nützen", grinste Walther. „Dann bis zum nächsten Mal, gute Heimfahrt."

„Bis zum nächsten Mal." Ein Handschlag, Roth stieg ein und fuhr los. Walther schaute ihm hinterher. Er hatte das Gefühl, da geht Einer den ich schon lange kenne. Dann kehrte er in sein Büro zurück. Noch immer war Birrhausen wie ausgestorben.

Roth fuhr auf direktem Weg zur Universität. Den blauen Himmel, die strahlende Sonne, die wunderbar milde Luft, das alles nahm er nicht wahr. Zu sehr beschäftigte ihn das Erlebte. Er hatte geahnt, dass etwas Aussergewöhnliches auf ihn warten würde. Das wusste er seit Walther angerufen hatte. Er hatte auch gewusst, dass er nicht ablehnen konnte, nein sagen, das hatte er noch nie gekonnt. Dass es aber so extrem kompliziert und aufwühlend werden könnte, hatte er nicht erwartet. Und jetzt hing er da mit drin und es gab für ihn kein Zurück mehr. Nun ging es bis zum Ende, wie bei Walther.

***

„Schade, dass er schon wieder zurück musste, ich hätte ihn gerne wieder einmal gesehen. Sag mal, wie findest du ihn?" Sie schaute nicht hoch, las weiter in der Zeitung und versuchte die Frage beiläufig und belanglos klingen zu lassen. Walther lächelte in sich hinein, er wusste, dass sie von Roth sehr angetan war.

Seit sie seine Vorlesungen in Geschichte besucht hatte, war sie von ihm begeistert. Und so sagte er, ebenfalls beiläufig:

„Er ist ein äusserst sympathischer Mann und ich kann es durchaus verstehen, wenn besonders reifere Frauen auf ihn stehen."

„Du bist ein Idiot", sagte sie mitgespielt ernster Miene. Sie legte die Zeitung beiseite, erhob sich graziös und baute sich vor ihm auf. Dann stützte sie die Hände in die Hüften, warf den Kopf zurück und schaute missbilligend auf ihn nieder. „Bist du etwa eifersüchtig?"

Abwehrend hob er die Hände. „Ich und eifersüchtig? Nie im Leben. Ich weiss nicht mal wie man das schreibt."

Sei griff nach seinen Händen und drückte sie sanft nach unten. Dann küsste sie ihn auf die Stirn, setzte sich neben ihn und schmiegte sich an seine Schulter.

„Ich glaube ich behalte dich." Er legte seinen Arm um sie und zog sie näher zu sich.

„Ich gebe dich auch nicht mehr her."

„Warum ist Roth eigentlich nach Birrhausen gekommen?"

„Weil ich ihn darum gebeten habe."

„Wegen der Morde? Wie kann er denn helfen?"

„Er kann uns vielleicht etwas über die Pfeile sagen."

„Hoffentlich ist es bald vorbei", flüsterte sie leise. Schweigend hielten sie sich fest als wollten sie sich nie mehr loslassen.

Andrea Walther hatte sehr viel Verständnis für den Mann den sie so sehr liebte. Sie wusste, wann er seine Ruhe brauchte und wann er reden wollte.

Jetzt war die Zeit der Ruhe, das Zuhause der Ort, wo er Halt und Geborgenheit finden, ein paar Augenblicke seinem Job entfliehen konnte.

***

Angst und angespannte Ruhe herrschten in Birrhausen. Die Atmosphäre in der einst so lebhaften und malerischen Kleinstadt begann sich weiter zu verändern. War es zu Beginn nur Furcht, keimte nun überall Misstrauen auf. Nachbarn, Bekannte, Arbeitskollegen, Menschen die sich ein Leben lang kannten, misstrauten nun einander. Jeder sah nur noch das Schlechte in den Mitmenschen und argwöhnisch wurde jede Bewegung der Anderen mit Argusaugen beobachtet. Könnte der nicht der Mörder sein? Es heisst, der schlägt auch Frau und Kinder. Oder doch der Andere? Er soll alle Tiere hassen, auf Vögel schiessen und sogar Katzen ertränken. Und der von Gegenüber, hat der nicht alles getan um seine arme Mutter ins Grab zu bringen? Solche sind doch zu allem fähig. Wie ist eigentlich der im dritten Stock so schnell zu Geld gekommen? Ging da alles mit rechten Dingen zu? Und überhaupt, diesen Ausländern traue ich alles zu. Nicht mal unsere Sprache wollen sie lernen aber dann behaupten wir würden sie diskriminieren.

Die Spannung wuchs und bald machten die ersten Gerüchte und Anschuldigungen die Runde, gingen unter dem Siegel der Verschwiegenheit von Mund zu Mund, von Haus zu Haus, brannten sich in die Köpfe der Menschen ein, wurden immer lauter und alsbald als Tatsache, als Wahrheit angesehen.

Der Mann war zufällig nach Birrhausen gekommen. Hätte er geahnt was ihn erwartet, er hätte einen riesengrossen Bogen um den Ort gemacht. Selten lass er Zeitungen.

Meist dienten sie ihm als Decke in kalten Nächten, wenn er auf einer Parkbank oder in einer Toreinfahrt schlief. Er war ein Nichtsesshafter, ein Obdachloser, ein Penner. Und er war das ideale Opfer.

Im Nachhinein liess sich nicht mehr feststellen, wer den ersten Schritt getan hatte. Erst wurde er mit Worten attackiert, dann seiner wenigen Habe beraubt, dann angerempelt und gestossen und dann folgten die ersten Schläge, begleitet von wüsten Beschimpfungen. Auch als er schon am Boden lag wurde er weiter malträtiert, mit Fusstritten traktiert. Der Lärm lockte die Anwohner aus den Häusern. Vergessen waren die Sorgen um die eigene Sicherheit, die Furcht, bot sich doch endlich die Gelegenheit den Frust und die eigene Ohnmacht an dem Täter auszulassen. Eine Polizeistreife konnte gerade noch verhindern, dass der arme Mann totgeschlagen oder gelyncht wurde. Um ihn vor der rasenden Meute zu retten nahmen sie ihn in Schutzhaft. Auf dem Polizeiposten wurde er notdürftig verarztet und anschliessend mit einem unauffälligen Privatwagen ins Krankenhaus gefahren, wo er von Von Au schon erwartet wurde.

Die Beteiligten würden eine Anklage wegen Körperverletzung gewärtigen und für die Behandlungskosten aufkommen müssen. Nicht auszudenken wenn der Mann gestorben wäre.

***

Walther stand am Fenster seines Büros und schaute auf die Strasse hinunter. Sein sorgenvoller Blick und seine zerfurchte Stirn liessen ihn älter erscheinen. Jetzt noch Vollmond und Föhn, dann drehen die Ersten endgültig durch. Er verstand die Angst der Menschen, begriff dass sie in Panik gerieten, nicht aber der Ausbruch sinnloser Gewalt der immer nur Unschuldige traf. So werden aus Opfern Täter.

Viele Einwohner hatten dem Ort den Rücken gekehrt und der neue Anlass liess weitere wegziehen. Sie wollten nicht Opfer des Mörders oder des Mobs werden.

„Hoffentlich hören wir bald von Roth", sagte Walther und drehte sich um. Hartmann sass in seinem bordeauxfarbenen Sessel.

„Ja, hoffentlich, und hoffentlich ist etwas Brauchbares dabei. Wer weiss was noch alles passiert, wenn wir den Mörder nicht endlich erwischen."

Die Gewaltbereitschaft nahm weiter zu. Einige Hitzköpfe beschlossen nicht länger zu warten und den Schutz der Leute nicht mehr einer unfähigen Polizei zu überlassen.

„Wir werden das jetzt in die eigenen Hände nehmen", riefen sie und gründeten die Bürgerwehr von Birrhausen. Noch war der Zulauf bescheiden und nur ein paar Wirrköpfe waren bereit mitzumachen. Dies könnte sich aber schlagartig ändern, sollte noch ein Opfer zu beklagen sein. Die Bürgerwehr von Birrhausen begann sich mit Jagdgewehren und Pistolen auszurüsten. Jemand organisierte schusssichere Westen. Nun würden sie es dem Mörder zeigen.

***

Wie schon so oft hatte es ihn gepackt und nicht mehr losgelassen. Wie so oft hatte er sich darin verbissen, wie eine Bulldogge. Die ganze Nacht arbeitete Roth auf Hochtouren. Die Apparate und Rechner standen keine Sekunde still. Stück für Stück trug er die Ergebnisse zusammen, notierte sie mit Kreide auf der grossen Wandtafel, wischte sie wieder weg, ersetzte sie durch Neue.

Das Klischee des weltvergessenen, nur auf seine Arbeit fixierten Professors, jetzt traf es zu. Die Stunden zerrannen, ohne dass er es bemerkte. Es wurde Nacht, es wurde Tag, er merkte es nicht.

Seine Arbeit nahm ihn so gefangen, dass er die Welt um sich herum vergass. Mittlerweile war es Nachmittag geworden. Die Zahlen begannen vor seinen geröteten und übermüdeten Augen zu tanzen, die Bilder im Mikroskop flimmerten und endlich, endlich schaute er auf.

Tag? Sonnenschein? Wie spät ist es? Er schaute auf seine Uhr. Die Zeiger standen auf halb drei. Nun wusste er, warum er ein flaues Gefühl im Magen verspürte. Seit Freitagmorgen war er auf den Beinen und ausser Kaffee und Mineralwasser hatte er nichts zu sich genommen. Das trockene Käsesandwich aus dem Automaten zählte nun wirklich nicht. Er hätte jetzt etwas essen und ein paar Stunden schlafen müssen.

Doch erst wollte er die Ergebnisse seiner bisherigen Untersuchungen präziser festhalten, genauer formulieren. Und zudem wartete Walther auf erste Informationen.

Er packte seinen Laptop, ging hinüber zum Schreibtisch und begann mit letzter Konzentration seinen ersten Bericht zu schreiben.

Die Pfeilspitzen, scharf wie ein Skalpell. Der Schliff so perfekt, dass die Spuren des Schleifens erst unter dem Elektronenmikroskop sichtbar wurden. Der Pfeilschaft aus dunklem, fast schwarzem Holz. Zäh und biegsam. Die feine Maserung verläuft absolut parallel mit der Längsrichtung. Der Schaft ist so vollkommen gerade, dass sich die Abweichungen nur im Hundertstelmillimeterbereich bewegen. Der Name und die Herkunft dieses Holzes ist mir nicht bekannt. Muss hierzu einen Botaniker fragen.

„Einen Botaniker fragen? Heute ist Samstag und da geht hier nichts mehr." Er war überrascht wie laut seine Stimme durch das Labor hallte. Auch wenn Samstag war, er würde trotzdem versuchen seinen Kollegen zu erreichen.

Die Federn am Ende des Schaftes, schwarz glänzend, stammten von einem Raben. Ein Teil der Schwanzfedern. Pfeilspitze und Federn waren nicht wie üblich am Schaft festgebunden oder mit dem Schaft verleimt, sondern in eine perfekt geschnittene Nut eingelassen und mit Harz ausgegossen.

Das Harz stammte von einer nordeuropäischen Kiefer, die nahe dem Polarkreis wächst. Er hatte lange gebraucht bis er die Herkunft dieses Harzes herausgefunden hatte. Aus vier verschiedenen Materialien waren die Pfeile gefertigt und drei davon kannte er. Nur das Holz gab ihm noch Rätsel auf. Noch nie hatte er solche Pfeile gesehen, sie waren ihm gänzlich unbekannt.

Dabei hatte er geglaubt, dass ihm keine Herstellungsart fremd sei und bisher konnte er auch alle Pfeile den jeweiligen Epochen und Kulturkreisen zuordnen, wusste von welchem Volk sie verwendet wurden.

Er braute sich eine neue Kanne Kaffee und bestellte sich eine Pizza. Essen und Trinken, das ging, schlafen konnte er später immer noch.

Erneut untersuchte er die Pfeile. Da alle identisch aussahen, wollte er feststellen, ob sich unter dem Mikroskop, mit Infrarotlicht, Unterschiede zeigen würden. Ergebnis: die Pfeile waren nicht identisch, auch wenn sie so aussahen.

Knapp hinter der Spitze zeigten sich die ersten Unterschiede.

Jeweils eine bis vier kleinste Kerben, waren in den Schaft geschnitten und auch die Sehnenauflage am Ende zeigte minimale, von blossem Augen nicht erkennbare, Unterschiede. Die Einkerbungen waren verschieden. Dreimal drei und einmal vier gleiche Pfeile. Roth las die Worte laut.

„Nein, das ist falsch, das muss anders lauten." Wieder staunte er über seine laute Stimme. „Vier verschieden markierte Pfeile, so muss es heissen." Er stutzte. Vier verschiedene Pfeile? Vier verschiedene Waffen? Vier verschiedene Mörder? In Gedanken spann Roth den Faden zurück. Leises Unbehagen beschlich ihn.

Walther ging von einem Täter aus, der möglicherweise einen Komplizen hatte. Ein Täter, weil alle Opfer auf die gleiche Art und Weise erschossen wurden und weil alle Pfeile gleich aussahen. Aber es waren vier verschiedene Pfeile. Zufall? Ein Täter, eine Waffe, verschiedene Pfeile. Vier Täter, vier Waffen, vier verschiedene Pfeile. Im Moment konnte es noch beides sein. Er wollte an Ersteres glauben.

„Moment, Roth, ganz langsam. Wie war das noch? Dreimal drei Pfeile und einmal vier Pfeile."

Seine Gedanken rasten. War das möglich? Oder ein Hirngespinst? „Egal ob ein oder mehrere Mörder, wenn es vier mal vier Pfeile sind" er schluckte schwer, „dann fehlen noch drei." Kalt lief es ihm den Rücken hinab und dann sprach er es laut aus.

„Dann fehlen noch drei Tote."

Eilig druckte er seinen Bericht aus und schickte ihn per Fax an Walther. Auch seine letzten Vermutungen waren dabei. Wie Walther wohl reagieren würde? Er ahnte Schlimmes.

Wieder verspürte er Hunger und ein grosser Bedürfnis nach Schlaf. Aber er war noch lange nicht am Ende seiner Untersuchungen.

In der grossen Bibliothek holte er sich die einschlägige Fachliteratur und auch seine eigenen Unterlagen, die sich im Laufe der Zeit angesammelt hatten, wollten durchforstet werden. Es liess ihm keine Ruhe, er wollte, nein, er musste herausfinden, woher diese Pfeile kamen. Er wollte wissen in welcher Epoche, in welcher Kultur solche, oder allenfalls ähnliche Pfeile, hergestellt und verwendet wurden.

Er hatte nicht die leiseste Ahnung. Es erging ihm jetzt wie Walther, viele Anhaltspunkte aber keine konkrete Spur.

Wieder meldete sich sein Körper und verlangte nach seinem Recht.

So beschloss er etwas zu Essen und sich in seinem Büro auf der alten Liege ein paar Stunden aufs Ohr zu legen, nachdem er sie erst einmal von den unzähligen Büchern geräumt hatte. Nach einer kurzen Pause würde er weitermachen und bestimmt etwas finden. Davon war er überzeugt. Noch.

***

Nach dem Bogenschiessen hatte Walther die intensive Suche nach dem Hersteller der schwarzen Pfeile angeordnet. Alle Händler und Verkäufer, alle Hersteller und Importeure, selbst Waffensammler und Museen mussten ihre Bestände offen legen, ihre Sammlungen kontrollieren lassen. Wer nicht kooperieren wollte, dem wurde eine richterliche Verfügung oder ein Durchsuchungsbefehl unter die Nase gehalten. Walther setzte die ganze Macht des Staatsapparates ein, schöpfte alle legalen Mittel aus um sein Ziel zu erreichen. Manchmal auch hart an der Grenze der Legalität. Erstaunlicherweise erhielt er Unterstützung von allen Behörden die er um Hilfe bat. Wahrscheinlich wollte sich niemand nachsagen lassen, eine Mitschuld an den Morden zu tragen, nur weil er die Zusammenarbeit verweigert hatte.

Auch wenn er die ganze Schweiz auf den Kopf gestellt hätte, das Ergebnis wäre das Gleiche geblieben.

Dies wurde Walther klar, als er den Fax von Roth gelesen hatte. Er würde die Suche auf ganz Europa ausdehnen müssen. Vielleicht auch auf die ganze Welt.

Diese Suche würde sich endlos hinziehen, sehr viel Zeit in Anspruch nehmen, Zeit die er nicht hatte. Er musste einen anderen Weg finden um den Mörder zu fassen. Er wusste nur noch nicht welchen.

Wie war sie noch gewesen, die Schlussfolgerung von Roth?

Der Mörder? Die Mörder? Er wusste es nicht.

Dann die Zahl der Pfeile. Vier mal vier?

Roths Gedanken machten ihm Kopfzerbrechen. Wenn Roth wirklich recht hatte? Was konnte er tun? Wo sollte er suchen?

Und wie lange würde er die Kameras im Betrieb halten können, bis der Stadtrat darauf reagierte? Würden sie ihn rausschmeissen?

Und wenn der Täter einfach zuwartete bis die Kameras wieder abgebaut wurden? Er konnte nicht warten, er musste ihn finden, den Mörder, - oder die Mörder.

***

Der Postbeamte Fritz Holbein war auf dem Weg zur Arbeit. Die Uhr zeigte auf fünf in der Früh. In einer halben Stunde begann seine Frühschicht. Die Sonne färbte den Horizont in ein intensives rot und feine Schleierwolken zogen vorbei wie zart gesponnene Zuckerwatte. Die Vögel sangen schon lange ihre Lieder und Holbein genoss es so früh durch den anbrechenden Tag zu radeln. Seit vielen Jahren bewohnte er mit seiner Familie eines der wenigen Häuser die damals ausserhalb des Städtchens erbaut wurden. Seines lag nahe am Waldrand und ein Paradies für seine Kinder.

Die Fahrt zur Arbeit war eine der wenigen Gelegenheiten, während des Tages an der frischen Luft zu sein. Ansonsten sass er hinter seinem Schreibtisch, oder war mit dem Sortieren der Post beschäftigt. Bei fast jedem Wetter fuhr er mit dem Rad. Ob es nun warm oder kalt war, Sommer oder Winter, trocken oder nass.

Nur bei extremen Wetterkapriolen wie Schneetreiben, Eisregen, Hagel, Sturmböen oder sintflutartigen Regenfällen, nahm er den Wagen aus der Garage.

Die meisten Menschen blieben in dieser gefährlichen Zeit in ihren Häusern und Wohnungen.

Nur in geschlossenen Räumen fühlten sie sich sicher. Mussten sie dennoch nach draussen, benutzen sie das Auto um geschützt zu sein.

All dies schien Holbein nicht zu kümmern. Es war, als seien die Schreckensnachrichten gar nie bis zu ihm durchgedrungen, als hätte er gar nicht mitbekommen, was in Birrhausen geschah. Es war fast so, als lebte er in einer anderen Welt.

Doch er wusste von den Morden und einige der Opfer hatte er gekannt, hatte sie hin und wieder am Postschalter bedient.

Doch Holbein hatte seine ganz eigene Sichtweise und diese musste er seiner Familie gegenüber immer wieder aufs Neue vertreten.

Was hatten seine Frau und seine Kinder ihn schon angefleht er möge doch mit dem Auto zur Arbeit fahren, solange der Mörder nicht gefasst worden sei. Doch er lehnte dies kategorisch ab und beharrte auf seinem Standpunkt.

„Ich habe niemandem etwas zu Leide getan und habe deshalb keine Feinde. Also muss ich auch niemanden fürchten. Das müssen nur die, welche ein schlechtes Gewissen haben." War dies nun Überheblichkeit? Oder Sturheit? Oder gar Dummheit? Sein Weg führte ihn wie immer dem Waldrand entlang.

Der Schlag gegen seinen Rücken war hart. Und dann war da plötzlich dieser Schmerz, stechend, als würde sich ein glühendes Eisen in ihn hinein bohren. Der Schmerz nahm ihm fast den Atem. Ein Feuerball explodierte in seinem Kopf und dann begann sich die Welt um ihn herum zu drehen und er fiel. Er fiel und fiel, immer tiefer fiel er, fiel in ein tiefes, schwarzes Loch. Der Sturz vom Rad, der heftige Aufprall auf dem harten Boden, das bekam er nicht mehr mit.

***

„Schon wieder einer." Hartmann stürmte in Walthers Büro. „Draussen am Waldrand, vor wenigen Minuten – und jetzt halt dich fest, der Kerl lebt noch und Von Au meint er hätte gute Chancen durchzukommen. Was sagst du nun?" Walther starrte Hartmann mit grossen Augen an.

„Ehrlich? Kein Scherz?"

„Nein, kein Scherz, mit so was würde ich nie scherzen." Er liess sich auf den Stuhl vor Walthers Schreibtisch sinken. „Diesmal ist das Glück auf unserer Seite, endlich." Noch immer starrte Walther auf seinen Freund. Er konnte es nicht glauben. Das musste er zuerst verdauen. Plötzlich sprang er auf. Er riss seine Jacke von der Lehne und der bordeauxfarbene Sessel kippte nach hinter und knallte auf den Boden. Es kümmerte ihn nicht.

„Wenn mich jemand sucht, ich bin im Krankenhaus." Bevor Hartmann reagieren konnte, war sein Chef schon zur Tür hinaus.

Hartmann schüttelte den Kopf. Manchmal war Walther einfach zu impulsiv. Erst würde Holbein operiert werden und dann konnte es noch Stunden dauern bis er aus der Narkose erwachte. Walther würde lang warten und viel Geduld aufbringen müssen. Im Geiste sah er ihn schon stundenlang durch die Flure des Spital tigern und das unschuldige Personal nerven. Hartmann grinste vor sich hin.

***

Es war ein Wunder, dass Holbein überlebte. Ein kleines Metallstück an seinem Rucksack vermochte den Pfeil so abzulenken, dass er sich knapp vorbei an Wirbelsäule und Herz in seinen Körper bohrte. Der linke Lungenflügel wurde verletzt, doch da er schnell gefunden und sofort operiert wurde, konnte sich nur ein kleiner Teil seiner Lunge mit Blut füllen. Sonst wäre er wahrscheinlich in seinem eigenen Blut erstickt.

Er hatte wirklich riesiges Glück gehabt. Sein Leben verdankte er einem kleinen und unscheinbaren Stück Metall. Manchmal ist der Grat zwischen Leben und Tod nur Millimeter breit.

Langsam erwachte er aus der Narkose und wusste erst nicht, wo er war. Allmählich sah er klarer. Er lag in einem Bett und seine Familie war bei ihm.

„Wo bin ich?"

„Du bist im Krankenhaus." Er spürte wie seine Hand gedrückt wurde und ganz langsam kehrte die Erinnerung zurück. Erst waren es nur Bruchstücke. Seine Familie, sein Zuhause.

Nach und nach fügte sich das Bild zusammen. Die Fahrt, der Schmerz, das schwarze Loch, alles kam wieder. Und jetzt lag er hier. Warum? Geduldig erzählte ihm seine Frau was geschehen war. Er brauchte eine ganze Weile bis er alles verstanden, alles begriffen hatte.

Seiner Familie war die unendliche Erleichterung anzusehen. Er hatte überlebt, und nur das zählte.

„Du musst mir versprechen nie mehr mit dem Rad zur Arbeit zu fahren"

„Ich verspreche es."

„Und du musst versprechen ,dass du in Zukunft mehr auf uns hörst." Auch das versprach Holbein. So ging es eine ganze Weile hin und her. Familien haben sich mitunter unendlich viel zu erzählen.

Während dieser ganzen Zeit stand einer im Hintergrund, lehnte an der Wand und schaute gelangweilt zum Fenster hinaus. Der Mann rührte sich nicht und keiner beachtete ihn. Die Besuchszeit ging dem Ende zu und die Familie verabschiedete sich. Erst jetzt bemerkte Holbein dass noch jemand im Zimmer war. Der Mann an der Wand schaute zu ihm herüber. Als hätte er nur auf ein Signal gewartet, löste er sich von der Wand und kam mit wenigen Schritten an sein Bett.

„Tag Herr Holbein, Walther, Kriminalpolizei, ich habe ein paar Fragen an sie."

Er angelte mit dem Fuss nach einem Stuhl, zog diesen neben das Bett und setze sich, ohne eine Reaktion des Patienten abzuwarten. Dann zog er Notizblock und Kugelschreiber aus seiner Jackentasche, schlug sein rechtes Bein über das Linke, räusperte sich laut und schaute dann Holbein direkt ins Gesicht.

„An was können sie sich erinnern? Was können sie mir sagen?" Holbein konnte nicht aufbegehren, er glaubte auch, dass der Mann an seinem Bett dies nicht einmal zur Kenntnis genommen hätte. Und so begann er zu erzählen und Walther machte sich seine Notizen.

„Ich verstehe das also richtig", meinte Walther, „sie haben niemanden gesehen und auch nichts Aussergewöhnliches bemerkt?"

„Nein, nichts, ehrlich. Es fällt mir sehr schwer mich an das alles zu erinnern. Es ist alles noch so verschwommen."

Enttäuscht klappte Walther den Notizblock zu und steckte ihn zurück in die Jacke. Ein mageres Ergebnis. Aber eigentlich war er selbst schuld, hatte nichts anderes erwarten dürfen. Er wusste doch wie die Leute nach einer Narkose reagierten, dass die Erinnerung erst allmählich wieder zurückkehrte. Er stand auf und stellte den Stuhl an seinen Platz zurück. Dann wandte er sich noch einmal an Holbein.

„Sollte ihnen noch etwas einfallen, auch wenn es noch so unbedeutend scheint, lassen sie es mich wissen, es könnte wichtig sein. Jetzt ruhen sie sich erstmal aus, ich werde morgen wiederkommen. Erholen sie sich." Walther war schon an der Tür als er von Holbein zurückgerufen wurde.

„Mir ist noch etwas in den Sinn gekommen, Herr – ich weiss den Namen nicht mehr." Die letzten Worte klangen bedrückt. Walther kam zurück und schaute ihn fragend an.

„Also, das war so, als ich den Wald entlang fuhr kam Nebel zwischen den Bäumen hervor. Als ich durch den Nebel hindurch fuhr merkte ich, dass es kein Nebel, sondern Rauch war, wie von einem Feuer."

„Rauch?"

„Ja, Rauch, ganz deutlich. Kann das wichtig sein?" Holbein wollte helfen.

„Das kann wichtig sein, wir werden der Sache sofort nachgehen. Vielen Dank für die Information, und gute Besserung."

Menschen die nahe am Wald wohnten schlossen die Fensterläden und zogen die schweren Vorhänge zu. Was sollten sie sonst tun? Die Angst war allgegenwärtig und wuchs noch immer.

***

„Was bringen die besten Kameras, die beste Überwachung, wenn die Taten ausserhalb der Stadtmauern geschehen?" Reimann sass vor den Monitoren und betrachtete die leeren Gassen.

***

Roth las in der neuesten Publikation des schweizerischen National-museum einen Artikel, der über die umfangreiche Waffensammlung berichtete, als ihm ein neuer Gedanke durch den Kopf ging. Bisher hatte er ausschliesslich nach dem Ursprung, dem Hersteller der Pfeile gesucht und war dabei zu keinem Ergebnis gekommen. Er musste sich eingestehen, dass er bis heute noch nichts Brauchbares gefunden hatte. Noch nie war ihm der Gedanke gekommen, nach einem möglichen Motiv zu fragen. Die Polizei hatte bisher gute Arbeit geleistet, das hatte er den Akten entnommen. Alle möglichen Konstellationen hatte sie überprüft, die wildesten und unwahrscheinlichsten Annahmen getroffen und daraus ihre Schlüsse gezogen. Alle Opfer und ihre Umgebung waren genauestens unter die Lupe genommen worden. Die Polizei hatte das gesamte Leben der Toten lückenlos rekonstruiert. Und bisher nichts gefunden.

Warum sollte er es nicht einmal selbst versuchen? Bevor er sich und Walther eingestehen musste, dass er versagt hatte? Vielleicht würde er, von seiner Warte aus, auch die Fragen anders stellen? Es kam auf einen Versuch an. Leise Hoffnung regte sich in ihm und er legte das Heft beiseite. Ein Blatt Papier war schnell geangelt und ein Kugelschreiber lag schon bereit.

So begann er seine Fragen aufzuschreiben.

Wem nützen die Morde

Wer profitiert davon

Wer profitiert finanziell davon

Wer unmittelbar

Wer langfristig

Gibt es Verbindungen zwischen den Opfern die länger

zurück liegen

Wie weit muss man dabei zurückgehen

Sind es Fehden zwischen Volksgruppen

Sind es Fehden zwischen Familien

Haben die Opfer gemeinsame Vorfahren

Soll eine Erblinie ausgelöscht werden

Warum geschehen die Morde in Birrhausen

Was ist anders in Birrhausen

Was ist speziell an Birrhausen

Ein unbestimmtes Gefühl sagte ihm, dass in einer dieser Fragen die Antwort verborgen war. Nur in welcher? Das heraus zu finden konnte doch nicht so schwer sein. Gemeinsam mit Walther, mit Hartmann, mit der ganzen Crew würde er es schaffen. Schaffen müssen. Doch zuerst musste er für seine Vorlesungen eine Vertretung organisieren, dann Walther anrufen und schliesslich eine Unterkunft suchen. Er würde so lange in Birrhausen bleiben bis die Morde aufgeklärt waren.

***

Walther hatte ein Grossaufgebot organisiert. Eine halbe Stunde nach dem Gespräch mit Holbein standen zwanzig Beamte und zahlreiche Suchhunde bereit und in einer breiten Kette durchkämmten sie das Waldstück an dem Holbein entlang gefahren war. Bald stiessen die Polizisten in einer Waldichtung auf die Überreste eines Feuers. Ganz unten war die Asche noch warm, lange konnte das Feuer nicht erloschen sein. Die Polizisten hatten die Order bei verdächtigen Funden sofort die Spurensicherung anzufordern.

Der zuständige Gruppenführer tat dies auch und kurz darauf rückten die Spezialisten an.

Ob aus Gedankenlosigkeit oder Übereifer, es liess sich im Nachhinein nicht mehr feststellen. Tobler und seine Leute mussten unverrichteter Dinge wieder abziehen. Auf der Waldlichtung war alles bis zum letzten Grashalm niedergetreten.

Am Ende der Suchaktion waren alle Beamten hier zusammengekommen und deshalb von Fremden Spuren nichts mehr zu finden.

„Welcher Vollidiot war das, den Kerl bring ich um." Walther tobte und wäre der Verantwortliche greifbar gewesen, es hätte niemanden erstaunt wenn er ihn erwürgt hätte. Walther war stinksauer. Er, der sonst die Ruhe in Person war. Er, der stets überlegt und besonnen handelte. Seine Nerven lagen blank. Es war das verzweifelte Klammern an einen Strohhalm weil er nicht mehr weiter wusste. Die Ohnmacht über seine Machtlosigkeit, der Frust vom Mörder vorgeführt zu werden. Seine Frustration verwandelte sich deshalb in Wut. Alle gingen sie ihm aus dem Weg und selbst Hartmann begann seine Worte auf die Goldwaage zu legen.

„Hoffentlich findet Roth etwas, sonst sind wir am Ende." Tobler und Reimann stimmten Hartmann zu. Sie hatten sich ins Labor zurückgezogen und hofften, dass Walther sich wieder beruhigen würde.

***

Zeitungen und Fernsehen hielten ihn auf dem Laufenden, dokumentierten die Arbeit seiner Spezialisten. Er hatte sie entsprechend ihrer Talente und Ausbildung ausgewählt, sie genauestens instruiert und mit den notwendigen technischen Hilfsmitteln ausgestattet. Er kannte das Metier sehr genau und hatte im Laufe der Jahre selber genug Erfahrung sammeln können. Als Ölsucher, als Waffenhändler, als Söldner und Abenteurer, früher, in einem anderen Leben. Heute hiess er Michael Schneider und war alleiniger Inhaber von Schneider Consulting.

***

Dreizehnuhr. Sie hatten sich im Konferenzzimmer eingefunden. Der Polizeipräsident, Kriminalbeamte aus der Hauptstadt, uniformierte Beamte angeführt von Müller, Reimann und Tobler aus dem Labor, dazu Pia Seiler als Pressesprecherin und, auf speziellen Wunsch von Walther, auch Sarah Reimann, deren Intuition er sehr schätzte. Hartmann hatte auch die Aspiranten mitgebracht. Er hatte das unbestimmte Gefühl gehabt, dass sie dabei sein müssten. Die Einsatzzentrale war mit zwei Mann besetzt und vier Beamte fuhren Streife. Ansonsten waren alle anwesend.

„Ich möchte um Ruhe bitten", sagte Müller und wartete bis sich das Stimmengewirr gelegt hatte. „Das Wort hat der Polizeipräsident." Dieser erhob sich langsam, schaute in die Runde und räusperte sich hörbar.

„Meine Damen und Herren, die Lage war noch nie so ernst." Zustimmung heischend blickte er umher. „Wie sie alle wissen, gibt es zu den heimtückischen und verabscheuungswürdigen Taten noch keine gesicherten Daten. Hier herrscht ein geradezu gigantisches Defizit. Noch immer ist die Kriminalpolizei auf der Suche nach konkreten Hinweisen.

Ich bin aber davon überzeugt, dass sie Alle, wenn diese Konferenz vorbei ist, ein bedeutendes Stück weiter gekommen sind und es danach nur noch eine Frage von Stunden sein kann, bis der Täter gefasst ist." Hartmann hätte ihn erwürgen können.

„Meine Damen und Herren, ich zähle auf sie, auf ihr Wissen, ihr Können und ihre Erfahrung und ich bin überzeugt, dass sie keinen Aufwand scheuen werden um dieses Ziel zu erreichen."

Seine Stimme liess keinen Zweifel daran aufkommen, dass er nun endlich Resultate erwartete. Dass die Beamten dafür auch Tag und Nacht zu arbeiten hatten und er nur ein positives Ergebnis akzeptieren würde.

„Sie alle kennen Herr Walther, den Chef der Kriminalpolizei."

Er wird als Verantwortlicher diese Konferenz leiten und ich erwarte von ihnen Allen, dass sie ihn dabei tatkräftig unterstützen werden, dass sie ihr Bestes geben."

Er wandte sich mit arrogantem Gesichtsausdruck um. „Bitte, Herr Walther." Dann setzte sich wieder und ordnete die vor ihm liegenden Papiere. Es würde nur eine Frage der Zeit sein, bis er sich, unter einem fadenscheinigen Vorwand, aus dem Konferenzraum stehlen würde.

„Dann lassen sie uns die Karten auf den Tisch legen und sagen was Sache ist." Walther trat vor einen übergrossen Stadtplan, den er mit Hartmann zusammen an die Wand gehängt hatte.

„Wir haben mit verschiedenen Farben die Tatorte markiert. Die kleinen Fähnchen geben die Uhrzeit an. Für die Zeit von Mitternacht bis sechs Uhr früh stehen die blauen Fähnchen. Die Grünen für die Zeit von sechs bis zwölf, die Gelben für die Zeit von zwölf bis achtzehn Uhr und die Orangen für die Zeit bis Mitternacht. Die roten Linien markieren die mutmassliche Schussrichtung des Mörders. Die Tatorte sind chronologisch nummeriert und entsprechen auch den Nummern in ihren Unterlagen." Walther setzte sich wieder an den Tisch und fuhr fort.

„Sie haben alle eine Kopie der Untersuchungsberichte erhalten und die Akten in den letzten Tagen studieren können."

Er schaute sich um, niemand wollte etwas sagen. „Dann können wir mit dem Wesentlichen beginnen." Er warf nochmals einen Blick auf den Stadtplan. Mit seinen vielen, bunten Farben sah er aus wie ein Flickenteppich.

Die Fähnchen schienen wahllos darauf verteilt und aus den Nummern und den Zeitangaben liessen sich keine Zusammenhänge ableiten. Walther drehte sich zurück und schaute wieder auf seine Leute.

„Wir haben anhand der Unterlagen jeden einzelnen Fall noch einmal durch zu arbeiten. Ich weiss, dass das eine mühsame Angelegenheit ist, vor allem für Jene die dies zum x-ten Mal machen." Er schaute auf Hartmann und dieser verdrehte demonstrativ seine Augen.

„Trotzdem, ich fordere sie auf ihr Bestes zu geben. Ich will, dass sie ihre Theorien, ihre Gedanken frei äussern.

Jede Idee und sei sie noch so abwegig, scheinbar unsinnig, kann einen Anstoss bieten für weitere Gedanken, einen Anstoss für eine andere Denkweise, für eine Idee, für eine Lösung. Aber auch ihre Kritik will ich hören, denn für Rücksichtnahme haben wir keine Zeit mehr, schliesslich haben wir Alle dasselbe Ziel, wir wollen den Täter fassen und das Morden beenden."

Überall ernste Gesichter, leises Gemurmel und zustimmendes Kopfnicken. „Was wir bei allen Diskussionen nie vergessen dürfen, ist, dass es auch mehrere Täter sein können. Auch wenn wir bisher immer nur von Einem gesprochen haben."

„Noch Fragen bis hierher?" Walther schaute in die Runde. „Wenn nicht, beginnen wir mit Fall Nummer Eins, Johann Moser." Er öffnete die Akte und die Anderen taten es ihm gleich. „Wir werden nach der beiliegenden Checkliste vorgehen und die Liste wenn nötig ergänzen. Also dann los, fragen wir als Erstes, wer kannte das Opfer." Die Liste fragte nach Freunden und Feinden, nach der Familie und dem gesamten Umfeld. Nach Verdächtigen und Zeugen. Aber auch: Was haben wir vergessen? Was haben wir übersehen? Welche Frage haben wir nicht gestellt?

Akribisch genau, ja fast pingelig wurde der Fall zerpflückt, hinterfragt, wurden die Akten ergänzt, neue Fragen gestellt, das weitere Vorgehen abgesprochen und die Beamten dafür eingeteilt.

Dann der Fall Nummer Zwei, Elisabeth Jansen. Die beiden Teenager, Nummer drei + vier. Dann Thomas Meier, das fünfte Opfer. Nach drei Stunden intensiver Arbeit liess die Konzentration merklich nach und Walther verordnete eine halbstündige Erholungspause. Dann ging es im gleichen Stiele weiter. Sie waren bei Fall Nummer 8 angelangt, Thomas Pfeiffer, als eine junge Aspirantin plötzlich fragte:

„Was sagen die Psychologen zu den Morden? Gibt es ein Täterprofil und was sagt es aus? In den Unterlagen habe ich nichts gefunden." Diese Frage hatte bisher noch niemand gestellt. Alle horchten auf, blickten erst auf die Aspirantin und dann auf Walther. Dieser fühlte sich total überrumpelt, war einen Moment sprachlos -, blockiert.

Dann setzte sein Verstand wieder ein. Verflucht, wie hatte er das übersehen können.

Warum war er selbst nie auf diesen Gedanken gekommen. Ein Fehler wie der eines Anfängers. Und nun? Es gab dafür keine Rechtfertigung. Schon wollte er sein Versagen eingestehen, als ihm eine bekannte Stimme zuvor kam. Alle schauten überrascht zur Tür. Roth.

„Natürlich haben wir versucht ein Täterprofil zu erstellen, aber zum einen sind die Fakten zu lückenhaft und zum anderen lässt sich beim besten Willen immer noch kein Hinweis auf den Täter und somit auf das Motiv finden.

Auch wenn die Morde immer nach dem gleichen Muster ausgeführt werden, lässt sich höchstens sagen, dass der Mörder entweder ein Profi ist, oder immer nach dem gleichen Muster vorgeht, weil er damit bis heute Erfolg hatte, ohne befürchten zu müssen gefasst zu werden." Aufmerksam hörten Alle zu. „Auch seine ausserordentliche Treffsicherheit bringt uns nicht weiter, weil dies auch auf mehrere Dutzend Menschen in der Schweiz zutrifft. Deshalb lässt sich auch nichts über die Psyche des Täters sagen." Er ging hinüber zu Walther. Die Blicke folgten ihm.

„Mehrere Psychologen haben unabhängig vom einander die Akten studiert und sind alle zu demselben Ergebnis gelangt." Roth setzte sich neben Walther. „Und zudem müssen wir, wie Herr Walther schon gesagt hat, auch immer davon ausgehen, dass es mehrere Täter sein könnten und wie wollen wir dann ein Täterprofil erstellen?"

Roth sah in fragende Gesichter und lies seine Schultern sinken. „Das muss ihnen im Moment genügen, mehr können wir nicht dazu sagen."

Erleichtert atmete Walther auf. Der Druck war weg. Er stand auf um seinen Gast vorzustellen.

„Meine Damen und Herren, das ist Professor Roth von der Uni Bern. Er hilft uns bei den Ermittlungen." Roth war im richtigen Augenblick aufgetaucht und hatte ihn aus einer sehr misslichen Lage gerettet. Er hätte ansonsten einen mehr als schlechten Eindruck hinterlassen. Mancher hätte an seinen Fähigkeiten, seiner Qualifikation gezweifelt. Zu Recht, wie er selbstkritisch fand.

„Na, wie läuft es", fragte Roth.

„Na wie wohl, immer noch keine Ergebnisse." Dann wandte er sich wieder an seine Mitarbeiter.

„Wenn sie noch Fragen an Professor Roth haben, können sie diese anschliessend stellen, erst besprechen wir diesen Fall zu Ende." Während es weiter ging, dachte er immer wieder an Roths Auftritt. Wie war er nur auf die Idee mit dem Täterprofil gekommen? Er würde nach der Konferenz noch einige Fragen an ihn haben.

In den nächsten Stunden wurden nochmals vier Fälle durchgearbeitet. Doch am bisherigen Ergebnis änderte sich nichts. Abends um halb acht brach Walther ab. Seine Leute waren hungrig und müde.

„Morgen Mittag um ein Uhr geht es weiter, dann sind die restlichen Fälle daran. Und nun wünsche ich ihnen Allen noch einen erholsamen Abend, auch wenn es heute spät geworden ist." Er hoffte, dass in der Zwischenzeit kein weiterer Mord hinzukommen würde, behielt aber diesen Gedanken für sich.

„Da habe ich vorhin aber sehr viel Glück gehabt, danke – Daniel."

„Gern geschehen –, Walter."

Der Händedruck war kräftig.

„Für einen Akademiker hast du eine kräftige Pranke", meinte Walther und Roth grinste.

„Komm setzt dich. Wie lange bleibst du?" Walther holte zwei kleine Flaschen Bier auf dem Eisschrank. Sie verzichteten auf Gläser.

„Ich habe einige Tage Ferien und bleibe hier."

„Und wo schläfst du? Bei uns hättest du Platz."

„Danke, aber ich habe schon im „Hirschen" ein Zimmer gebucht. Das Essen da soll ausgezeichnet sein."

„Ist es auch. Aber mindestens einmal musst du zu uns kommen. Wenn meine Frau erfährt dass du hier bist und ich dich nicht mit nach Hause schleppe, bringt sie mich um. Und anschliessend spricht sie dann tagelang nicht mehr mit mir."

„Das kann ich natürlich nicht zulassen. Ich komme sehr gerne, sag mir nur, wann."

Bedächtig tranken sie das Bier.

„Gutes Bier." Roth studierte die Etikette. „Kenne ich gar nicht." „Wird hier in der Stadt gebraut, ist eine sehr kleine Brauerei."

„Morgen soll es also weitergehen."

„Ja, und wir haben immer noch nichts." Walther war niedergeschlagen, ausgebrannt.

„He, das packen wir noch, wir sind es bisher vielleicht einfach falsch angegangen."

„Du hast gut reden. Wenn ich ein Fazit ziehen sollte, dann dies, ich bin dem Mörder immer noch gleich weit entfernt wie am ersten Tag. Dafür kennen wir beinahe jeden in dieser Stadt und bei Manchem könnte ich dir sogar die Schuhgrösse nennen." Walthers Sarkasmus war nicht zu überhören. „Und ich weigere mich, die Taten einem Psychopathen anzuhängen, nur weil das einfacher wäre, weil man ihn nicht fangen kann da er unberechenbar ist und wahllos zuschlägt und man ihn auf frischer Tat ertappen müsste." Der Seufzer war tief.

„Nein, auch wenn ich es ungern zugebe, da ist ein Profi, oder Mehrere, am Werk und die sind gut, sehr gut. Sie sind besser als ich." Walther liess die Schultern hängen, sank auf dem Stuhl zusammen und wirkte müde, sehr müde.

„Kopf hoch, Walter, die sind nicht besser, die haben bisher einfach nur Glück gehabt. Wir erwischen sie bestimmt. Und dann muss mir Einer erklären, warum sie die Morde begangen haben, dann will ich das Motiv wissen."

Walther raffte sich wieder auf. Er liess sich von Roths Zuversicht anstecken.

„Sag mal Daniel, wie bist du nur auf die Idee mit dem Täterprofil gekommen?"

„Ehrlich? Die Idee stammt nicht von mir.

Auch meine Nachforschungen verliefen ergebnislos und als ich mit meinen Kollegen darüber diskutierte, fragte einer danach. Wir haben dann umgehend alle Psychologen eingespannt denen wir habhaft werden konnten. Am Ende waren es fünf Professoren, darunter auch zwei die zwischendurch für die Polizei arbeiten und viel Erfahrung mitbringen. Das Ergebnis kennst du." Walther holte noch zwei Bier.

„Geben wir es zu, wir wissen nichts und wir haben nichts. Auch wenn wir ganz Birrhausen auf den Kopf stellen und schütteln würden, das Ergebnis wäre das Gleiche. Wir werden nochmals von vorne anfangen müssen." Er nahm einen grossen Schluck aus der Flasche. „Daniel, du hast doch vorhin gesagt, wir wären es bisher vollkommen falsch angegangen, wie hast du das gemeint?"

„Ach ja, richtig, das hätte ich jetzt fast vergessen", sagte Roth und griff in die Tasche. „Hier ist meine Liste, versuchen wir es mal damit." Er faltete das Papier auseinander, strich es glatt und schob es über den Tisch.

***

Nachmittag, ein Uhr, die Konferenz ging weiter. Diesmal unter Leitung von Hartmann. Walther wirkte unruhig und manchmal abwesend. Als gegen vier Uhr die Akten geschlossen wurden und der Protokollführer die letzten Voten aufgeschrieben hatte, konnten die Mitarbeiter gehen. Nichts Neues. Die Stimmung war entsprechend gedrückt. Hartmann musste noch einkaufen, Tobler und Reimann verschwanden im Labor, Sarah Reimann und Pia Seiler gingen Kaffee trinken und Roth brauchte eine Dusche. Nur Walther blieb zurück. Er sass da und trommelte mit den Fingern auf der Tischplatte herum. Ein unbestimmtes Gefühl liess ihn nicht mehr los. Gegen Ende der Besprechung war es gewesen. War es Nummer Zwölf oder Dreizehn gewesen? Er öffnete die Akten die noch immer vor ihm auf dem Tisch lagen. Etwas war da, oder war eben nicht da, aber was? Er packte die letzten drei Fälle und verzog sich in sein Büro.

Walther hängte den Hörer auf und griff nach seiner Jacke. Er wollte eben das Büro verlassen als Hartmann hereinkam.

„Du willst schon gehen? Bist du in Eile oder hast du ein paar Minuten Zeit?"

„Ein paar Minuten habe ich immer, was gibt es?"

„Ich habe die Akte Holbein nochmals studiert und mir sind da einige Ungereimtheiten aufgefallen. Deshalb sollten wir Holbein noch einmal befragen."

Walther lächelte. „Meinst du das mit der Post? Was meinst du, wo ich gerade hin wollte? Kommst du mit?"

„Ich bin gekommen um dich zu fragen ob du Zeit hast den Holbein zu vernehmen. Ich habe noch so viel um die Ohren dass ich nicht dazu komme. Und wenn du schon dasselbe vorgehabt hast."

„Und das werde ich jetzt auch tun. Du hörst von mir." Er warf die Jacke über die Schulter und verliess das Büro. Zurück blieb ein nachdenklicher Hartmann.

„Jetzt ist es schon wieder geschehen. Er hatte schon wieder den gleichen Gedanken. Schon fast unheimlich."

Nach einer knappen Viertelstunde klingelte Walther an der Haustüre. Holbein bat ihn herein und führte ihn ins Wohnzimmer. „Bitte nehmen sie doch Platz. Was kann ich ihnen anbieten? Kaffee, ein kühles Bier, ein Schluck Wein?"

„Danke nein, aber ein Glas Wasser würde ich gerne nehmen."

Holbein verschwand in der Küche und kehrte mit dem Wasser zurück. Er setzte sich und blickte unruhig umher. Er schien sich nicht wohl zu fühlen in seiner Haut. Walther hatte es längst bemerkt. Er schaute sich um, wollte einen Eindruck bekommen wie Holbein so lebte. Das Wohnzimmer war einfach, aber geschmackvoll eingerichtet.

Die Möbel waren schon etwas älter, das Holz zeigte Patina, die Sitzgruppe war bequemer als sie aussah. Teppichboden, Gardinen und Wandfarbe waren harmonisch aufeinander abgestimmt.

Alles passte zusammen. Ein Raum in dem sich jeder wohl fühlte. Normalerweise. Walther öffnete umständlich sein Notizbuch, räusperte sich und schaute dann seinem Gastgeber, welcher immer nervöser wurde, mitten ins Gesicht.

„Herr Holbein, zwischen ihren Aussagen und denen ihrer Kollegen bestehen gewisse Differenzen die ich gerne mit ihnen zusammen bereinigen möchte." Er machte eine Kunstpause, schaute in sein Notizbuch, blätterte darin als würde er etwas suchen. Holbein wurde noch nervöser und rutschte im Sessel hin und her.

„Sie haben angegeben, dass sie mit allen Arbeitskollegen ein gutes Einvernehmen haben. Das haben die Anderen auch bestätigt."

Walther schaute von seinem Notizbuch hoch. „Was sie uns verschwiegen haben, ist das Verhältnis zwischen ihnen und ihrem Kollegen Roland Stadler, der fristlos entlassen wurde. Das muss vor ein paar Monaten gewesen sein, liege ich da richtig?"

„Ja. – Ja richtig, es kann zwei Monate her sein."

„Warum haben sie uns das verschwiegen?"

„Ich dachte -, ich meinte, also ich dachte das wäre nicht so wichtig. Es ist ja auch alles erledigt. Deswegen wollte ich nichts sagen."

„Trotzdem müssen wir wissen was sich damals abgespielt hat, warum der Mann fristlos entlassen wurde." Stockend begann Holbein zu erzählen.

„Es begann damit, dass in der Kasse immer wieder kleine Beträge fehlten. Es kann mal vorkommen, dass eine Buchung falsch eingetragen wird, dann stimmt die Kasse natürlich nicht. Meist findet sich der Fehler sehr schnell. Fehlt tatsächlich etwas, wird das ausgeglichen. Dazu haben wir einen kleinen, internen Fond. Als es aber immer öfter passierte und die Beträge immer grösser wurden, konnten es keine Buchungsfehler mehr sein. Jemand bediente sich aus der Kasse. Erst konnte ich es nicht verstehen, denn jeweils am zweiten Tag des Monates war der Saldo wieder ausgeglichen."

„Ich dachte, dass die Kassen jeden Tag kontrolliert werden."

„Das gilt für die Tageskassen am Schalter, nicht aber für die Hauptkasse", wurde Walther belehrt. „Das ging eine Weile so und ich erzählte niemandem davon. Im Nachhinein weiss ich, dass es ein Fehler war. Als dann an einem Monatsanfang eine grosse Differenz offen blieb, es waren mehrere tausend Franken, konnte ich nicht mehr anders handeln, ich musste es melden."

„Er war ihr Freund?" fragte Walther.

„Ja, er war mein Freund, das machte es doch so schwer." Walther nippte am seinem Glas und wartete. „Dass ich so lange geschwiegen hatte, wurde mir nun zum Verhängnis. Ich wurde auch verdächtigt. Nicht als Dieb, sondern als Mitwisser, als Komplize. Ich hatte grosse Angst meine Stelle zu verlieren." Holbein sass auf der Kante des Sessels und knetete seine Finger.

„Es wurde dann eine interne Untersuchung angeordnet und da stellte sich heraus, dass Ronald regelmässig Geld aus der Kasse genommen hatte um seine Spielschulden zu bezahlen. Am Anfang konnte er es mit dem Lohn ausgleichen. Deshalb war immer am zweiten des Monates die Kasse wieder in Ordnung.

Mit der Zeit sind ihm dann die Schulden über den Kopf gewachsen. Erst versuchte er es mit gefälschten Belegen, weil er das Geld nicht mehr zurückzahlen konnte.

Am Ende blieb ihm nur noch der endgültige Griff in die Kasse um seine Spielsucht zu finanzieren."

Holbein schüttelte den Kopf. „Ich verstehe es bis heute nicht, er hat doch eine Frau und zwei kleine Kinder, wie konnte er nur."

„Manchmal wird Spielen zur Sucht, ist wie eine Krankheit", erklärte Walther. „Und was geschah dann?"

„Er wurde fristlos entlassen. Ich hatte Glück und konnte Meine Stelle behalten. Ob er noch Schulden hat weiss ich nicht, ist mir in der Zwischenzeit aber auch egal. Ich bin froh dass die ganze Sache vorbei ist."

Holbein schien froh, die ganze Geschichte endlich jemandem erzählen zu können. Walther hatte aufmerksam zugehört und sich Notizen gemacht.

„Es bleiben für mich noch ein paar Fragen offen. Zum Beispiel, warum wurde keine offizielle Anklage erhoben, denn es war Unterschlagung und somit eine Straftat. Und dann möchte ich wissen ob er das Geld zurückgezahlt hat."

„Ich glaube es wurde keine Anklage erhoben um kein Aufsehen zu erregen. Schliesslich waren die Kontrollen und die Buchführung auf unserem Postamt bei weitem nicht so wie sie hätten sein sollen. Der Postdirektion war wohl sehr daran gelegen, dass die Presse davon nichts erfährt. Sie hätte sonst postinterne Fehler zugeben müssen. Die Kasse hatte Stadler nebenher geführt und ich habe ihm dabei geholfen. Wir hatten ja keinen ausgebildeten Buchhalter."

„Meine Kenntnisse reichen gerade mal für den Hausgebrauch und bei Roland wird es nicht anders gewesen sein. Jetzt haben wir einen Buchhalter und ich habe mit der Kasse nichts mehr zu tun."

„Eine weitere Frage, Herr Holbein. Stimmt es, dass er gedroht hatte sich an ihnen und ganz Birrhausen zu rächen?" Holbein wurde blass.

„Ja, das hat er gesagt. Aber sie glauben doch nicht, dass Roland, - nein, das hat er gesagt weil er wütend war, aber er könnte das nicht."

„Wir müssen jede Möglichkeit in Betracht ziehen. Wie lange kannten sie Roland Stadler?"

„Seit etwa zehn Jahren. Früher war ein fröhlicher und lebenslustiger Mensch. Wohl solange bis er mit dem Spielen angefangen hat."

„Was hatte er früher für Hobbys?"

„Er – mein Gott", entfuhr es Holbein, „er war Meister im Bogenschiessen." Walther war aufgesprungen und hatte sein Notizbuch eingesteckt.

„Herr Holbein, ich muss sie bitten mit mir zum Postamt zu gehen. Ich brauche dringend die Personalakte von Roland Stadler." Er wandte sich zur Tür und fragte über die Schulter zurück. „Können wir gehen?"

***

Roth war seit dem frühen Morgen in Birrhausen unterwegs. Selten sah er jemanden auf der Strasse, Birrhausen war ausgestorben. In der Stadtbibliothek, beim Einwohnermeldeamt, im Kirchenarchiv, bei Gericht, überall studierte er Akten, Berichte, Register, verglich Eintragungen, suchte nach Verbindungen und pendelte deshalb zwischen den verschiedenen Orten hin und her. Er suchte nach Streitereien, Feindschaften, Fehden und stiess dabei immer wieder auf Gerichtsurteile mit sehr harten Strafen. Streitereien um Land und Hof, Erbteile, Betreibungen, Pfändungen, Versteigerungen von Häusern, von ganzen Gütern. Das alles konnte er nachlesen, rekonstruieren. Doch bei allen Differenzen war es nie zu Mord oder Totschlag gekommen und nirgends war ein Motiv zu finden, dass für eine solche Tat ausgereicht hätte.

Je weiter er in der Zeit zurück ging umso spärlicher wurden die Eintragungen. Vieles war in Laufe der Jahre verloren gegangen. Zudem waren viele der alten Geschlechter ausgestorben oder hatten sich in alle Winde zerstreut.

In den sechziger Jahren waren zudem viele Leute nach Birrhausen gezogen, die mit der Vergangenheit nichts zu tun hatten.

Seine mühsame Arbeit wurde von allen Seiten tatkräftig unterstützt. Die Menschen halfen, wo sie nur konnten und die Entscheidung ob ihm Akteneinsicht gewährt werde durfte, wurde immer zu seinen Gunsten entschieden, auch wenn die Vorschriften dazu oft sehr, sehr grosszügig ausgelegt werden mussten. Wenn man schon mal einem echten Professor helfen konnte.

Alle wussten wonach Roth suchte und warum er in ihren Akten und Archiven stöberte. Doch auch bei aller Hilfe, er fand nichts was ihm weiter geholfen hätte. Wenn es eine Verbindung zwischen den Opfern gab, dann war diese nicht in der Vergangenheit zu finden, sie musste in der neueren Zeit liegen. Aber damit hatte er ja begonnen, und auch nichts gefunden. Hatte er etwas übersehen?

Doch seine innere Stimme sagte: „Nein, du hast nichts übersehen, du bist von der falschen Fragestellung ausgegangen. Es ist die andere Frage welche dich weiter bringt, die andere Frage die du schon gestellt hast." Die andere Frage? Gut, aber welche?

Er schaute auf seine Uhr. Halb sechs. Walther war bestimmt noch in seinem Büro. Im Korridor stiess er auf Hartmann.

„Ist Walther da?"

„Nein, der ist soeben aus dem Haus gegangen, wollte aber später nochmals zurückkommen. Haben sie etwas gefunden?"

„Nein, leider nicht und ihr?"

„Auch nicht", erwiderte Hartmann, „es ist zum verrückt werden."

„Ich bin auf dem Weg um die Antworten unserer Kollegen aus dem Ausland durchzusehen.

Hätten sie Zeit um mir zu helfen, dann bin ich schneller fertig und brauche auch keinen Dolmetscher für das Fachchinesisch."

„Gut, ich komme mit. Bis Walther zurück ist habe ich nichts Besseres zu tun und es interessiert auch mich was ihre Kollegen gefunden haben."

Gemeinsam lasen sie die Berichte und gemeinsam war auch ihre Enttäuschung, ihr Frust. Die Suche nach dem Hersteller, oder Informationen über diese besondere Art von Pfeilen, war noch schwieriger als sie sich vorgestellt hatten.

Natürlich waren die Behörden der verschiedenen Länder immer bemüht die internationale Zusammenarbeit zu fördern, aber solche Anfragen hatten nun mal nicht oberste Priorität. Auch die Anfrage bei Interpol brachte keine Ergebnisse. So viel war aber jetzt schon klar, an keinem anderen Ort wurden in der neueren Zeit, jemals so viele Morde mit Pfeilen begangen.

Was Roth am meisten erstaunte war die Tatsache, dass niemand wusste aus welchem Holz der Pfeilschaft gefertigt wurde. Selbst die renommiertesten Botaniker standen vor einem Rätsel.

Aber waren nicht erst vor kurzer Zeit in Australien Urbäume gefunden worden die es schon seit den Sauriern gegeben haben musste?
Wollemi-Kiefern, die als längst ausgestorben galten? Und sind die Ur-
wälder nicht voll von Pflanzen, Sträuchern und Bäumen, welche der
Fachwelt noch nicht bekannt sind, noch keinen botanischen Namen
tragen?

In dieser hoffnungslosen Lage wäre ein Lichtblick nötig gewesen.

***

Der erste Lichtblick kam von einem renommierten Botaniker der
Uni Basel. Er wusste welche Holzart sie suchten und lieferte auch
noch Angaben über die örtliche Herstellung von Pfeilen.

Viburnum carlesii Hemsl.

Family: Caprifoliaceae

Type: Woody shrub

Size: 4-6' high x wide 8' possible

Texture: Medium

Hardiness: Zone 4b USDA

Range: Korea   Korea-Schneeball

eine kleine sommergrüne Strauchart aus *Korea und der Tsusi-
ma-Insel,* mit spitz zulaufenden Blättern, mit einem fein gesägten
Blattrand.

Für den Pfeilbau : hitzebegradigte Schösslinge als Pfeilschaft

Birkenpech und Wickelung aus Pflanzenfaser zur Befestigung ge-
schmiedeter Peilspitzen.

Ob ihnen das weiterhelfen würde? Es würde sich noch zeigen.

***

An diesem Abend fand in Birrhausen ein Konzert statt. Ein Konzert zum Gedenken an die Opfer. Mit dem Erlös sollte jenen Hinterbliebenen geholfen werden welche in finanzielle Schwierigkeiten geraten waren. Die Menschen in Birrhausen wussten um das Risiko das Haus zu verlassen, sich auf die Strasse zu wagen. Dazu brauchte es Mut. Was aber an diesem Abend geschah, lässt sich nur mit dem Wort „Trotzreaktion" umschreiben. Erst waren es nur Vereinzelte. Dann schlossen sich Weitere an und es wurden immer mehr. Am Ende bewegte sich ein nicht endend wollender Zug in Richtung Schule. Es sah so aus als wäre ganz Birrhausen unterwegs, als wollte es sich trotzig seinem Schicksal stellen.

Innert kürzester Zeit war der grosse Saal gefüllt. Wer keinen Sitzplatz ergattert hatte, stand an den Wänden entlang. Die Letzten mussten im im Foyer bleiben und auch da wurde es eng. Die vordersten Sitzreihen waren für die Angehörigen der Opfer reserviert, dann folgten die Freunde und die jeweiligen Mitglieder der verschiedenen Vereine, in denen die Verstorbenen aktiv waren. In den hinteren Reihen sassen der Stadtrat, die Vertreter der Kirchen und verschiedener gemeinnütziger Institutionen. Ganz vorne rechts sass die Familie von Birr, welche den heutigen Abend angeregt und mit freiwilligen Helfern organisiert hatte. Einen grossen Anteil an der Organisation hatte Grollimund. Deswegen sassen wohl die Honoratioren so weit hinten im Saal. Zuerst waren die Organisatoren skeptisch gewesen. Werden die Menschen kommen? Werden sie ihre Angst überwinden?

Und dann waren sie Alle von der grossen Solidarität der Birrhausener überrascht worden. Nach wenigen, einleitenden Worten des Pfarrers und einer Schweigeminute spielte das Schulorchester Werke von Händel und Bach.

An diesem Abend war im Landschloss der Familie von Birr nur der alte Hausmeister zugegen. Das Anwesen lag ausserhalb des Städtchens und war seit Generationen der Familiensitz derer von Birr.

Vom ehemaligen Adelsstand zeugten noch der Name, das prachtvolle Familienwappen -, eine mächtige Eiche flankiert von drei springenden Hirschen zur Linken und drei silbernen Speerspitzen zur rechten. Die Familie von Birr zählte zu den Mitbegründern des Städtchens Birrhausen.

Ein ungewöhnliches, fremdartiges Geräusch hatte ihn beim Zeitungslesen gestört. Es war ein schlurfendes Geräusch, als würde etwas über die Terrasse gezogen. Der Hausmeister legte die Zeitung beiseite, schälte sich mühsam aus dem tiefen, bequemen Ledersessel und öffnete die Tür zur Terrasse. Dann trat er hinaus um nachzusehen was ihn bei seiner Lektüre gestört hatte. Er schaute sich auf der grossen Terrasse um, dann schweifte sein Blick über den Park mit den mächtigen Eichen und den Büschen die den streng geometrischen, englischen Garten umsäumten. Es war ruhig wie immer.

„Das habe ich mir wohl nur eingebildet, jetzt höre ich schon Geräusche, wo keine sind." Er wandte sich wieder dem Haus zu.

Ein leises Knistern liess ihn innehalten. Als er nach oben blickte konnte er es erst nicht glauben. Das Turmdach stand in Flammen. So schnell es seine alten Beine zuliessen, rannte er über die Terrasse zurück zum Haus um die Feuerwehr zu rufen.

Noch bevor er die Tür erreichte traf ihn ein schwarzer Pfeil in den Rücken. Durch den Schwung flog er in das Zimmer hinein, prallte gegen den Sessel in dem er zuvor noch gesessen hatte und stürzte schwer zu Boden. Trotz der heftigen Schmerzen schleppte er sich in Richtung Telefon. Wieder sackte er zusammen. Doch er gab nicht auf. Er kroch zum Tisch hin und riss den Apparat an seiner Schnur zu Boden. Mit letzter Kraft griff er danach.

Alles drohte unter einem weissen Schleier zu verschwinden. Er streckte die Hand aus und umklammerte den Hörer, dann verliessen ihn seine Kräfte endgültig.

Leblos lag er neben dem Telefon, das Freizeichen hörte er nicht mehr. Opfer Nummer Vierzehn.

In kurzer Zeit stand das ganze Dach in Flammen und das Feuer frass sich seinen Weg durch die Holzdecken ins Erdgeschoss. Bis der Brand bemerkt und die Feuerwehr vor Ort war, stand das ganze Schloss in Flammen.

Nur mit Glück konnte ein Übergreifen des Feuers auf Nebengebäude und Stallungen verhindert werden. Der Familiensitz deren von Birr brannte bis auf die Grundmauern nieder. Der Stolz aus vielen Jahrhunderten lag in Schutt und Asche. Und erst viel später, als die rauchenden Trümmer sich abgekühlt hatten, fand man die verkohlte Leiche des Hausmeisters. Wieder ein Mord ausserhalb der überwachten Stadtmauern. Als wäre es Absicht.

***

„Scheisse, Walter, die drehen durch." Hartmann kam ins Büro gestürmt, Grollimund in seinem Schlepptau. „Die sind bis an die Zähne bewaffnet, ein Funke und das Ganze fliegt uns um die Ohren." Vorsichtig schauten die Drei aus dem Fenster. Unten zog die selbsternannte Bürgerwehr vorbei. Laut, lärmig, aggressiv.

„Die sind so wütend, wenn denen einer in die Quere kommt wird er gelyncht." Grollimund schüttelte seinen Kopf. „Das darf nicht geschehen. Was sollen wir tun?" Eigentlich erwartete er keine Antwort.

„Die müssen uns Verstärkung schicken", sagte Hartmann, „ich rufe in Bern an."

„Vergiss es, da haben wir keine Chance, die haben heute Abend in Bern eine Demo und erwarten eine Krawallnacht, die schicken uns niemanden, und überhaupt, bis die hier sind hat sich das Ganze beruhigt oder ist eskaliert." Walther wirkte erstaunlich ruhig.

„Sollen wir einfach zuwarten?" Wieder erwartete Grollimund keine Antwort. Er wusste dass das nicht machbar war.

„Hans ruf die Mannschaft in den Konferenzraum. In fünf Minuten will ich alle da haben die nicht im Auto unterwegs sind."

Fünf Minuten später waren sie alle versammelt.

„Folgendes Vorgehen. Wir bilden Paare. Mindestens einer muss Uniform tragen.

Die Waffe könnt ihr in das Schulterhalfter oder in den Hosenbund stecken, ist mir vollkommen egal wohin. Nur darf man die Waffe nicht sehen.

Es soll aussehen als seid ihr unbewaffnet. Jeder nimmt noch zwei Pfeffersprays mit. Dann gehen zwei vor der Meute und zwei hinter der Meute her, in genügendem Abstand. Die Anderen verschwinden hinter den nächsten Hausecken und sind unsichtbar. Können aber jederzeit eingreifen. Nach jeder Viertelstunde werden die Teams ausgewechselt. Bildet jetzt die Paare. Der Jüngste kommt mit mir, wir setzen uns vor die Meute. Hartmann und Moser bilden das zweite Paar, sind hinten. Sarah, bitte informiere die Streifenwagen." Walther schaute in die Runde und winkte einen jungen Beamten zu sich. Der junge Polizist trat zaghaft auf ihn zu.

„Angst?" fragte Walther. Der Junge nickte. „Die habe ich auch." Er streckte dem Jungen die Hand entgegen. „Ich heisse Walter und du?"

„Werner."

„Gut, Werner, dann kann es jetzt losgehen." Mit mulmigem Gefühl im Magen traten sie auf die Strasse. Hinaus ins Pulverfass Birrhausen, wo ein kleiner Funke genügte um eine Katastrophe auszulösen.

***

Müde sassen sie in Walthers Büro und tranken Kaffee, in der Hoffnung er würde ihre Lebensgeister wecken. Walthers Taktik war aufgegangen. Die Bürgerwehr fand niemanden an dem sie ihre kollektive Wut hätte ausleben können. Die unbewaffneten Beamten, die sich in respektvoller Distanz hielten, wirkten beruhigend auf die Meute und um vier Uhr morgens hatte sich ihre Wut abgekühlt, hatte sich die Sache totgelaufen.

„Wir haben immer noch den toten Hausmeister, was wissen wir über ihn?" Walther blickte fragend in die Runde.

„Der Tote heisst Hansrudolf Glaser und war vierzig Jahre bei der Familie von Birr angestellt. Begonnen hatte er als Stallbursche und hatte eine kleine Wohnung über den Ställen, wohin er sich aber nur zum Schlafen zurückzog. Sonst war er immer im Schloss. Er gehörte nach all den Jahren zur Familie.

So hat es mir die alte Frau von Birr unter Tränen erzählt. Er gehörte wirklich zur Familie." Walther nickte Sarah Reimann anerkennend zu.

„Danke Sarah, hat noch jemand Infos?"

„Das ganze Haus ist niedergebrannt. Es wird noch ein paar Tage dauern bis wir mit der Spurensuche durch sind. Den Tathergang können wir nur vermuten. Wahrscheinlich war er vorher auf der Terrasse gewesen oder hatte an der offenen Tür gestanden. Wir wissen es nicht." Tobler blätterte in seinem Notizblock. „Wir wissen aber, dass es Brandstiftung war, die Überreste der Kanister mit dem Brandbeschleuniger hat die Feuerwehr gefunden. Ob der Brand vor oder nach dem Mord gelegt wurde, lässt sich vielleicht nach der Obduktion sagen, wenn dies dann möglich ist. Von Au ist skeptisch. Das Ergebnis haben wir frühestens übermorgen."

„Und Zeugen?" Walther wusste die Antwort im Voraus.

„Bis jetzt noch nicht, aber in der letzten Nacht sind wir auch nicht mehr dazu gekommen Leute zu befragen, zudem waren die Meisten in der Schule."

Alle waren Sie niedergeschlagen, ausgepumpt, übermüdet.

„Wissen wir was über diesem Roland Stadler, den Kerl vom Postamt?"

„Wissen wir, die Meldung kam heute Morgen früh. Den können wir streichen. Der sitzt seit vier Wochen in Untersuchungshaft. Bewaffneter Überfall auf ein Postamt", erklärte Sarah Reimann.

„Scheisse verfluchte", entfuhr es Walther.

Sarah zog die Augenbrauen hoch und sah ihn missbilligend an.

„Haben wir wenigstens etwas Neues zu den Pfeilen, oder sind wir immer noch gleich weit?"

„Immer noch gleich weit." Diesmal antwortete Tobler. Walther atmete tief durch.

„Mist, es ist zum verrück werden.

Und da draussen, da sterben sie wie die Fliegen."

Was kommt noch?

Schlagzeilen:

Krawallnacht die keine war

Weitere Personen unter Spionageverdacht festgenommen

Benzin wird teurer – Regierung diskutiert Ökosteuer

Weiterer Toter in Birrhausen

Theaterpremiere mit Misstönen

Aus heutiger Perspektive scheint es erstaunlich, dass Birrhausen in dieser abgeschiedenen Welt, abseits von den grossen Verkehrsstrassen, Autobahnen und den Eisenbahnlinien, fernab von grossen Flüssen, Städten und Agglomerationen, weit weg von Industriegebieten, so lange bestehen konnte. Eingebettet zwischen sanft gewellten Hügeln mit dichten Wäldern ist Birrhausen nur auf Nebenstrassen erreichbar.

Den ersten Siedlern, den Kelten, boten die Schleife des kleinen Flusses und der Sumpf, Schutz gegen Feinde und die dichten Wälder schirmten sie ab gegen die eisigen Stürme des Winters. In den Wäldern stand viel Wild und das Wasser war reich an Fischen und Flusskrebsen. Auf dem fruchtbaren Moorboden der Talsohle entstanden die ersten Äcker und im Laufe der Generationen wurde der Sumpf trockengelegt und ein Teil des Waldes gerodet. Platz für mehr Ackerfläche ergab auch mehr Nahrung für mehr Menschen. Und für den Bau einer grösseren Siedlung mit steinernen Häusern. Doch schon damals wurde darüber gewacht, dass nicht zu viel gerodet wurde, dass der Wald seine Schutzfunktion und seinen Wildreichtum nicht verlor. Dieser Schutzfunktion verdankte Birrhausen auch seine weitere Entwicklung.

Der Ort lag jeweils eine Tagesreise von den grossen Städten entfernt und entwickelte sich so zum Etappenziel der Reisenden. Erst war es nur ein befestigter Ort umgeben von hohen Holzpalisaden.

Im Laufe der Zeit mussten die Palisaden massiven Befestigungen weichen, die Tore bekamen steinerne Wachttürme und innerhalb der Mauern wurden immer höhere Häuser gebaut, entstanden aus den Wegen Gassen. So wurde aus einem unscheinbaren Dorf die Kleinstadt Birrhausen mit der wehrhaften Stadtmauer, den Wachttürmen und zwei mächtigen Stadttoren. Die Reisenden waren froh in jenen unsicheren Zeiten die Nacht hinter schützenden Mauern verbringen zu können.

Innerhalb dieser gab es verschiedene Handwerksbetriebe, Schmiede, Seiler, Zimmerleute, Steinmetze, Hafner, alle fanden sie ihr Auskommen und am nahen Fluss, neben der Säge, entstand die erste Getreidemühle des Umlandes. Birrhausen erlebte einen steten Aufschwung und kam so zu Ansehen und Reichtum. Und Anfang des zwölften Jahrhunderts wurde dem Ort vom Fürsten aus dem Hause Habsburg das Stadtrecht verliehen.

In den hohen Häusern an den schmalen Gassen haben sich heute viele kleine Geschäfte und Betriebe niedergelassen, dazu das Bezirksgericht und die Bezirksschreiberei, das Gymnasium und ein kleines Regionalspital, das Reich Von Au's. Ein Museum für Geschichte, hier war hauptsächlich die Entstehung von Birrhausen dokumentiert, was auch Roth schon früher hierher geführt hatte, sowie zwei renommierte Galerien, ein Kino für Studiofilme und ein Theater für Kleinkunst, zeugten von regem kulturellen Leben.

Auch wenn Birrhausen heute abseits der grossen Verkehrsströme lag, hatte es von seiner Zentrumsfunktion nichts eingebüsst.

Ausserhalb der Stadt lagen südlich das Anwesen der Familie von Birr mit dem grosse Park und den fruchtbaren Feldern. Auch der grössere Teil des anschliessenden Mischwaldes gehörte zu ihrem Besitz. Dazu kamen zwei kleinere Bauernhöfe und die alte Mühle. Dieser fehlte heute das Wasser, denn der kleine Fluss war vor Jahren unter den Boden verbannt worden, eingezwängt in ein Korsett aus Stein. So gewann Birrhausen Sicherheit vor Überschwemmungen und weiteres nutzbares Land.

Nördlich der Stadt standen in Nähe zum Wald vereinzelte Häuser, wie das von Holbein. In den sechziger Jahren erbaut, sahen sie heute aus wie planlos hingeworfen.

Damals rechnete Birrhausen mit einer regen Nachfrage nach Bauland -, so wie in der übrigen Schweiz auch - und hoffte, so auch die Abwanderung stoppen zu können. Doch trat weder das Eine noch das Andere ein. Die Einwohnerzahl blieb konstant und die Neubauten hielten sich in Grenzen. Der grösste Teil des Baulandes wurde wieder der Landwirtschaft zugeteilt. Neueren Datums waren der Schulhauskomplex für Unter- und Oberstufe, die Dreifach-Turnhalle und eine grosser Festsaal. Auch ein Hallenbad wurde gebaut und war das Einzige im ganzen Bezirk. Zehn Jahre später wurden der Werkhof der Stadt und das Feuerwehrmagazin hinzugefügt. Die übrige, immer noch grosse Fläche zwischen Stadtmauer und Waldrand, blieb weiterhin Ackerland.

**

Wie so oft, hatte die Veränderung schleichend begonnen. Viele, die in Birrhausen arbeiteten, meldeten sich krank oder verreisten in die Ferien. Einzelne gaben die Arbeitsstelle auf und kündeten fristlos. Lieferanten hatten ausgerechnet heute keinen Wagen zur Verfügung um die Waren zu bringen und die Geschäfte mussten die Lieferungen selbst abholen. Öfter fuhren nun Umzugsunternehmen vor und wer konnte verlegte seinen Wohnsitz oder suchte vorübergehend eine neue Bleibe.

Langsam wanderten die Menschen ab und es waren meist jene, die den besseren Job, das bessere Einkommen und somit die finanziellen Mittel dazu aufbringen konnten. Familien mit bescheidenerem Einkommen hatten diese Möglichkeiten nicht. Sie mussten bleiben. Nur vereinzelt gelang es Ihnen bei Verwandten oder Bekannten unterkommen. Nicht jeder hatte auch Platz für eine ganze Familie.

Ein schleichender Aderlass für Birrhausen. Die Betriebe konnten die frei gewordenen Stellen nicht mehr besetzten, denn wer wollte schon freiwillig nach Birrhausen. Viel zu gefährlich. Auch bei den städtischen Angestellten und Beamten machte sich der Personalverlust bemerkbar. Die ersten Kündigungen erfolgten von Menschen die sich viel im Freien aufhalten mussten, einen exponierten Arbeitsplatz hatten. Der Strassenunterhalt wurde massiv gekürzt, die Stadtgärtnerei gar ganz geschlossen da alle Gärtner fristlos gekündigt hatten.

Auch das Spital und das Gericht hatten Abgänge zu beklagen. Am schlimmsten traf es Sämi Grollimund, Chef des Katastrophendienstes. Da meist junge Leute wegzogen, nahm der Bestand an aktiven Feuerwehrmännern rapide ab. So hatte er eine Liste jener Veteranen erstellen lassen, welche noch vor kurzem aktiv waren.

„Ich muss diese dringend einberufen und mit ihnen eine Übung durchführen. Die Meisten werden es wohl noch können", sagte er mit Blick auf die Liste die ihm Pia Seiler zusammengestellt hatte. Und noch immer kehrten Menschen Birrhausen den Rücken.

***

Vieles ging Walther durch den Kopf. Er stand am Fenster und schaute auf die Strasse hinunter. Was würde noch alles geschehen? Noch immer stand er vor einem Berg voller Rätsel, wusste auf keine seiner Fragen eine vernünftige Antwort, hatte nirgends einen Anhaltspunkt oder das lose Ende eines Fadens gefunden. Eines Fadens den er hätte aufspulen können. Zentimeter für Zentimeter. Bis zu seinem Ende. Bis zum Mörder. Doch nichts hatte ihn auch nur einen kleinen Schritt weiter gebracht. Weder er noch seine Spezialisten hatten eine Spur gefunden. Auch Roth nicht. Die Suche nach dem Hersteller der Pfeile war ein Schlag ins Wasser gewesen und auch das Durchleuchten der Vergangenheit jeden einzelnen Opfers hatte sich als Sackgasse erwiesen. Dabei sah es zwischendurch immer wieder erfolgversprechend aus. Die ersten beiden Opfer kannten sich.

Das war einfach gewesen, zu einfach. Dann wohnten sie alle in der Schmiedengasse und hatten denselben Vermieter. Möglich, aber verrückt, zu verrückt. Dann der Hoffnungsschimmer wegen des ehemaligen Postbeamten Stalder. Rache wäre ein Motiv gewesen, aber eben, wäre gewesen.

Jedesmal eine Spur, jedesmal ein mögliches Motiv und jedesmal zerschlugen sich die Hoffnungen und er war wieder da, wo er angefangen hatte. Mit dem Unterschied, dass es jedesmal einen Toten mehr gab.

„Verflucht noch mal, wie ist das möglich. Vierzehn Morde, eine Brandstiftung und alles ohne eine Spur zu hinterlassen, verflucht, wie geht das." Walther sprach zu sich selbst.

„Zum Glück hat es ausserhalb gebrannt. Hier drinnen im Städtchen, das wäre eine Katastrophe gewesen. Da haben wir wohl alle Glück gehabt."

Er wandte sich vom Fenster ab, trat zum Eisschrank hin und angelte sich ein Bier. Er öffnete es mit dem Taschenmesser während er zu seinem Schreibtisch ging. Dann liess er sich in seinen bequemen, bordeauxfarbenen Sessel sinken und setzte die Flasche an. Er lehrte sie in einem Zug.

Vor ihm stapelten sich die Akten. Er kam ihm vor als lägen sie hier schon hunderte von Jahren und er könne sich an jedes einzelne Wort erinnern und sogar an die passende Seitenzahl. Er rührte den Berg nicht an.

„Was zum Teufel muss ich tun um diesen Schweinehund zu erwischen. Wie kann er jedesmal ungesehen verschwinden. Wer zum Teufel steckt dahinter." Lange starrte er zur Deck hoch. Dann rappelte er sich wieder auf. „Wenn ich den Kerl erwische zerreisse ich ihn in der Luft." Walther war wieder da. Auch er hatte seine Hochs und Tiefs, fuhren seine Emotionen Achterbahn.

***

„Es lässt sich nicht beschönigen, trotz der fast lückenloser Überwachung mit vielen, hochmotivierten Beamten und Videokameras an den wichtigsten Stellen -, bis jetzt sind es vierzehn Tote und ein Verletzter."

Walther stand vor dem Stadtrat und zog diese Bilanz am Ende seines kurzen Berichtes.

„Sie kennen nun alle Fakten und selbstverständlich übernehme ich die volle Verantwortung für den Misserfolg. Vielleicht bin ich tatsächlich der falsche Mann für diesen Job und wenn sie die Leitung an einen anderen übertragen wollen habe ich dafür Verständnis." Walther atmete tief durch. „Um ihnen die Entscheidung zu erleichtern, biete ich ihnen hier und heute meine Demission an." Es herrschte betretenes Schweigen im Saal.

Der Stadtrat für Finanzen hatte Walther vorgeladen damit, er dem Rat Rede und Antwort stehe. Sein forsches und zielgerichtetes Auftreten und Handeln sollte sich bei der nächsten Wahl positiv auswirken Zudem war es an der Zeit, sich von Walther und der Polizei zu distanzierte. Er wollte dann am Schluss den grossen Hammer hervorholen und Walther wegen der teuren Überwachungsanlagen, die der Rat niemals bewilligt hatte, zur Schnecke machen. Doch Walther durchkreuzte seinen schönen Plan, indem er die Schuld auf sich nahm und seinen Rücktritt anbot. Nun mussten die Stadträte Position beziehen, Farbe bekennen. Auch er. Und auch das konnte sich auf die nächsten Wahlen auswirken.

Nun also musste sich der Rat entscheiden. Für oder gegen Walther. Konnten sie auf Walther verzichten? Wer sollte nachfolgen? Würde sich jemand finden lassen für einen Job, bei dem man eigentlich nur verlieren konnte? Die Antwort war ein klares, nein.

„Herr Walther, wir brauchen sie hier, sie sind nicht zu ersetzten. Aus diesem Grund müssen wir ihre Demission ablehnen." Die Worte fielen dem Stadtpräsidenten schwer, doch er hatte keine andere Möglichkeit gesehen. Und nun? Ratlosigkeit im Rat.

Was Birrhausen jetzt brauchte war ein Wunder, doch Wunder sind in der heutigen Zeit sehr selten geworden.

***

Sie wurde zur Pressesprecherin ernannt und sie hatte sich sehr gründlich mit dieser neuen Tätigkeit auseinander gesetzt. So, wie sie es gewohnt war. Innert kürzester Zeit informierte sie sich über die verschiedenen Polizeiorgane. Sie las alles, was sie in ihrer näheren Umgebung an Informationen finden konnte. Über Spurensicherung, Labortests, DNA-Analysen und Autopsien, über die Aufgaben der Staatsanwaltschaft, die verschiedenen Anklagemöglichkeiten und Prozessführungen. Und erst dann fühlte sie sich für ihre neue Aufgabe bereit.

Zuerst erarbeitete Pia Seiler ein mehrstufiges Informationskonzept. Der Presse wollte sie nur so viele Informationen wie nötig geben und durch positive Berichterstattung das Vertrauen der Bevölkerung in die Polizei fördern.

Die Menschen sollten beruhigt und der Boulevardpresse der Wind aus den Segeln genommen werden. Die Kunst würde sein, die Mitteilungen so zu dosieren, dass die weiteren Arbeiten der Polizei nicht behindert oder gar verunmöglicht und von der Bevölkerung akzeptiert wurden. Ihr Konzept stellte sie auch dem Stadtrat vor und fand dort uneingeschränktes Lob.

Als sie vom Tiefbauamt zur Polizei wechselte, glaubte sie, eine interessante und vielseitige Aufgabe würde auf sie warten. Sie glaubte mit ihrem Wissen eine echte Hilfe zu sein. Schon bei der ersten Begegnung fand sie ihrem neuen Chef äusserst sympathisch. Er wirkte so ruhig und gelassen, so souverän. Mit Walther würde es eine gute Zusammenarbeit geben. Auch er würde ihre Arbeit schätzen, so wie sie es in Birrhausen bisher gewohnt war.

Sie hatte sich gründlich geirrt, die Realität sah anders aus.

Die Polizei hatte keine brauchbaren Ergebnisse aufzuweisen und Walther gab sich zunehmend zugeknöpft. Der Stadtrat war wieder einmal unter sich zerstritten und erging sich in endlosen Diskussionen und Schuldzuweisungen. Keiner schien ein Interesse an der Wahrheit zu haben, keiner daran, die Bevölkerung zu informieren.

Niemand wollte den Menschen ihre Angst nehmen, zeigen, dass die Behörden alles in ihrer Macht stehende taten um den Mörder zu finden. Nichts dergleichen. War es die Angst vor dem eigenen Versagen? Zugeben zu müssen mit der Situation nicht fertig zu werden? Die eigene Unfähigkeit einzugestehen?

Die Vorwürfe und Anfeindungen an die Adresse der Polizei wurden in der Presse immer lauter und massiver und sie konnte nichts dagegen tun. Jede ihrer Stellungnahmen musste von verschiedenen Seiten abgesegnet werden. Vom Stadtratsbüro, vom Polizeipräsidenten und von Walther als Leiter der Untersuchungen. Doch jeder schob das Dossier dem Anderen zu und wenn es endlich, mit vielen Korrekturen und Änderungen wieder bei ihr landete, war der Informationsgehalt schon längst überholt, schon längst Schnee von gestern und in der Aussage vage und banal. Sie war über alle Massen frustriert.

„Nein, so kann das nicht weitergehen", sagte sie sich, „wenn sich diese Herren zu keiner Stellungnahme durchringen können, dann tue ich es eben.

Schliesslich hat die Bevölkerung ein Recht auf Information. Und überhaupt, sie wollten mich als Pressesprecherin und ich werde meinen Job machen."

So begann sie still, leise und sehr diskret die notwendigen Unterlagen zu beschaffen. Sie ordnete die Akten neu, sie verteilte die Untersuchungsberichte an die verschiedenen Stellen, brachte die Ergebnisse aus dem Labor zu Walther und Hartmann und machte für sich heimlich die notwendigen Kopien.

Doch je länger sie sich mit den Berichten beschäftigte, umso klarer wurde ihr, dass die Polizei noch keinen einzigen Schritt weiter gekommen war. Alles fusste auf Annahmen, Mutmassungen, Spekulationen, Theorien.

Alles was zwischendurch erfolgversprechend war, hatte sich im Nachhinein zerschlagen. Wie sollte da die Bevölkerung informiert werden? Worüber? Was sollte als Information hinaus, was würde von der Bevölkerung und der Presse geglaubt? Zwei Tage lang feilte sie an der Erklärung, rang mit sich selber um jedes Silbe, jeden Ausdruck, jede Redewendung, schrieb den Text immer wieder um, bis sie mit dem Wortlaut zufrieden war.

Sie war sich bewusst, dass sie damit ihre Kompetenzen überschritt und sie zögerte noch zwei Tage, bis sie sich endgültig durchgerungen hatte. Dann erst versandte die „Stellungnahme der Untersuchungsbehörden von Birrhausen" an alle grossen Tageszeitungen und Fernsehanstalten.

**

Kaum war Walther in seinem Büro angekommen, hatte sich in seinem bordeauxfarbenen Sessel niedergelassen, da flog auch schon die Türe auf und der Polizeipräsident stürmte mit hochrotem Kopf herein. Er baute sich vor Walther auf und knallte die Zeitung auf den Tisch. Noch nie hatte Walther seinen Chef so erlebt.

„Sind sie wahnsinnig geworden?" schäumte er. „Wollen sie ihren Job mit aller Gewalt loswerden? Soll ich sie hochkant rausschmeissen? Welcher Teufel hat sie da geritten?" Der Polizeipräsident schnappte nach Luft und liess sich auf den nächstbesten Stuhl fallen.

„Wie konnten sie mir das antun", fragte er resigniert. Er sackte in sich zusammen und sah mit traurigen Augen auf Walther.

Mit einem Mal wirkte der eben noch stattliche und aufbrausende Besucher klein und verletzlich. Überrascht und sprachlos schaute Walther auf seinen Chef, dann auf die Schlagzeilen, und dann verstand er. Das grösste Boulevardblatt der Schweiz titelte:

„Mörder von Birrhausen gefasst?"

Ungläubig starrte Walther auf die Titelseite. Dann packte er die Zeitung und begann zu lesen.

„Kann die geplagte Bevölkerung von Birrhausen endlich aufatmen? Können die Kinder wieder auf der Strasse spielen? Können die Einwohner dieser wundervollen Kleinstadt endlich wieder ein normales Leben führen?

Wie gut unterrichtete Kreise verlauten lassen, kann in den nächsten Stunden mit der Verhaftung des Mörders gerechnet werden. Dann wird der Albtraum endlich zu Ende sein!

Weiter auf Seite 7."

Walther schlug Seite Sieben auf. Die Fortsetzung musste er suchen. Es war nur ein kleiner, unscheinbarer Abschnitt, der Wortlaut er Stellungnahme.

Die Kriminalpolizei von Birrhausen teilt mit, dass Dank der unermüdlichen Arbeit der Untersuchungsbeamten der Kreis der möglichen Täter so stark eingeengt werden konnte, dass in den nächsten Tagen mit der Verhaftung des Mörders gerechnet werden kann. Weitere Angaben können zum jetzigen Zeitpunkt nicht gemacht werden um die laufenden Untersuchungen nicht zu gefährden. Die Polizei bittet die Bevölkerung weiterhin Ruhe zu bewahren und dankt für das grosse Vertrauen, dass sie ihrer Arbeit bisher entgegen gebracht hat.

Walther musste es zweimal lesen. Dann schüttelte er den Kopf, faltete die Zeitung zusammen und legte sie auf den Tisch zurück. Zu seinem Chef gewandt sagte er ruhig.

„Das kommt nicht von mir."

„Von welchem Schwachkopf dann?"

„Ich habe da so eine Ahnung, das lässt sich schnell feststellen." Er griff zum Hörer und wählte eine interne Nummer.

Niemand meldete sich. Er legte den Hörer zurück. „Ich werde der Sache sofort nachgehen und sie umgehend informieren."

„Ich bitte darum. Sehen sie zu, dass wir da wieder heraus kommen."

Der Polizeipräsident verliess mit hängendem Kopf das Büro. Walther schaute ihm besorgt nach. Er hätte nie gedacht das etwas seinen Chef so treffen könnte und er fragte sich, ob nicht mehr dahintersteckte als dieser Zeitungsartikel. Aber das war nicht seine Angelegenheit. Dann nahm er erneut den Hörer auf.

„Sarah, hier ist Walter, hast du Pia Seiler gesehen?"

„Nein, sie ist noch nicht gekommen, - und ich weiss, wenn sie kommt soll sie sich sofort bei dir melden." Auch Sarah Reimann hatte die Zeitung gelesen.

„So ist es, danke Sarah"

Nach dem sie die ganze Tragweite ihrer Aktion erfasst hatte, sich vorstellte welche Reaktionen sie damit auslöste und sich ausmalen konnte was auf sie zukommen würde, da packte sie die Angst ins Büro zu gehen und Walther gegenüber zu treten. Wie gerne hätte sie die Presseerklärung zurückgezogen, das Ganze ungeschehen gemacht. In dieser ausweglosen Situation beschloss sie die unvermeidliche Konfrontation noch eine Weile hinaus zu schieben, sich still zu verhalten bis sich die ersten Wogen geglättet, die Gemüter beruhigt hatten. Sie wollte einen Tag in Bern verbringen und hoffte, dass sie in der Masse verschwinden, dass niemand sie finden, niemand sie erkennen würde.

Sehr früh machte sie sich auf den Weg zum Parkplatz. Am Abend zuvor hatte sie vor ihrer Wohnung keinen Parkplatz gefunden und deshalb stand ihr Wagen ausserhalb der Stadtmauer. Immer noch näher zu ihrer Wohnung als in einer anderen Gasse zu parkieren, hatte sie dabei gedacht. Sie verliess das Städtchen durch eine der kleinen Lücken die im Laufe der letzten einhundert Jahre in der Stadtmauer entstanden waren und steuerte auf den Parkplatz zu. Als sie ihr Auto aufschliessen wollte, hörte sie hinter sich ein Geräusch und fuhr blitzschnell herum.

Der Pfeil traf sie mitten ins Herz und warf sie gegen den Wagen. Verständnislos blickte sie auf den Pfeil in ihrer Brust.

Dann hob sie den Kopf und für einen kurzen Moment sah sie es deutlich vor sich.

Ein hübsches, ovales Gesicht, umrahmt von braunen Locken. Braune Augen mit langen Wimpern. Eine gerade Nase und blass rot geschminkte Lippen. Die Frau war nicht viel älter als sie. Warum tat sie das? Was hatte sie ihr getan? Dann verschwand das Gesicht hinter einem weissen Schleier.

Ihre Beine gaben nach und sie rutschte langsam zu Boden. Pia Seiler war tot. Opfer Nummer Fünfzehn. Und wieder ausserhalb der überwachten Stadtmauern.

***

Birrhausen war zur Geisterstadt geworden. Kaum einer wagte sich noch aus dem Haus. Und wenn doch, dann in der Absicht Birrhausen für immer zu verlassen. Und doch war der Exodus bescheiden. Das Einwohnermeldeamt sprach von ungefähr zweihundert Personen, meist Singles oder Paare ohne Kinder. Die Mehrheit aber hatte keine Alternative, musste bleiben und ausharren. Trotz der vielen Polizisten und der scheinbar totalen Überwachung war es zu einem weiteren Mord gekommen. Die Gefahr lauerte überall.

***

Roth sass alleine in seinem Büro. Alle seine Nachforschungen, seine Theorien, seine Thesen, all das hatte nichts gebracht, gar nichts. Auch wenn er im Moment doch arg deprimiert war -, sollte er aufgeben? Nein, das kam nicht in Frage. Das war nicht seine Art. Also begann er neue Fragen zu stellen, neue Lösungsansätze zu suchen. Das heisst, er versuchte es. Doch so sehr er sich auch anstrengte und mühte, sein Kopf war leer, so leer wie das Blatt das vor ihm lag. Was also? Er kramte die alte Liste hervor und legte sie vor sich hin.

Wem nützen die Morde

Wer profitiert finanziell davon

Wer profitiert davon

Wer unmittelbar

Wer langfristig

Gibt es Verbindungen zwischen den Opfern die länger

zurück liegen

Wie weit muss man dabei zurückgehen

Sind es Fehden zwischen Volksgruppen

Sind es Fehden zwischen Familien

Haben die Opfer gemeinsame Vorfahren

Soll eine Erblinie ausgelöscht werden

Warum geschehen die Morde in Birrhausen

Was ist anders in Birrhausen

Was ist speziell an Birrhausen

Er strich die Punkte 6 bis 11. Immer noch 8 Fragen. Er wusste, dass ihn eine dieser Fragen auf die richtige Spur führen würde. Dessen war er sich sicher. Aber welche? Es war zu Verzweifeln.

***

„Du musst sie nicht mehr suchen, wir wissen, wo sie ist." Sarah Reimann war leise in Walthers Büro getreten und liess sich auf dem Stuhl vor dem Schreibtisch sinken. Walther schaute hoch und sah die Tränen auf Sarah Gesicht.

„Was ist geschehen?" fragte er bestürzt.

„Sie ist auf dem Parkplatz gefunden worden. Sie ist tot."

Weitere Tränen rannen über ihre Wangen. Walther wagte nicht zu fragen. Er ging um den Schreibtisch herum, hockte sich neben Sarah nieder und schlang die Arme um sie. Sarah legte ihren Kopf an seine Schulter und schluchzte. Er fand keine Worte, hielt sie weiter in den Armen und strich ihr dann tröstend übers Haar.

Trauer herrschte im ganzen Haus und auch Grollimund kam vorbei, auf der Suche nach Trost und Zuspruch. Die Verzweiflung wich der Resignation.

***

Müller fuhr mit dem jungen Polizisten Werner Streife, als ihnen der Vizechef der selbsternannten Bürgerwehr mitten auf der Kirchgasse entgegenkam.

„Manchmal hätte ich die grösste Lust diesem Idioten in den Arsch zu treten. Aber eben, als Polizist kannst du dir das gar nicht leisten. Schade eigentlich", sagte Müller und als sie ihn fast erreicht hatten, kurbelte er das Fenster herunter.

Er wollte nicht einfach nur an Trachsel vorbeifahren und wartete bis dieser zur Seite gehen würde. Trachsel aber blieb vor dem Wagen stehen und schaute hochnäsig auf die beiden Polizisten.

Dann beugte er sich vor und stützte sich auf die Motorhaube. „Was soll das denn, was fällt diesem Kerl ein."

Weiter kam Müller nicht, den Trachsel knallte mit dem Gesicht auf die Haube. Für einen kurzen Augenblick sahen Müller und sein Kollege den schwarzen Pfeil in seinem Rücken, bevor Trachsel von der Motorhaube rutschte und aus ihrem Blickfeld verschwand. Dafür hatten sie nun freie Sicht auf die Kirchgasse. Niemand war zu sehen.

„Da, das Fenster!" Der junge Polizist wies aufgeregt auf das Haus mit der Nummer Dreiundzwanzig. „Da hat sich etwas bewegt." Noch bevor Müller etwas dazu sagen konnte, sprang der Junge aus dem Wagen und lief auf das Haus zu. Unterwegs zog er seine Waffe und während er rannte entsicherte er sie. Müller stieg ebenfalls aus uns sah noch wie der Junge in der Haustüre verschwand.

„Scheisse, spinnt der denn." Müller zog ebenfalls seine Waffe und rannte hinterher um seinem jungen Kollegen zu helfen. Er war schlussendlich für ihn verantwortlich. Keine Zeit mehr die Zentrale zu rufen. Und um Trachsel konnten sich andere kümmern. Die Hälfte der Strecke hatte er zurückgelegt, als er, „halt stehen bleiben, Hände hoch, Polizei" und dann mehrere Schüsse hörte. Sie kamen aus dem Haus Kirchgasse dreiundzwanzig. Einen Moment zögerte er, dann rannte er dem Jungen nach, weiter auf das Haus zu.

„Habt du das gesehen, Kurt", wie elektrisiert starrte Tobler auf den Monitor. „Da liegt einer vor dem Auto und ein Polizist rennt mit gezogener Pistole auf ein Haus zu. Das muss Müller sein." Er schaute auf das Schild am Rande des Monitors. „Es ist in der Kirchgasse, löse Alarm aus, ich glaube er braucht Hilfe." Reimann schnappte sich das Mikrofon.

„An alle Wagen, an der Kirchgasse braucht ein Kollege Unterstützung. Wahrscheinlich ist es Müller, er ist soeben mit gezogener Waffe in ein Haus gelaufen. Das Haus liegt an der Verzweigung zur Seilergasse, müsste die Nummer Dreiundzwanzig sein.

Die Gasse auf beiden Seiten abriegeln und gedeckt vorgehen. Gerade kommt die Meldung dass geschossen worden ist, seid also vorsichtig."

Müller hatte den Hauseingang erreicht und blieb stehen.

Er konnte nichts sehen, der Wechsel vom Tageslicht ins Innere des Hauses war zu gross, seine Augen mussten sich erst an das Dämmerlicht gewöhnen. Dann bewegte er sich vorsichtig der Gangwand entlang und versuchte möglichst den ganzen Raum im Blickfeld zu behalten. Vom oberen Stockwerk kamen polternde Geräusche und leise aber behände stieg er die Treppe hoch. Wieder schaute er sich um, sicherte seine nähere Umgebung.

Dann vernahm er erneut ein Rumpeln und er schlich leise durch in offene Tür in die Wohnung aus der die Geräusche kamen. Er sicherte links und rechts, schaute kurz in Küche und Bad und ging mit vorgehaltener Waffe den Gang entlang, erreichte das Wohnzimmer.

In der Zwischenzeit hatte die Polizei die Kirchgasse abgeriegelt und von beiden Seiten rannten Polizisten mit Maschinenpistolen und schusssicheren Westen den Hausmauern entlang auf die Nummer Dreiundzwanzig zu.

Sie nutzten jede Deckungsmöglichkeit und waren schnell vor der Haustüre angelangt. Einen kurzen Moment verharrten sie, dann verschwanden sie im Inneren des Hauses. Müller sah sich vorsichtig im Wohnzimmer um. Der junge Polizist sass auf dem Sofa, regungslos. Vor ihm auf dem Boden lag eine bunt gekleidete, zerfetzte Modellpuppe, so wie sie Schneiderinnen benutzen. Müller steckte die Waffe ein und sprach den jungen Kollegen an.

„Was ist hier geschehen?"

„Ich habe auf die Puppe geschossen." Der Junge schüttelte den Kopf und begann am ganzen Körper zu zittern. „Und wenn es ein Mensch gewesen wäre?" Müller wusste in diesem Moment auch keine Antwort. Auf leisen Sohlen waren die schwer bewaffneten Polizisten durch das Haus geschlichen und plötzlich standen sie mit vorgehaltener Maschinenpistole neben Müller. Dieser erschrak heftig als seine Kollegen plötzlich wie aus dem Nichts auftauchten.

„Alles klar, Abbruch und Rückzug." Der Kollege senkte seine Waffe und klopfte Müller leicht auf die Schulter. „Wir schicken dir den Psychologen und einen aus eurer Gruppe.

Er muss hier weg, sonst kommt er damit nie klar." Die schwer Bewaffneten verliessen das Haus und zogen ab.

Reimann und Tobler sassen im Präsidium vor den Monitoren. Sie sassen wie auf Nadeln.

Als sie sahen wie die Kollegen des Haus verliessen, griffen sie zum Funkgerät. „Hier Zentrale, was ist geschehen, bitte melden." Auf dem Monitor sahen sie wie der Eine zum Funkgerät griff, sich umsah und sich dann in Richtung der Kamera drehte.

„Euer junger Kollege hat soeben eine Modepuppe erschossen, Ende." Tobler und Reimann waren perplex. Eine Modepuppe?

Bei dem ganzen Trubel ging beinahe vergessen, dass es am Anfang der Aktionen ein Opfer gegeben hatte. Und das lag noch immer vor dem Streifenwagen, mit einem schwarzen Pfeil im Rücken.

***

„Ich frage mich, ob er langsam nachlässig wird, oder nervös. Es ist schon das zweite Mal, dass er nicht richtig getroffen hat und Von Au meinte er könne in durchbringen." Walther sass mit Hartmann, Tobler und Reimann im Sitzungszimmer. Zwischen ihnen stand ein grosser Krug Kaffee und ein Weidenkörbchen mit frischen Croissants.

„Der Kerl hatte schon unwahrscheinliches Glück. Das Metallrelief auf seiner Bomberjacke hat ihm das Leben gerettet. Der Pfeil sei zwar tief eingedrungen, sagt Von Au, aber das Metall habe den Pfeil abgebremst. Ein halber Zentimeter tiefer und er wäre hinüber gewesen, sagte Von Au."

„Zum Glück ist dieser Trachsel nicht gestorben, das hätte Probleme mit der Bürgerwehr gegeben", meinte Tobler und griff sich ein Croissant. „Er ist die Nummer Zwei in dieser Horde."

„Und hoffentlich werden diese Typen jetzt endlich vernünftig, hoffentlich begreifen sie, dass es gar nichts bringt mit Kanonen herum zu laufen. Bevor sie den Täter erwischen, erwischt er sie." Auch Reimann griff ins Weidenkörbchen. Walther schenkte Kaffee nach.

„Und was nun? Was hilft es uns? Wir wissen nicht einmal von welcher Stelle aus der Killer geschossen hat und bis wir Trachsel dazu vernehmen können werden noch einige Tage verstreichen - und der wird auch nichts wissen. Auch die Überwachungsvideos geben nichts her, wir haben sie alle unzählige Male vor und zurück gespult -, nichts, es ist zum verrückt werden."

Hartmann hatte sich an der Diskussion bisher nicht beteiligt. Er schien mit seinen Gedanken an einem anderen Ort zu sein und hörte nicht hin was die Anderen sagten. Auch Kaffee und Croissant rührte er nicht an. Plötzlich hob er den Kopf.

„Und wenn er nicht richtig getroffen hat, weil er gestört wurde? Habt ihr daran schon gedacht? Von Au sagt, dass er diesmal nicht das Herz getroffen hat, wie es sonst der Fall war.

Der Pfeil steckte in der rechten Seite. Es könnte doch sein, dass ihn jemand gestört hat und dieser jemand müsste doch zu finden sein.

Er oder sie hat sich bisher nicht gemeldet, weil sie sich gar nicht bewusst ist, ein wichtiger Zeuge zu sein." Einen Moment war es still am Tisch.

Jeder war verblüfft und musste die Worte Hartmanns erst verarbeiten. Walter fand als Erster die Sprache wieder.

„Hoffen wir dass du recht hast, Hans. Wir müssen sofort einen Zeugenaufruf in Radio und Fernsehen starten, dazu Flugblätter. Wir nehmen dabei auf niemanden Rücksicht. Ob sich der Polizeipräsident oder der Stadtrat darüber aufregen ist mir scheissegal. Und wir setzen eine Belohnung von zehntausend Franken aus." Dann wandte er sich an Reimann.

„Kurt, kannst du zusammen mit Roth herausfinden wie der letzte Pfeil in die bisherige Sammlung passt? Roth hat was erzählt von vier mal vier Pfeilen, das wären dann sechzehn gewesen, wir sind aber schon bei siebzehn.

Was ich auch noch wissen will ist, was dieser Trachsel vor der Tat getan hat und mit wem er wo gewesen ist. Kannst du das erledigen, Hans? Ich kümmere mich um den Zeugenaufruf."

„Was für einen Job hast du für mich?" fragte Tobler, "soll ich Däumchen drehen?"

„Nein, natürlich nicht, du musst versuchen mir die Presse, meinen Chef und den Rudin mit seinem Stadtrat vom Leib zu halten. Lüge wenn es sein muss."

„Ich wüsste nicht was ich lieber täte", grinste Tobler und angelte sich ein weiteres Croissant.

„Also dann, auf geht's." Walther war wieder er selbst. Kompetent, mit Übersicht und voller Tatendrang. Und das wirkte ansteckend, denn nur Augenblicke später war das Sitzungszimmer leer. Einzig die halbvollen Tassen und die frischen, angebissenen Croissants blieben zurück.

***

„Erzählen sie noch einmal ganz genau was sie gesehen haben. Ich habe das nicht genau verstanden. Am besten erzählen sie ihren ganzen Tagesablauf."Walther lehnte sich zurück. Auch wenn er wie auf glühenden Kohlen sass, er liess sich seine Ungeduld nicht anmerken. Hätte er die Frau gedrängt, sie hätte sich nicht mehr erinnern können. Doch er zeigte eine Engelsgeduld, auch wenn ihm das unendlich schwer fiel.

„Am Morgen bin ich schnell einkaufen gegangen. Milch, Brot, Gemüse, frische Sachen eben, das Andere habe ich immer im Haus als Vorrat. Dann habe ich aufgeräumt und das Mittagessen gekocht. Spaghetti Bolognese, das mögen die Kinder so gern.

Mein Konrad kommt nämlich zum Mittagessen nicht nach Hause weil der Weg zu lang ist, dafür isst er in der Kantine, aber es sei nicht so gut wie bei mir, sagt er immer."

„Ja, zu Hause schmeckt es einfach am besten", bestätigte Walther, „und ich kann mir gut vorstellen, dass sie eine ausgezeichnete Köchin sind." Sie senkte den Blick, lächelte und errötete leicht.

„Sind ihre Kinder mittags zur Schule gegangen?" Walther versuchte das Gespräch wieder in geordnete Bahnen zu lenken.

„Nein, die Jüngste ist erst drei und die Grosse lasse ich nicht in den Kindergarten gehen. Nicht das ihr etwas geschieht."

„Das kann ich gut verstehen." Walther nickte zustimmend. Doch langsam wurde er ungeduldig und begann mit seinem Kugelschreiber zu spielen.

„Um fünf habe ich dann einen Anruf meiner Mutter erhalten. Sie wohnt in der Schmiedengasse, gleich neben dem Schuhgeschäft von Freiermuth. Sie leidet an Rheuma, also meine Mutter, nicht der Freiermuth", kicherte sie. „Ich gehe einmal am Tag bei ihr vorbei. Putzen, Schreibkram, eben alles was sie nicht mehr richtig machen kann."

„Und als sie auf dem Weg zu ihrer Mutter waren, ist es dann passiert." Walther versuchte die Sache zu beschleunigen.

„Genau, als ich in die Schmiedengasse eingebogen bin, bin ich mit einem Mann zusammengestossen. Er war so um die dreissig. Er hatte einen Trainingsanzug an und hatte Skistöcke dabei wie die Leute die Nordic Walking machen. Er hat mich komisch angesehen, sich dann aber doch freundlich entschuldigt. Das kann ich aber auch erwarten, schliesslich ist er doch in mich hinein gelaufen. Ich habe dann das Ganze vergessen, bis ich ihren Aufruf gehört habe, dann ist es mir wieder in den Sinn gekommen."

„Ich bin froh dass sie sich gemeldet haben. Darf ich ihnen noch ein paar Fragen stellen?"

„Ja natürlich." Die Frau schaute gespannt auf Walther.

„Als sich der Mann entschuldigt hat, ist ihnen dabei an seiner Sprache etwas aufgefallen?"

„Er war nicht aus unserer Gegend, nicht von hier, wenn sie das meinen. Er könnte aus der Ostschweiz kommen. Oder vielleicht war es ein anderer Akzent, ich kann das nie gut einschätzen."

„Als er weiterging, haben sie ihm nachgeschaut? Ist ihnen da etwas aufgefallen? War sein Gang ungewöhnlich, hat er gehinkt oder so?"

„Nein, er ist ganz normal weitergegangen. Wobei, das mit den Stöcken macht er wohl noch nicht lange, er hat sie immer wieder falsch aufgesetzt, das sah komisch aus. Dann bin ich zu meiner Mutter gegangen."

„Nochmals vielen Dank für Ihre Hilfe, Frau Winter, sie haben uns sehr geholfen." Walther verabschiedete sich freundlich und war froh, dass das Gespräch vorbei war. Viel länger hätte er es nicht ausgehalten.

***

„Das ist Pfeil Nummer Fünfzehn und dieser Nummer Sechzehn. Und nun stellt sich die Frage, wie passen sie zu den anderen Vierzehn. Bei den ersten hatten wir drei Pfeile mit einer Kerbe, drei mit zwei Kerben, vier mit drei Kerben und vier mit vier Kerben. Macht zusammen vierzehn Pfeile."

„Die Idee war gut", sagte Walther zu Tobler und Reimann, „da wir aber schon siebzehn Pfeile haben, können wir nicht sagen wie viele der Mörder noch hat. Es können drei, dreissig oder dreihundert sein. Sicher ist nur eines, es ist noch nicht vorbei."

„Scheisse", entfuhr es Reimann und er schmiss die Pfeile wieder zurück auf den Tisch. Dass dabei die Spitzen über den Tisch hinaus sprangen und auf dem Boden landeten, kümmerte ihn nicht.

***

„Ich weiss, dass euch interessiert, wie lange der Job noch dauern wird. Ich habe mit unserem Auftraggeber gesprochen und er will, dass wir die ganze Sache beschleunigen.

Ich habe das Gefühl, dass uns die Polizei immer näher rückt, vielleicht, ohne dass sie es selber weiss. Unser Risiko wird darum immer grösser und bevor es unkalkulierbar wird, müssen wir den Auftrag zu Ende bringen."

„Hast du denn Anhaltspunkte die belegen, dass uns die Polizei näher rückt?"

„Nein, habe ich nicht. Es ist nur ein Gefühl. Nennt es meinetwegen weibliche Intuition. Darauf habe ich mich immer verlassen können."

„Stimmt, das letzte Mal war es auch so, erinnert ihr euch?"

„Ja, stimmt. Und weil du unsere Eva und unser Primus bist, werden wir auf dich hören."

„Gut, und in meinem nächsten Leben will ich dann auch wirklich Eva heissen."

„Auf unsere Eva, prost." Eine gemütliche Runde in einem kleinen Lokal in der Berner Altstadt.

„Wir müssen nun die nächsten Schritte besprechen." Noch lange sassen die Vier zusammen.

***

Es ging gegen Mitternacht. Andrea und Walter sassen in ihrem gemütlichen eingerichteten Wohnzimmer.

Sie las „Die Kunst des Krieges" von Sun Tsu und er spielte Schach. Im Hintergrund erklangen Vivaldis Vier Jahreszeiten und auf dem Tisch stand eine Flasche Chateau Petrus, Jahrgang 1986. Sie hatten den Wein für einen besonderen Abend aufgehoben. Und Walther war der Meinung, dass heute so ein besonderer Abend sei. Selten fand er die Zeit um zu spielen und da er seine Andrea nicht dafür begeistern konnte, hatte er sich einen Schachcomputer gekauft. Für ihn war das Schachspielen geistige Entspannung und er hatte gegen den Computer schon mehrfach gewonnen, auch auf der höchsten Spielstufe. Er spielte brillant und hätte den Vergleich mit den Besten des Landes nicht zu scheuen brauchen. Auch gegen Grossmeister hätte er bestehen können.

Draussen tobte schon wieder ein Föhnsturm. Dabei hatten alle auf den erlösenden Regen gehofft. Wieder einmal irrten sich die Wetterfrösche bei der aktuellen Prognose.

Andrea klappte das Buch zu und legte es zur Seite.

„Walter." Normalerweise störte sie ihn nie beim Spiel, sodass er überrascht den Kopf hob und zu ihr hinüber sah.

„Walter, ich gehe morgen Nachmittag zu Frau Tanner. Es könnte etwas später werden, so gegen sieben. Mach dir also keine Sorgen wenn ich noch nicht Zuhause bin wenn du heimkommst."

„Tanner ?" Walther schaute sie fragend an.

„Sie wohnt zwei Häuser weiter und ist erst kürzlich zugezogen. Du wirst sie schon noch kennenlernen, sie ist sehr sympathisch." „Und jetzt gehe ich schlafen." Sie erhob sich und ging zu ihm hin. Sanft küsste sie ihn. „Gute Nacht und bleib nicht mehr so lange, Schlaf würde dir auch gut tun." Sie strich ihm übers Haar und ging dann zur Tür.

„Ich komme bald nach, schlaf gut." Er schaute ihr nach und lächelte. Was war er doch für ein Glückspilz. Dann wandte er sich wieder der Schachpartie zu.

Er konzentrierte sich auf den schwarzen Springer, überlegte seinen nächsten Zug. Als er die Figur packte um zu ziehen, war ihm, als würde urplötzlich ein Vorhang zerreissen, fiel es ihm wie Schuppen von den Augen und mit einem Mal wusste er es. Den Springer liess er achtlos auf das Brett fallen. Jetzt war ihm alles klar. Keine Sprache von Psychopathen, Gelegenheits- oder Triebtäter oder ähnlichem. Nein, die Morde hatten Methode, waren ausgezeichnet vorbereitet und raffiniert ausgeführt. Und er hatte jetzt nicht mehr die geringsten Zweifel, wusste welche Schritte er einleiten musste.

„Jetzt kriege ich dich." Fast hätte er es laut hinausgeschrien.

Er griff zum Telefon und wählte, wartete ungeduldig und trommelte dabei auf dem Tisch herum.

„Ja, Roth". Die Stimme klang verschlafen und genervt.

„Hallo Daniel, ich bin es, Walter, hast du etwa schon geschlafen?"

„Schon geschlafen? Du bist gut, hast du auf deine Uhr gesehen? Es ist schon weit nach Mitternacht. Du hast mich aus einem wunderschönen Traum gerissen." laute seufzte er auf.

„Gerade noch war ich in der Südsee, am Palmenstrand. Meeresrauschen, Sonnenschein, Hängematte, alles was ich dringend nötig hätte -, und dann rufst du an."

„Da kannst du in ein paar Tagen hinfahren, wenn alles vorbei ist. Aber zuerst brauche ich dich hier."

„Was gibt es denn so dringendes."

„Hör zu, ich habe die Lösung gefunden."

Roth war mit einem Schlag hellwach. „Was hast du? Komm sag etwas."

„Im Grunde genommen ist es ganz einfach."

„Los, erzähl."

„Wir haben doch alle überprüft. Einwohner, Touristen, Auswärtige, Lieferanten und du hast in deren Vergangenheit gewühlt, nach möglichen Motiven für die Morde gesucht.

Gefunden haben wir nichts. Wir haben tatsächlich zu weit gesucht, Daniel. Eine Gruppe haben wir schlicht und einfach übersehen. Ich weiss auch nicht wie das geschehen konnte."

„Sagt dir der Name Tanner etwas?"

„Wenn du mich so fragst, nein, aber ich könnte in meinen Unterlagen nachsehen, warte einen Moment, ich schaue im Computer nach." Walther hörte Roth herumlaufen, hörte wie ein Stuhl geschoben wurde. „Hier bin ich wieder, wie sagtest du, Tanner? Habe ich nicht auf der Liste, und ich habe Alle."

„Nein, hast du nicht" Walthers letzte Zweifel schwanden.

„Habe ich nicht?"

„Nein, wir haben die Neuzuzüger vergessen. Die wohnen hier, können sich frei und ungehindert bewegen, sind bei den Nachbarn bekannt, also keine Fremdem mehr und somit unverdächtig. Bei einer der vielen Ausweiskontrollen fallen sie nicht auf, sie wohnen ja in Birrhausen. Eine Vergangenheit haben sie nicht, dafür sind sie noch nicht lange genug hier."

„Aber auf dem Einwohnermeldeamt habe ich doch alle Angaben bekommen. Warum dabei der Tanner fehlt, kann ich mir nicht erklären."

„Ich schon, erinnerst du dich an das siebte Opfer, Andreas Kleinert?"

„Kleinert, ja, habe ich hier auf der Liste."

„Er hat im Einwohnermeldeamt gearbeitet und ich weiss aus Erfahrung, dass die Datenerfassung nur einmal im Monat geschieht.

Zudem war Kleinert vor seinem Tod vier Wochen in den Ferien und ist erst an diesem Montag, seinem Todestag, zurückgekommen. So sind die Einträge mindestens acht bis zehn Wochen nicht nachgetragen worden. Und darum hast du Tanner nicht auf der Liste."

„Und dann können auch Andere nicht erfasst sein, das willst du doch damit sagen, oder nicht?"

„Ich stelle fest, Daniel, du bist wach geworden."

„Ja, ich bin wach und du hast recht, da muss die Antwort liegen. Aber sag mal, wie bist du auf diese Idee gekommen?"

„Bin ich gar nicht, Andrea hat mich darauf gestossen."

„Ich habe ja schon immer gesagt, dass du eine tolle Frau hast -, wobei, ich weiss immer noch nicht was sie an dir findet, wo ich sie doch auf Händen tragen würde."

„Ist schon gut, Daniel, ist schon gut."

„Und wie geht es weiter?" Roth war wieder ernsthaft geworden.

„Morgen früh gehe ich als Erstes zur Einwohnerkontrolle. Kommst du mit?"

„Natürlich, das lasse ich mir nicht entgehen, auch die überraschten Gesichter nicht, wenn ich schon wieder dort auftauche."

„Moment mal, Walter, morgen ist Heute und Heute ist Samstag." Das spielt keine Rolle, ich werde anschliessend noch ein paar Leute mehr aus dem Schlaf holen.

Auf jeden Fall sehen wir uns morgen und wir gehen da hinein, auch wenn ich die Tür aufbrechen muss. Kannst du um acht hier sein?"

„Wenn du mich noch ein paar Stunden schlafen lässt, dann bestimmt. Solltest du auch tun."

„Werde ich auch versuchen, gute Nacht Daniel."

„Gute Nacht Walter."

Walther legte den Hörer zurück und griff nach dem Telefonbuch. Er schrieb sich verschiedene Nummern heraus. Nach einigen Anrufen hatte er es geschafft, auch wenn sich Mancher dagegen streubte und nichts davon wissen wollte, morgen um Acht würden alle Türen offen stehen. Und er würde Einblick in alle Akten haben.

Er schenkte sich noch ein Glas Wein ein und lehnte sich im Sessel zurück. Auch wenn er noch kein Motiv erkennen konnte, er hatte eine Spur die ihn zum Mörder führen würde. Er wusste, wo er ihn suchen, wo er ihn finden konnte.

„Jetzt habe ich dich, du Bastard." Genüsslich trank er den Wein. Zum ersten Mal nach bald vier Wochen blickte er wieder optimistisch in die Zukunft, sah er Licht am Ende des langen Tunnels.

Und doch, aus dem hintersten und tiefsten Winkel seines Gehirns kamen sie langsam aber unaufhaltsam hervorgekrochen, die Zweifel. Und wenn doch nicht? – wieder nicht? Nein, das konnte, das durfte nicht sein. Diesmal war er seiner Sache sicher. Einhundertprozentig. Oder?

***

Am selben Abend traf sich Schneider mit seinen Spezialisten im Beau-au-Lac am Zürichsee. Sie hatten sich in einem kleinen Konferenzraum niedergelassen und genossen den Blick auf den See. Es herrschte eine gelöste Stimmung

„Sie haben ausgezeichnete Arbeit geleistet. Ich danke ihnen und möchte sie auch diesmal bitten, die ganze Angelegenheit für immer zu vergessen, denn die grösste Sorge des Auftraggebers ist, dass die Wahrheit ans Licht kommen könnte. Dann würden einige prominente Köpfe rollen und die Schweiz wäre nicht mehr das Land das es bisher war.

Wobei dieser Krauer vom Beschaffungswesen noch der kleinste Fisch ist. Nur magere Hunderttausend hat er kassiert, da haben Andere deutlich mehr abgesahnt. Doch wie stets in solchen Fällen, man hängt den Kleinen und lässt die Grossen laufen. Aber wie auch immer, unsere Arbeit war wiederum von Erfolg gekrönt." Die Runde hob die Gläser und sie tranken auf den erfolgreichen Job.

„Und", fuhr Schneider fort, „wer will schon zugeben müssen, in illegale Machenschaften verwickelt zu sein. Dies könnte eine internationale Krise auslösen und wir sind uns wohl alle darin einig, dass dies nicht in unserem Sinne sein kann. Wir würden einen guten Kunden verlieren, vor allem aber Einen der sehr gut zahlt."

Diesmal tranken sie auf den guten Verdienst. „Im Übrigen geht das Gerücht um, dass es diesmal ehemalige südafrikanische Geheimdienstleute gewesen sein sollen. Und nur dank der gut koordinierten Arbeit der schweizerischen Nachrichtendienste DAP und SND sei der Spionagering zerschlagen worden und die Erpressungen und Insidergeschäfte ans Licht gekommen.

Ihr seid doch auch der Meinung, oder nicht? Denn das wird morgen in allen Zeitungen stehen." Die vier Spezialisten lachten.

„Eigentlich sollten wir diesmal einen Sonderbonus erhalten", meldete sich der Älteste der Truppe. „Was da in diesem kleinen Kaff Birrhausen alles abging, habe ich so noch nie erlebt.

Da haben wir viel Glück gehabt, dass unser Auftrag trotz allem so glatt über die Bühne gegangen ist. Wir waren nicht die Einzigen die alle Telefonate der Stadt abgehört haben. Die Anderen haben unsere Anwesenheit bestimmt sehr schnell bemerkt. Das war ja eine ganz spezielle Truppe. Absolut skrupellos."

„Es hätte doch auch einen von uns treffen können", meinte ein Jüngerer. Schneider macht ein nachdenkliches Gesicht.

„Das wäre ein echtes Problem geworden."

Der Älteste schüttelte den Kopf. „Nein, das uns nichts geschah, das ist kein Zufall, sondern liegt daran, dass wir alle Profis sind.

Wir sind ihnen nicht ins Gehege gekommen und sie haben uns in Ruhe gelassen. Wir haben uns nicht für ihren Job interessiert und sie sich nicht für den Unseren. Beide Seiten wussten, wo die Grenzen verlaufen und haben das respektiert."

„Stimmt", meldete sich ein Anderer zu Wort, „das ist so. Eine Krähe hackt der anderen kein Auge aus. Und die paar Toten haben uns nicht interessiert. War ja nicht unser Spiel." Die Anderen nickten zustimmend. Einen Moment hing jeder seinen Gedanken nach.

„Erinnert ihr euch noch, als diese Dilettanten versuchten den Krauer und seine Besucher selber zu Überwachung und dann von der Polizei verhaftet wurden?" Alle lachten und entspannten sich wieder.

„Dann, meine Herren, wollen wir auf unseren grossen Erfolg anstossen." Es war sonst nicht Schneiders Art und entsprach so gar nicht seinem Image als seriöser Geschäftsmann, aber heute schien ihm eine Ausnahme angebracht. Er packte eine Magnumflasche Taittinger, riss den Drahtverschluss weg, schüttelte die Flasche und liess den Korken mit lautem Knall an die Decke schiessen. Aus der überschäumenden Flasche füllte er die Gläser.

„Auf den Erfolg und die gute Zusammenarbeit." Sie hoben die Gläser. „Und darauf, dass es nicht das letzte Mal gewesen ist."

***

Vier Uhr früh

Noch herrschte Dunkelheit, war alles ruhig und friedlich, lag das kleine Städtchen Birrhausen in unruhigem Schlaf. Wolkenfetzen rasten über den schwarzen Himmel, getrieben vom Föhn, dem heissen Südwind. Immer wieder blitzten zwischen den Wolkenfetzen die Sterne auf, warf der Mond sein fahles Licht über die Dächer, rüttelte der Sturm an den Fensterläden, wirbelte Staub und Papierfetzen hoch und trieb sie durch die engen Gassen. Noch zwei Stunden, dann würde der neue Tag anbrechen, die Dämmerung die Nacht vertreiben.

Vier Uhr früh.

Urplötzlich heulten die Sirenen auf, laut, durchdringend, ohrenbetäubend. Der nervende, unheilschwangere Ton drang durch Mark und Bein, riss die Menschen aus dem Schlaf. „Was geht jetzt wieder ab", fragte der Bürgermeister verärgert, stieg aus seinem Bett und warf sich den Morgenmantel um.

„Schlaf weiter", sagte er zu seiner Frau, „es wird wohl wieder so eine idiotische Aktion von diesem Walther und diesem Grollimund sein, langsam machen mich diese Typen sauer."

Die meisten Menschen in Birrhausen reagierten anders, der Lärm der Sirenen liess sie verstört umherschauen. Was in aller Welt war jetzt los. Als sie den ersten Schock überwunden hatten, sprangen sie aus ihren Betten, liefen zu den Fenstern und rissen sie auf.

In den Gassen hasteten die ersten Menschen vorbei, schrieen laut durcheinander, gestikulierten zu den Menschen an den Fenstern. Keiner verstand ein Wort. Die Sirenen übertönten alle anderen Geräusche. Als sie einen Moment verstummten konnte man die Rufe verstehen.

„Feuer, Feuer, es brennt, es brennt, alles brennt, flieht."

Allmählich begriffen sie es. Sie sahen den Wiederschein des Feuers, an allen Seiten.

Nun wurde ihnen klar, auch sie sollten fliehen, keine Zeit verlieren, nicht lange überlegen, nur raus hier, nur weg von hier, nur das zählte noch. Oder sollten sie noch bleiben? Auf die Feuerwehr warten die bestimmt schon unterwegs war. Sie konnten doch nicht einfach alles hier zurück lassen. Andere verliessen in Panik die Häuser und flüchteten auf die Strasse. Die Meisten nur mit dem was sie am Leib trugen, einige barfuss, andere hatten Jacken oder einem Mantel unter den Arm geklemmt, was sie im rauslaufen hatten greifen können. Sie rannten die Gassen entlang oder stiegen in ihre Autos. Mit dem Wagen kamen sie nicht weit. Schnell waren die engen Gassen verstopft und es ging nicht vorwärts noch rückwärts. Also wieder heraus aus dem Auto und zu Fuss weiter. Nur weg hier. Fliehen. Viele Ausgänge hatte die Stadt nicht. Die geschlossene Bauweise, die fast vollständig erhaltene Stadtmauer bot Schutz, Schutz von aussen. Doch diesmal wurde sie zum Hindernis, zur tödlichen Falle. Wie durch einen Irrgarten rannten die Menschen in ihrer Panik durch die Gassen, angetrieben von der kollektiven Angst und dem ohrenbetäubenden Lärm der Sirenen. Zwei grosse Haupttore, zwei kleine Nebentore und einige kleine Durchlässe waren die einzigen Orte um aus der Stadt zu fliehen. Und die Zeit drängte.

Birrhausen, diese idyllische Kleinstadt war an verschiedenen Orten gleichzeitig in Brand geraten. In den Häusern entlang der Stadtmauer brannten die Dächer und im Zentrum des Städtchens begann das Feuer sein zerstörerisches Werk in den Kellerräumen.

Die Brandstifter waren sehr gezielt vorgegangen. Sie hatten ausgenutzt dass verschiedene Häuser und Wohnungen leer standen.

Sie hatten an ausgewählten Orten Brandsätze mit Zeitzünder deponiert und diese explodierten alle zur gleichen Zeit. Durch die explodierenden Kanister, die herumspritzende Benzingelatine, breiteten sich die Feuer rasend schnell aus.

Bei den äusseren Häusern standen die Dächer innert weniger Minuten im Vollbrand und im Zentrum frassen sich die Feuer vom Keller bis hinauf unter die Dächer.

Hier waren auch die ersten Opfer zu beklagen. Die Treppenhäuser standen in Flammen und versperrten den Bewohnern den Fluchtweg.

Einige schafften es aus dem Fenster zu klettern, für Andere war der verzweifelte Sprung auf dem Fenster der Sprung in den Tod. Weitere erstickten im immer dichter werdenden Rauch.

Angefacht durch den Föhnsturm loderten die Flammen immer höher, immer heisser. Ein Glutregen wirbelte durch die Stadt, entzündete die nächsten Dächer, die nächsten Häuser. Das Feuer übersprang die engen Gassen, frass sich immer weiter und entfachte ein riesiges Inferno. Der äussere Kreis drohte sich zu schliessen und im Inneren der Stadt entwickelte sich ein Flächenbrand. Fliehende wurden durch herumfliegende Trümmer verletzt, durch Glut und heisse Asche versengt. Hitze und Rauch nahmen ihnen den Atem.

Erst wusste er den infernalischen Lärm nicht einzuordnen, dann hörte er Schreie und laute, schnelle Schritte weckten ihn endgültig aus dem Schlaf. Erst konnte er nicht verstehen was die Leute riefen. Er war immer noch benebelt von den starken Medikamenten die er am Abend zuvor eingenommen hatte.

„Beeile dich, schneller, liegen lassen, komm schon."

Er wollte aus dem Bett steigen doch ein stechender Schmerz liess ihn innehalten.

„Dieser verdammte Ischiasnerv." Es gab Tage da konnte er kaum gehen und noch keines der Medikamente hatte ihm auf Dauer helfen können. Waren das noch Zeiten, als er noch mit seinen Freunden bei Georg im „Hirschen" um die nächste Runde spielte. Lange war das noch nicht her. Auch am Kürbiswettbewerb würde er dieses Jahr nicht mitmachen können. Rauch? War das Rauch? Ächzend und unter grossen Schmerzen stemmte er sich hoch und stieg aus dem Bett. Er hörte die Leute durch den Flur hasten. Und dann war da noch ein Geräusch, es klang wie knistern. Was war das denn? Er schlurfte langsam zur Wohnungstür und öffnete sie.

Der Rauch war greifbar nahe und wälzte sich nun dicht und schwarz auf ihn zu. Schnell drückte er die Türe zu. „Zum Fenster", war sein nächster Gedanke.

Er hörte Glas splittern und als er sich umdrehte drang schon Rauch durch die zerborstene Scheibe. Flammen schossen herein, leckten an den Vorhängen, setzten sie in Brand und verschlangen sie. Starr vor Schreck, zu keiner Bewegung mehr fähig wurde ihm urplötzlich bewusst, dass er diesem Feuer nicht entkommen konnte.

Vielen anderen erging es ebenso. Vor allem im Zentrum, da, wo die Feuer im Keller ausbrachen, sie schafften sie es nicht mehr das Haus rechtzeitig zu verlassen. Alte und Gebrechliche wurden in der allgemeinen Panik einfach vergessen. Jeder war damit beschäftigt seine eigene Haut zu retten. Wieder andere, die sich nicht von ihrem Besitz trennen konnten, die versuchten noch möglichst viel von ihrer Habe zusammen zu raffen um sie vor dem Feuer zu retten wurden am Ende von diesem eingeschlossen und kamen darin um. Die meisten starben durch Rauchvergiftung bevor ihre Körper bis zur Unkenntlichkeit verbrannten oder sie wurden von einstürzenden Mauern erschlagen.

Wo blieb in diesem ganzen Inferno die gut ausgebildete Feuerwehr? Als die ersten Sirenen losheulten machten sich die Mannen auf den Weg und versuchten mit all den Fliehenden aus der Stadt heraus zu kommen. Es dauerte keine zehn Minuten bis die ersten Feuerwehrleute im Magazin eintrafen, bis der erste Löschzug die Garage verliess, mit Blaulicht und heulender Sirene davon preschte und in die Strasse zur Stadt einbog. Heftig trat der Fahrer auf die Bremse um eine weitere Katastrophe zu verhindern. Die panisch fliehende Bevölkerung kam ihnen mitten auf der Strasse entgegen und versperrte den Weg. Einige hatten nur noch das was sie am Leibe trugen. Andere schleppten Rucksäcke und Taschen mit sich. Ein paar Handkarren, ein paar Fahrräder. Der Schrecken und das Grauen war in ihren Gesichtern zu lesen. Und alle waren sie so traumatisiert, dass sie das Feuerwehrauto gar nicht richtig wahrnahmen.

Nur langsam wichen die Menschen zur Seite und der Löschzug konnte endlich weiterfahren, wenn auch nur im Schritttempo. Doch dreihundert Meter vor der Stadtmauer war Schluss. Mehrere ineinander verkeilte Autos blockierten die Strasse.

Dahinter all die Fahrzeuge die nicht weiterkamen. Die Kolonne reichte bis in die brennende Stadt zurück.

Die Feuerwehr versuchte die Autos auseinander zu schieben. Vergeblich. Sie waren zu stark ineinander verkeilt.

„Schneidet sie auseinander und stösst sie mit dem Auto zur Seite. Und die hinteren Wagen, von der Strasse runter, egal wie." Der Zugführer zögerte keine Sekunde und packte auch mit an.

Die fliehenden Autofahrer hatten beim Verlassen der Fahrzeuge die Zündschlüssel abgezogen und Türen verriegelt, ganz automatisch, wie immer. Auch wenn einige der Flüchtenden mithalfen, verging doch zu viel wertvolle Zeit.

„Alle hierher", brüllte der Zugführer, „ausladen und zu Fuss weiter." Die Mannen schleppten nun das ganze Material bis zum Stadttor bevor sie die Schläuche ausrollen und an den Hydranten anschliessen konnten. Dann endlich, nach endlos langen Minuten konnten sie mit dem Löschen beginnen, spieen die ersten Rohre ihr Wasser in die hell lodernden Flammen.

„Hoffentlich sind die Anderen besser vorwärtsgekommen." Doch auch an den anderen Toren kämpfe die Feuerwehr mit denselben Problemen.

In der Zwischenzeit hatte sich das Feuer weiter gefressen, war von Haus zu Haus, von Häuserzeile zu Häuserzeile gesprungen, fand immer neue Nahrung, wurde immer grösser, heisser, mächtiger. Glas zersprang in tausend Stücke, Dachziegel zerplatzten wie Luftballons, Mauern barsten, Dächer stürzten krachend ein. Brennende Trümmer fielen auf Autos und setzten diese in Brand. Die Benzintanks explodierten wie Brandbomben und verstärkten noch das Inferno. Die Hitze war so gewaltig dass sich Eisen verbog als wäre es weich wie Butter. Der Kirchturm fing Feuer und brannte wie eine grosse, hell lodernde Fackel, leuchtete zwischen den dichten Rauchwolken auf wie ein Mahnmal, bis die Turmspitze in tausend Stücke zerbarst und die Glocken lärmend und scheppernd in die Tiefe stürzten. Dichter, schwarzer Raum hüllte Birrhausen ein.

Die Hitze war unerträglich, der Brandlärm infernalisch und doch hörte man sie noch durch all den Lärm, die verzweifelten Schreie Eingeschlossener.

Die Feuerwehr war absolut überfordert. Ein Brandherd, das wäre kein Problem gewesen, auch nicht mitten in der Stadt, das hatten sie schon erlebt. Zwei brennende Häuser hätten sie auch noch in den Griff bekommen. Doch nun brannte fast die ganze Stadt und ihre Löschversuche waren der sprichwörtliche Tropfen auf den heissen Stein.

Samuel Grollimund, Chef des Katastrophendienstes, war in seinem Element. Er bewahrte Ruhe und einen kühlen Kopf, organisierte den Einsatz der Helfer und löste im ganzen Bezirk Katastrophenalarm aus. Die Feuerwehren und Sanitätsdienste, die Zivil - und Rettungsdienste der umliegenden Gemeinden wurde alarmiert und ihr Einsatz angeordnet. Dann informierte er die zuständigen Stellen in Bern und erhoffte so Hilfe vom Militär.

Auf seine Bitte hin Löschflugzeuge zu schicken, bekam er keine spontane Zusage, sie versprachen aber zurückzurufen.

„Wenn es dann nicht schon zu spät ist. Wenn alles nicht schon zu spät ist."

Diesen Gedanken durfte er nicht laut äussern, der Moral wegen. Er liess sich die Sorgen nicht anmerken, sondern trat wie immer souverän auf und verteilte seine Einsatzkräfte wie ein General seine Truppen. Die ersten Löschzüge der Nachbarorte hatten sich mühsam einen Weg durch die Flüchtlinge gebahnt, die immer noch die beiden einzigen, grossen Strassen zur Stadt verstopften. Andere versuchten sich auf Nebenwegen Birrhausen zu nähern. Aber dies alles dauerte viel zu lange.

Mit vereinten Kräften war es der Birrhausener Feuerwehr endlich gelungen eine Bresche in die Feuerwand zu schlagen und unter einem Wasserschirm langsam in die Stadt vorzudringen. Mit konzentrierter Löschkraft und mit dem Mute der Verzweiflung kämpften sie sich vorwärts, Schritt für Schritt, Meter für Meter. Auch wenn die Hitze mörderisch war und sich beissender Rauch auf ihre Lungen legte rückten sie vor, drängten sie das Feuer zurück.

Der Feuerwehrkommandant war zu seinen Leuten nach vorne gekommen um sich ein Bild der Lage zu machen..

„Zentrale, hier Kommandant, Löschzug eins beim Westtor braucht noch zwei Leitungen und zehn Mann, Zentrale verstanden?" Noch bevor er eine Antwort erhielt, hörten sie in der Ferne ein dumpfes Grollen. Erstaunt blickten die Mannen hoch. Donner? Regen? Der Blick zum Himmel zeigte nur dichten, schwarzen Rauch.

„Weiter Mannen, nicht nachlassen, wir schaffen das." Der Kommandant machte seinen Leuten Mut. Plötzlich quäkte eine Stimme aus dem Funkgerät.

„Das Reservoir ist explodiert, kaputt, hört ihr, alles ist kaputt."

Ungläubig starrte der Kommandant auf das Funkgerät. Er konnte nicht glauben was er eben gehört hatte. Als er aufblickte hatte er nur fragende Gesichter vor sich. Doch bevor er etwas sagen konnte, begannen die Wasserstrahlen langsam schwächer zu werden. Entsetzt blickten die Männer auf die Strahlrohre in ihren Händen. Der Druck wurde immer kleiner bis der Wasserstrahl ganz versiegte. Auch der Wasserschirm war weg. Und dann kam das Feuer zurück, mächtig, heiss, schnell, als hätte es nur darauf gewartet stürzte es sich wie ein Raubtier auf die Männer.

„Raus hier, schnell, lasst alles liegen, nur raus", schrie der Kommandant. Nur mit viel Glück gelang es ihnen dem Feuer zu entkommen und das Stadttor lebend und unversehrt zu erreichen. Hinter ihnen schloss sich die Feuerwand wieder. Kein Reservoir, kein Wasser. Auch der eingedolte, kleine Fluss hatte kein Wasser, war nach der langen Trockenheit zu einem Rinnsal geworden. Mit dem Gefühl grenzenloser Ohnmacht mussten die Menschen zuschauen wie ihre Heimat verbrannte.

Kein Wasser, und die Stadt brannte lichterloh, machte die Nacht zum Tage und dann wurde alles wieder eingehüllt in schwarzem, stinkendem Rauch.

***

Roth war auf dem Weg nach Birrhausen. Er war früh aufgestanden, denn er wollte pünktlich um acht vor der Einwohnerkontrolle sein. Als er noch etwa einen Kilometer vom Städtchen entfernt war, musste er abrupt abbremsen und anhalten. Er kam nicht mehr weiter. Nichts ging mehr, nicht vorwärts, nicht rückwärts. Er traute seinen Augen nicht. Eine schwarze Wolke stand da, wo er Birrhausen wusste und verdunkelte den Himmel. Was war geschehen? Schier endlos war der traurige Zug niedergeschlagener, verzweifelter Menschen die wortlos an ihm vorüber schlurften. Roth stieg aus und versuchte sich einen Weg durch den Menschenstrom zu bahnen. Nur langsam kam er voran. Allmählich lichtete sich die Menschenmasse und er kam nun zügiger voran.

Mit jedem Schritt nahm die Hitze zu und der Schweiss lief im über Gesicht und Rücken. Seine Kleider klebten ihm an Armen und Beinen. Das Atmen fiel im zunehmend schwerer und erst als er sich ein Taschentuch um Mund und Nase gebunden hatte wurde es erträglicher.

Er begegnete den ersten Feuerwehrleuten die niedergeschlagen und erschöpft herumliefen, ohne Ziel, ohne zu wissen was sie nun tun sollten. Löschen? Womit denn, wo denn. Alles brannte. Alles sinnlos.

Roth sah eine graue Gestalt auf sich zukommen. Russgeschwärzt waren seine Kleider und die angesengten Haare hingen ihm wirr in sein schwarzes Gesicht. Er sprach vor sich hin, doch Roth konnte seine Worte nicht verstehen. Vornübergebeugt wollte der Mann an ihm vorbei. Roth hielt den Mann an der Schulter fest und dieser drehte sich zu ihm um.

Entsetzt und ungläubig sah Roth in dessen Gesicht. Einst so voller Leben, so vertraut. Nun blickte er in grosse, rote Augen, sah den aufkeimenden Irrsinn in ihnen und verstand nun auch die Worte die der Mann immer wieder vor sich hin sagte.

„Ich werde sie kriegen, ich werde sie kriegen ……."

Es war wie ein heftiger Schlag in seine Magengrube. Sein Atem, sein Verstand setzten aus. Er konnte es nicht glauben. Er stand da, hilflos, zu keiner Reaktion fähig. Der Mann drehte sich um und lief zurück zum grossen Stadttor. Roth schaute ihm nach. Es war das letzte Mal dass er Walther gesehen hatte.

Fassungslos und ohnmächtig mussten die Menschen mit ansehen wie ihre Häuser, ihr Hab und Gut, Ihre Existenz, ihre Heimat ein Raub der Flammen wurde, wie sich ihr bisheriges Leben in Rauch auflöste. Ganz Birrhausen brannte. Immer wieder peitschte der Föhnsturm die Flammen weiter, trieb die Feuerwalze vor sich her. Nun brannte jedes Haus, brannte die ganze Stadt und über ihr stand eine gewaltige Säule aus Feuer und dichtem, schwarzem, stinkendem Rauch. Der Tag wurde zur Nacht.

Die kleine Stadt brannte zwei Tage und zwei Nächte. Brannte bis auf die Grundmauern nieder. Zurück blieben nur schwarze, rauchende Trümmer.

Birrhausen gab es nicht mehr.

Mai

Fünf Herren mittleren Alters, in dunklen, dezenten Massanzügen sassen in einem hellen, luxuriösen Konferenzzimmer in der einundzwanzigsten Etage des Glaspalastes der "First Nugget International Mining Company". Die Sonne streute ihr Licht über den dunkelblauen Teppich und flimmerte über das dunkle, schwere Mobiliar. Englische Meisterwerke mit Jagdszenen zierten die mit weissem Brokat bezogenen Wände. Das Interieur passte nicht in diesen Glaspalast, wohl aber zu den fünf Herren in ihren dunklen, dezenten Anzügen.

„Kommen wir nun zu Traktandum fünf." Der Präsident des Verwaltungsrates öffnete die entsprechende Akte. „Meine Herren, die Bilanz präsentiert sich wie folgt." Er blätterte eine Seite um.

„Die Berechnungen und Prognosen unserer Spezialisten waren hervorragend und sind zu einhundert Prozent eingetroffen. Zwei Monate Vorbereitungszeit, einen Monat für die Ausführung. Die Zielvorgaben konnten exakt eingehalten werden." Er hob seinen Kopf und schaute in die Runde. Seine Mundwinkel zuckten kurz nach oben, ein angedeutetes Lächeln.

„Es ist erstaunlich, wie wenig es braucht bis eine Kleinstadt aufhört zu existieren." Einer der Verwaltungsräte räusperte sich diskret und der Präsident sah ihn fragend an.

„Nur so, aus Interesse, wie hiess der Ort?" Der Präsident blickte in die Akte, schlug die nächste Seite auf.

„Hier steht es, Birrhausen, liegt in der Schweiz, vielmehr, lag in der Schweiz. Es hätte auch ein anderer Ort sein können, sie ersehen aus der Liste auf Seite Vier wie gross die Auswahl gewesen ist."

„Zufällig hat es eben dieses Birrhausen getroffen."Er schloss die Akte

„Meine Herren, die Testphase ist erfolgreich abgeschlossen und wir kennen nun Aufwand und Ertrag. Zeit sich unserem eigentlichen Ziel zuwenden."

Wenn auch dieser Ort verschwunden ist, wird uns nichts und niemand mehr daran hindern, mit dem Abbau zu beginnen und wie sie alle wissen, wird das Diamantenvorkommen auf mehrere Milliarden geschätzt. Und da wir im Besitz aller Schürfrechte sind, haben wir auch das Recht auf unserer Seite -, das ganze Recht. So einfach ist das und es wird das profitabelste Geschäft in unserer Firmengeschichte."

Er blickte in die Runde und wieder schien er zu lächeln. „Noch Fragen?"

„Nur aus Neugierde", der ältere Herr lehrte sich fragend nach vorne, „wie wurde die Sache erledigt?"

Der Präsident öffnete nochmals die Akte und suchte nach den Angaben. Dann blickte er auf.

„Gearbeitet wurde wie immer über Mittelsmänner, zusammen mit den besten Profis. Diese sind in dieses Birrhausen gezogen und spielten die netten Nachbarn, das war die Vorbereitung. Dann haben sie mit ihrer äusserst erfolgreichen Arbeit begonnen." Der Präsident drehte sich kurz um.

„Das hätte ich fast vergessen, einer der Mittelsmänner hat uns die hier zukommen lassen."

An der Wand lehnten verschiedene Gegenstände die da nicht hin gehörten. Ein Wanderstab, Skistöcke, rotweisse Latten von Landvermessern, Wasserrohre und Holzstangen wie sie im Garten für die Aufzucht von Stangenbohnen oder für Spaliere verwendet werden.

Er griff nach einem Skistock und zielte damit auf die gegenüberliegende Wand. Dann drückte er am Griff herum und plötzlich schoss etwas aus dem Stock heraus, so schnell, dass ihm das Auge nicht zu folgen vermochte.

Zitternd blieb ein schwarzer Pfeil in der Wand stecken.

„Damit wurden die Leute mürbe gemacht und den Rest erledigte ein Grossbrand. Ganz einfach." Er stellte den Skistock wieder zurück an die Wand und schaute sich um.

„Noch weitere Fragen?"

„Opfer?"

„Normaler Kollateralschaden, nichts Spezielles."

Die übrigen Verwaltungsräte hatten gelangweilt zugesehen, zustimmend genickt und dann die Akte beiseite geschoben. Keiner Interessierte sich mehr für das Geschäft.

Abgehakt.

Der Präsident griff nach einer neuen Akte.

„Wir kommen nun zu Traktandum Nummer Sechs, unser Firmenjubiläum."

Und diesmal war es ein Lächeln.

Zeitfracht Medien GmbH
Ferdinand-Jühlke-Straße 7
99095 Erfurt, Deutschland
produktsicherheit@kolibri360.de